마음을 다쳐 돌아가는 저녁

마음을 다쳐 돌아가는 저녁

손홍규 산문

교유서가

작가의 말

가벼운 난독증을 겪으며 글을 읽던 어느 날이었다. 딸아이가 들어오더니 내 무릎에 올라앉았다. 아이는 무얼 하느냐 물었고 나는 책을 만드는 거라고 답했다. 여기에는 아빠의 살붙이들과 보낸 어린 시절이 그리고 여기에는 아빠의 고향과 고향 사람들이…… 담겼노라 손가락으로 짚어가며 이야기해주었다. 우리는 집을 나서 근처 공원으로 산책을 갔다. 먼 하늘을 보면서 어떤 별이 화성이고 금성인지를 헤아렸고 달에 사는 토끼의 안부를 걱정했다. 구름이 잠시 달을 가리면 아이는 달이 녹아버렸다며 안타까워했고 나는 아이가 앞으로 새롭게 발견하게 될 언어들이 벌써부터 그리워 마음을 다해 귀를 기울였다. 어느덧 저녁이 깊었다. 아이의 손을 잡고 집으로 돌아가는 길. 드문드문 선 가로등 아래 놓인 목탄화 같은 골목을 걸었다. 딸아이가 물었다.

아빠, 괴물은 숲속에 있지? 나는 고개를 저었다. 숲속에는 네가 잃어버린 것들, 두고 온 것들이 있어. 잃어버린 걸 찾고 싶으면 깊은 숲으로 들어가야 해. 그렇게 대답하고 나니 정말로 그런 것 같았다. 아이는 무얼 잃어버렸는지 곰곰이 생각하는 눈치였지만 속내를 들키지 않기 위해서인 듯 아빠는 무얼 잃어버렸냐고 물었다. 나는 무얼 잃어버렸는지 알 수 없어서 숲으로 들어가야 하는 경우도 있다고 말해주었다. 아이는 내 말에 귀를 기울였고 나는 아직 아이에게 들려줄 이야기가 있다는 사실에 안도했다. 아빠는…… 신념이 있고 이걸 가장 위태롭게 하는 건…… 불행하게도 나 자신이므로 내 신념을 내게서 지켜내고 구해내기 위해…… 신념을 포기해야 한다. 아니 더 적절하게는 이 신념을 보호하고 실현할 수 있는 이들에게 기꺼이 넘겨줘야 한다. 우리는 손을 잡은 채 어둡지도 환하지도 않은 골목을 걸었고 오래도록 이야기를 나누었다. 딸아이는 묻고 나는 답했으며 내 대답에 담긴 질문을 아이는 새로운 질문으로 바꾸어 대답했고 마침내 우리는 우리라는 하나의 사연이 되어 깊어가는 가을밤에 소리 없이 지는 낙엽처럼 서로의 손안에서 바스락거렸다. 나는 너를 결코 잃지 않을 테고 다만 너를 여기에 두고 갈 테니…… 이제 더는 슬픔에 대해 말하지 않겠다.

2018년 늦가을

차례

3부 수많은 밤들의 이야기

4부 슬픔과 고통으로 구겨진 사람

미니픽션

1부
절망을 말하다

문학은 소다

어린 시절 나는 한 마리 소를 사랑했다.

그 소는 나와 더불어 살던 생명체 가운데 가장 컸다. 거대했으나 위압적이지는 않았다. 중학생이 될 때까지 고향집에는 화장실이 따로 없었다. 외양간 한쪽 벽 아래 커다란 독을 묻고 그 위에 발판을 만들어 똥간으로 썼는데 아무도 쓰지 않을 때에는 손잡이 달린 판자로 덮어두었다. 고삐에 매어둔 줄의 길이를 적당히 줄여놓아 소가 똥통에 빠질 일은 없었다. 깊은 밤 오줌이 마려우면 마당 한가운데에 선 채 누어도 지청구를 먹지 않았으나 똥은 그렇지가 않았다. 거름으로 썼기 때문에 아무데나 똥을 싸지르는 건 돈을 흘리고 다니는 것과 다르지 않았다. 외양간에 다가가면 앉아 있던 소가 벌떡 일어났다. 구유 위로 늘어진 알전구를 켜면 어둠 속에서 불쑥 커다란 소가 나타났다.

소는 나를 빤히 바라보았는데 때마침 되새김질이라도 하는 중이면 왠지 나를 비웃는 것처럼 여겨지기도 했다. 내가 똥통 위에 자리잡고 앉으면 별일 아니었다는 걸 깨달은 소 역시 주저앉았다. 그리고 고개를 돌려 다시 나를 빤히 보았다. 바람소리가 스산하게 들리는 궂은 밤이면 소가 퍽 다정한 동무라도 되는 듯 나는 주섬주섬 말을 걸어보기도 했다. 물론 소가 대꾸했을 리는 없다. 그러나 나는 오랜 세월 그 소와 대화를 나누어온 것만 같았다.

어느 날 인공수정사가 찾아왔다. 그는 낡은 트럭을 타고 왔다. 누가 가르쳐주지 않았어도 나는 그가 무례한 사람이라는 걸 알았다. 그는 어머니가 내어온 식혜를 쭉 들이켠 뒤 마당에 가래를 뱉고 불한당처럼 건들거리며 외양간으로 갔다. 어깨까지 들어가는 비닐장갑을 낀 그가 소의 엉덩이에 붙어 선 채 끙끙거렸다. 그가 긁어낸 쇠똥이 그의 발치에 철퍼덕 떨어져 모락모락 김을 피워 올렸다. 나는 소가 발길질을 할 거라 믿었다. 제 엉덩이에 붙어 얼굴을 붉힌 채 알 수 없는 짓을 하는 사내를 그냥 둘 이유가 없잖은가. 그러나 소는 어느 때보다 얌전했다. 배신당한 기분이었다. 이윽고 인공수정사는 가늘고 기다란 유리관을 소의 몸속 깊숙이 꽂아넣었다. 그뒤로도 인공수정사는 두어 번 더 찾아왔다. 그는 변함없이 무례하여 얼었다 녹아 질척이는 마당에 어지러운 발자국을 남기고 돌아갔다. 나는 먼

발치로 소를 노려보았는데 나와 함께 속했던 세계에서 멀어지는 누군가를 내키지 않는 심정으로 배웅하는 기분이었다. 수정에 성공한 소는 전과는 다른 존재였다. 소는 내가 언젠가 편입될 게 분명하지만 한사코 그러기를 거부하고 싶은 저쪽 세계로 건너가버렸다. 소는 홀로 가지 않았다. 나와 공유했던 시간들을 모조리 거두어 임신한 배로 뒤뚱이며 가버렸다.

그뒤로 나는 소를 바람난 배우자나 변심한 애인처럼 대했다. 일방적인 경멸을 담지 않은 시선으로는 소를 바라보지도 않았다. 식욕이 왕성해진 소는 전보다 더 인기척에 민감했으며 더 게걸스럽게 짚을 씹었다. 더 많은 여물을 쑤어주고 짚을 풀어주어도 소는 허기진 얼굴이었다. 소가 만족하지 못할수록 나는 소가 속한 세계가 얼마나 한심한지를 일깨워주고 싶어 안달이 났다. 나는 무례한 사내가 소의 몸속 깊숙이 절망을 주입했던 게 분명하다고 믿었다.

그해는 유난히 길었다. 누군가는 우시장에서 한푼이라도 더 받기 위해 근수를 늘리려고 억지로 소에게 물을 먹였다가 기어이 소를 죽이고 말았으며 누군가는 홧김에 쇠스랑을 휘둘렀다가 제 소의 뿔에 받혀 피를 토하기도 했다. 어느 가장은 제 가족을 모조리 죽인 뒤 목숨을 끊었는데 그 집에서 살아남은 건 외양간의 소가 유일했다. 소는 어떤 심정으로 일가족의 몰살을 묵묵히 지켜보았을까. 어른들은 말했다. 그 집의 가장은 목숨을 끊기 전에 외양간에서 한참을 묵새겼노라고. 소를 데리고 갈 것인가 말 것인가로 고뇌했을 그 사람은 삶에서 처음으로 철학적인 난제에 맞닥뜨리기라도 한 듯 피 묻은 손으로 제 얼굴을 여러 번 문질렀노라고. 그리고 어른들은 소가 인간과 더불어 살아온 긴 세월 동안 얼마나 자주 냉담한 목격자의 역할을 떠맡아야 했는지를 새삼 깨달았다. 그들은 자신들의 소를 쓰다듬어주었다. 때로는 두려움에 떨면서 때로는 자신들의 삶을 증언해줄 최후의 유일한 목격자를 대하듯 무한한 애정을 담아서.

소들은 여전히 느릿느릿 걸었다. 거대한 껌을 씹듯 입을 우악스럽게 우물거리며 고샅에 퉁퉁 똥을 싸지르며 수레를 끌고 쟁기를 끌었다. 몸통에 비해 턱없이 가느다란 네 다리를 놀려 쇠뭉치 같은 발굽으로 대지를 다지면서 걸었다. 아, 저토록 무심하고 지루한 걸음을 어디에서 또 볼 수 있을까. 소는 그렇게 인간의 역사시대를 살아왔던 거다. 외양간을 개조해 늘리거나 새로 축사를 지었던 사람들은 한 마리 두 마리 품고 기르던 소를 우시장에 내놓았다. 새벽마다 거간꾼들의 트럭이 농사꾼보다 부지런히 마을에 들어섰다. 소를 내놓은 사람들은 친정나들이를 나선 며느리를 배웅하듯 공허하게 소의 볼기를 두드렸다. 트럭이 마을을 빠져나간 뒤에야 다시는 그 소를 볼 수 없다는 사실을 깨닫고는 허방을 짚으며 구르기도 했다. 한 시대가 붕괴되는 중이었는데 붕괴의 중심에 있던 그들만 몰랐던 거다. 나는 보았다. 사람들이 개에게 그러듯 소를 품에 안고 쓰다듬는 걸. 가난한 집에서 밥숟가락 하나라도 줄인다는 핑계로 딸과 아들을 대처로 보내듯 한 마리 두 마리 외양간에서 소를 끌어낼 때마다 소들이 점점 작아지는 걸. 더는 소가 거대한 짐승이 아닐 수도 있다는 걸.

그 시절의 나는 까닭 없이 하늘을 자주 올려다보았는데 저 푸르른 하늘이 무너질 수도 있다는 생각 때문이었다. 하늘은 사람들이 뱉은 숨이 점점 커지면서 떠올라 형성된 말의 지붕이었다. 사람이 말을 잃으면 하늘이 부서질 거였다. 맑은 소리를 내며 하늘에 금이 갈 거였다. 그리고 끝내 수천만 개의 조각으로 잘게 부서져 눈이 내리듯 다시 말이 되어 쏟아질 거라 생각했다.

임신한 소의 뱃속에서는 한 마리 또다른 소가 몸을 둥글게 만 채 영그는 중이었다. 눈에 띄게 불룩해진 소의 뱃구레를 보면서 나는 그 안에 잠든 또다른 소를 상상했다. 무척이나 평온하겠지. 아니 어미의 분노와 불안과 고통을 함께 느끼면서 악몽을 꾸는 중인지도 모른다. 사람들이 한꺼번에 소를 몰고 집을 나섰다. 그들은 먼지가 풀풀 날리는 신작로를 따라 한결같은 수많은 궁둥이들 가운데 용케도 자신의 소가 어떤 궁둥이였는지를 기억해내며 먼길을 갔다. 기이하게도 사람들보다 소들이 더 분노한 것처럼 보였다. 사람을 대신해 울었거나 제 슬픔을 토했거나 소는 언제 울어야 할지 아는 짐승이다.

벼 그루터기가 발밑에서 서걱서걱 소리를 내며 밟힐 때 아버지는 품팔이를 떠났다. 아침보다 서리가 먼저 내렸고 쇠죽을 쑤는 무쇠솥 아래에는 그을음이 덕지덕지 붙었다. 아버지는 퍽 비장한 얼굴로 집을 떠났는데 그런 얼굴이 좀처럼 어울리지 않았다. 나는 갑오년에도 그러했을 거라 믿었다. 분노하는 스스로가 낯설어 당황할 수밖에 없었던 사람들. 알통이 박이지 않은 사내들은 뒤에 남겨둔 채—너희는 우리의 미래니까—오랜 노동으로 뻣뻣해진 거죽을 둘러쓴 쓸모없는 사내들만 괭이를 쥐기 편하도록 변형된 손아귀에 죽창을 쥐고 떠났을 것이다. 희롱하듯 죽창 끝으로 서로를 툭툭 찔러보기도 하면서 다시는 돌아오지 못할 게 분명한 황톳길을 죽음을 예감하면서 소처럼 느리게 걸어갔을 것이다. 아버지는 죽창 대신 몇 오라기의 누런 쇠털을 소맷자락에 달고 떠났다. 출산 예정일이 얼마 남지 않은 소가 애틋해서였거나 남은 식구들이 소를 제대로 돌볼지 확신할 수 없어서였거나 어떤 갈등이 그 시절의 아버지 마음속에서 발길을 붙잡았는지 알 수 없으나 설령 발밑에서 땅이 꺼졌다 해도 아버지는 떠나지 않고서는 배기지 못했을 것이다. 누구나 떠나야 했던 시절이었으니까.

나는 쓸쓸했다. 몇 푼의 돈을 벌기 위해 집을 떠난 가장이 내 아버지라는 사실 때문에. 저 소의 뱃속에서 또하나의 완전한 소가 되어 바깥으로 나오려 하는 생명 때문에. 소는 극도로 예민해졌다. 행동은 굼뜨기 짝이 없었다. 그러나 하루종일 지켜본대도 소가 조는 것조차 볼 수 없었으리라. 소는 어미가 되는 중이었다. 품에서 무언가를 꺼내려는 거였다. 소는 자신을 둘러싼 세계를 조용히 타이르는 중이었다. 자신의 뱃속에서 이제 막 나오려는 새로운 생명에 적대적일 가능성이 있는 모든 존재들, 그러니까 모래알조차 어미소의 차분하게 격렬한 시선에서 벗어날 수 없었다. 소가 지닌 여섯째 감각은 다섯 가지 감각을 모두 낭비한 뒤에 얻은 게 아니었다. 소는 그 모든 감각과 여섯째 감각을 맞바꾼 것이다. 부릅뜬 눈으로 진물 같은 눈물을 흘리고서야 빛 알갱이마저 헤아릴 수 있는 눈을 얻은 것이다. 소는 낯선 세계를 경험하는 중이었다. 지금까지 소가 보고 듣고 느껴온 세계는 사라졌다. 이제 소는 새로운 세계를 얻었다. 자신에게 익숙한 세계를 내주고서야 소는 다시 태어난 것이다.

어느 날 나는 까무룩 잠에 빠져들었다가 수런대는 소리에 놀라 깨어났다. 내가 알지 못하는 언어로 이야기를 나누는 사람들에 둘러싸인 것처럼 낯설고 두려웠다. 그즈음의 며칠 동안 나는 오로지 아버지가 당부한 것들을 빈틈없이 처리하기 위해 외양간을 지켜보았다. 기진맥진한 내가 깜빡 잠이 들었을 때 그런 나를 비웃기라도 하듯 소는 홀로 출산했다. 내가 이국의 언어라 여겼던 소리는 소가 비릊는 소리였다. 왜 우리는 소와 대화를 하려 들지 않았을까. 영원히 소통 불능인 상태로 내버려두어도 괜찮을 만큼 영혼끼리는 완벽하게 교감한다고 자만해서였는지도 모른다. 소는 앉은 채로 송아지를 밀어내는 중이었다. 입속에서 맴돌기만 하는 언어처럼 송아지는 제 어미의 뱃속에서 부드럽게 출렁였다. 송아지의 앞다리만이 간신히 모습을 드러냈다. 마침 집 앞을 지나던 마을 어른이 달려왔다. 나는 그이가 일러준 대로 송아지의 앞발굽을 쥐고 소가 힘을 쓸 때마다 잡아당겼다. 어미의 뱃속에는 어떤 의지가 있었다. 정체를 알 수 없는 의지였다. 밀어내려는 욕망과 그럴 수 없다는 정반대의 욕망이 함께 도사린 요나의 방이었다. 송아지는 혀 아래 거주하는 몹쓸 단어들처럼 완고했다. 정체를 드러내기 싫어하는 비열하고 서투른 욕망들이 깃든 낡은 단어들. 할 수만 있다면 그 안에서 늙어죽을 수도 있는 보편적인 욕망들. 저지르지 않았으나 이미 죄일 수밖에 없는 욕망들. 살고자 하는 욕망들. 존재하려는 열망들. 입 밖으로 내뱉는 순간 저 깊은 땅속에서 끌어올려져 최초로 산소와 만난 마그네슘처럼 활활 타오르고야 말, 아직은 차갑기만 한 불꽃들.

송아지는 허물어지듯 태어났다. 머리가 빠져나오는 순간 모든 것이 와르르 쏟아져나왔다. 뒤를 이어 탯줄과 태반이 섞인 양수가 왈칵 송아지 위로 끼얹어졌다. 따뜻했다. 어미소의 내부에서 열기가 풀려나왔다. 그것들은 송아지 주위를 맴돌다 이내 차가운 허공으로 가뭇없이 사라졌다. 달착지근한 숨이 깃든 공기가 내 허파로 밀려들어왔다. 질감이 느껴지는 공기였다. 둥글고 부드러운 조약돌이 섞인 공기였다. 나는 마을 어른과 악수를 했다. 나는 어른처럼 악수를 했다. 일어서려 애쓰는 송아지 아래 깨끗하고 마른 짚을 두툼하게 깔아주었다. 어미소는 이미 탯줄과 태반을 삼켰다. 그리고 송아지의 젖은 몸을 두툼한 혀로 핥아주었다. 송아지는 잠깐 이등변삼각형을 이루었다가 이내 한쪽으로 무너지며 나뒹굴었다. 폭풍이 부는 바다 위에서 위태롭게 항해중인 배와 같았다. 우시장 초입의 국밥집에서 호기롭게 거간꾼에게 한턱을 낸 뒤 잔뜩 취해 돌아오던 사람들이 떠올랐다. 취하지 않고서는 갔던 길을 돌아올 수 없는 사람들. 소를 다른 사람에게 넘긴 뒤 소머리국밥집에 앉아 방금 떠나보낸 소를 생각하며 소주를 마시지 않고서는 길눈조차 어두워지고 마는. 생의 한복판에서 길을 잃은 사람처럼 허둥대는 그들처럼 아버지 역시 취해야 돌아올 수 있는 건지도 모른다.

나는 마른 수건으로 송아지를 닦아주었다. 어미소는 아랑곳하지 않았다. 제 할일을 할 뿐이었다. 그러다 이따금 수건을 쥔 내 손등 위로 어미소의 까끌까끌한 혓바닥이 지나가기도 했다. 육식동물의 혀도 그처럼 단단하거나 투박하지는 않을 것이다.

소의 혓바닥은 육식동물의 송곳니였다. 나는 송아지의 일부였다. 송아지는 나의 일부였다. 방금 막 어미소는 내 존재를 핥아주었다. 무심하고도 지루하게 혓바닥으로 은근슬쩍.

어린 시절 나는 한 마리 소를 사랑했다. 그 소는 내가 성년이 될 무렵 내 곁을 떠났다. 소가 떠나던 날 새벽 나는 두꺼운 얼음을 깨고 더디게 전진하는 낡은 쇄빙선처럼 어둠을 헤치며 외양간으로 갔다. 트럭은 저 위 신작로에 있었다. 나는 불량했던 청소년 시절처럼 아버지의 눈길을 피해 트럭 운전사와 함께 담배를 피웠다. 그와 나는 별로 나눌 이야기가 없었다. 지난 몇 해 동안 여러 배의 새끼를 낳았던 암소가 외양간에서 끌려나왔다. 기시감에 사로잡혔다. 인공수정사가 왔을 때와 다르지 않았다. 암소는 백치처럼 얌전했다. 소는 한 번도 나를 사랑해본 적이 없는 것처럼 굴었다. 뒤도 돌아보지 않았고 떼를 쓰지도 않았으며 미련을 보여주지도 않았다. 아버지가 이끄는 대로 트럭을 향해 다른 소들이 그러듯 한 걸음 한 걸음 내디딜 뿐이었다.

소는 트럭 뒤에 섰다. 운전사는 길쭉하고 튼튼한 판자를 땅바닥에서 비스듬하게 짐칸에 걸쳐놓았다. 저 사다리를 타고 얼마나 많은 소들이 짐칸에 올랐을까. 판자는 미끄러웠다. 운전사는 짐칸에서 코뚜레를 잡아당겼고 아버지와 나는 암소의 궁둥이를 힘껏 밀었다. 발굽이 자꾸만 미끄러졌다. 이윽고 암소는 제 뒤에서 기를 쓰고 밀어대는 주인이 측은하다는 듯 힘을 다해 짐칸으로 올라섰다. 얼어붙은 짐칸 바닥은 미끄러웠다. 그 거대한 암소가 몇 번 헛발을 구르다 벌러덩 자빠졌다. 트럭이 요동을 쳤다. 왜 그랬는지 나는 모른다. 어쩌면 암소는 뒤를 돌아보고 싶었던 건지도 모른다. 몸을 돌리다 중심을 잃고 미끄러졌는지도 모른다. 그러니까 왜 뒤를 돌아보려 했는지 나는 모른다. 소를 일으켜세운 뒤 아버지는 내 손목을 쥐었다. 머리채를 붙잡힌 기분이었다. 나는 아버지에게 이끌려 트럭 조수석에 올라탔다. 트럭은 조심스럽게 신작로를 달렸다. 우시장에 이르렀을 무렵 어둑신한 하늘에 푸르스름한 기운이 비쳤다.

거래가 끝난 뒤 나는 소머리국밥집으로 향했다. 아버지는 말없이 나를 따랐다. 술을 마시지 못하는 아버지를 앞에 두고 나는 소머리국밥을 안주 삼아 홀로 소주를 마셨다. 그냥 한 번쯤은 그렇게 해보고 싶었다. 옛사람들처럼, 아니 그때의 아버지처럼. 나는 비로소 사람들이 왜 취하지 않고서는 집으로 돌아올 수 없었는지 알 것 같았다. 돌아가고 싶었다. 방금 고삐를 넘겨주었던 사람을 찾아내 그 앞에 무릎을 꿇고 싶었다. 국밥집에서 뛰쳐나가고 싶었다. 방금 팔아버린 소를 끌고 집으로 돌아가 무쇠솥에 신선한 풀과 콩깍지와 잘게 썬 짚을 넣고 푹푹 삶으면서 매운 연기에 눈물을 흘려보고 싶었다. 그들은 길을 잃었던 게 아니라 소를 잃었던 것이다.

소름이 돋았다. 언젠가 암소의 혀가 핥고 지나간 적 있던 내 손등 위에 속삭이는 말처럼 은밀하면서 간지러운 것들이 돋아났다. 집에 돌아가자마자 나는 외양간으로 가서 얼어붙은 두엄을 밖으로 치웠다. 술기운이 잦아들면서 차가워졌던 몸이 달아올랐다. 식은땀이 흘렀다. 소를 팔았지만 우리집은 여전히 가난했다. 내게 그 소가 대학 등록금이라는 걸 보여주고 싶었던 아버지는 주무신다. 어머니는 맑은 물로 무쇠솥을 부시어내고 주인을 잃은 외양간으로는 사방에서 사나운 시선 같은 찬바람이 몰아친다. 쇠스랑을 쥘 자격이 없는 손아귀 가득 더운 땀이 배어난다. 아버지는 내게 물었다. 그래, 소설이라는 걸 쓸 테냐. 아버지는 이 말을 하고 싶었던 거다. 이래도 소설이라는 걸 쓸 테냐. 나는 고개를 저었는데 무엇을 부정하는 거였는지는 아버지 역시 확신할 수 없었으리라. 쓰고 말고 할 게 있나요. 나는 이렇게 대답했으나 이 말을 하고 싶었던 거다. 제기랄, 소설은 이미 저 소가 다 써버린걸요. 세상이 들려준 이야기를 받아 적는 것만으로도 소설이 되는 비장하게 희극적인 삶을 삭제할 수 없는 나로서는 여전히, 문학은 소다.

백 년 동안의 고독

—나의 고모, 나의 우르술라

『백 년 동안의 고독』을 처음 만났을 무렵의 나는 호주머니에 손을 찌른 채 벚꽃이 분분히 날리는 서울 거리를 걷던 대학 새내기였다. 위암으로 투병하던 고모의 부음을 들었던 무렵이기도 했다. 고모……. 지금도 그러하지만 내게 고모라는 낱말은 당신의 툭 튀어나온 광대뼈를 떠올리게 했다. 단호하게 입을 꾹 다물면 팽팽하게 긴장된 거죽을 와락 찢고 나올 것처럼 단단해 보였고 깔깔대며 웃을 때면 팔꿈치로 옆구리를 슬쩍 치듯 광대뼈가 당신의 볼 한복판을 유쾌하게 톡톡 건드리는 것처럼 보였다. 광대뼈는 고모의 얼굴에 표정을 부여하기 위해서만이 아니라 고모가 말로 다 표현할 수 없는 감정을 거들기 위해 그처럼 튀어나온 것 같았다.

기차를 타고 내려가보니 고향집은 텅 비어 있었다. 어머니와 아버지는 아랫마을 고모의 집에서 임종을 지켰을 테고 그곳에 머물며 초상을 치르는 중일 거였다. 가까운 이의 죽음에 어떤 방식으로 예를 표해야 하는지 알 수 없었던 나는 고모의 부재, 잘 알던 이를 상실했다는 사실에 대한 즉각적이고 자연스러운 반응을 억눌러야 한다고 믿었는데 그러한 믿음이 정당한지 부당한지를 차분히 따져볼 겨를은 없었다. 고모의 부재는 천천히 번져왔다. 전화로 부음을 알리던 어머니와 짤막하게 대화를 나눈 뒤로 나는 말을 잃어서가 아니라 달리 할말이 없어서 침묵을 지켰고 그 대신 서울역으로 가는 버스의 요금통에서 굴러 떨어지는 토큰 소리며 기차에서 보았던 철로 주변의 풍경들이며 고모의 죽음을 상징할지도 모르기에 사소한 것들마저 놓치지 않으려 신경을 곤두세웠으나 모든 게 고모의 죽음을 알리는 것처럼 여겨지다가도 모든 게 그와 무관한 것처럼 여겨졌고 이 끝이 없어 보이는 갈마듦은 결국 고독의 한 형태일 거라는 생각만이 분명하게 자리잡았다. 아마도 그 때문에 나는 주변의 사소한 징후를 포착하려는 노력을 포기하고 고모에서 시작해 고모에서 끝나게 될 기억의 탐색, 내 어린 시절부터 그때까지 고모와 관련된 일화들을 하나하나 돌이켜보게 되었을 것이다. 나는 에둘러가는 신작로가 아니라 아랫마을로 곧장 이어지는 오래된 농로를 따라 걸었고 숱하게 오갔던 그 길이 퍽 낯설었음에도 고모집으로 놀러가도 된다는 허락을 받고는 날듯이 뛰어가던 시절에 느꼈던 기분을 떠올릴 수 있었는데 그 길의 끝에 언제든 흠을 잡아 지청구를 퍼붓고 욕을 떠안기고 고봉으로 밥을 퍼주고 머리를 쓰다듬어줄 고모가 서 있는 게 아니라 주검으로 누워 있으리라는 생각은 비현실적이면서도 어떤 실재보다 생생하기까지 했다. 어린 시절에 내가 고모집으로 줄창 달려갔던 이유는 물론 고모 때문은 아니었다. 나와는 한참 터울이 지는 말더듬이 큰형 그리고 고모와 판박이인 큰누나는 돈 벌러 대처에 나가 산 지 오래여서 명절이 아니면 볼 수 없었지만 그 아래 고향 사투리로는 두째, 시째라 부르던 둘째 형과 셋째 형 그리고 내게 별명을 붙여 놀려먹기 좋아하던 막내누나가 있었다. 나는 동기간이 없는 외아들이었고 조부모 역시 모두 돌아가신 터라 오롯이 세 식구가 전부인 집에서 쓸쓸했기에 사촌인 그이들을 친동기간으로 여기며 자랐다. 물론 그럴 수 있었던 건 내게 귀염성이 있어서가 아니라 그이들이 나를 친동생 이상으로 살뜰히 돌봐주어서였다. 놀다 지쳐 쓰러져 잠들었다가 이른 새벽 부엌 살강에서 그릇 부딪는 소리를 들으며 깨어나서는 도망치듯 집으로 돌아간 적도 많았는데 그때마다 밥이나 처먹고 가라는 고모의 외침이 뒤꼭지에 들러붙기 마련이었다.

초상집은 한창때의 마콘도처럼 아니 어쩌면 아우렐리아노

세군도가 쉬지 않고 벌이던 잔치판처럼 그들먹했다. 고모가 배 앓아 낳은 오남매를 비롯해 일손을 거들러 온 동네 아낙이며 먼 곳 가까운 곳에서 찾아온 문상객으로 차양이 드리워진 마당이 북적였다. 작은방의 한데아궁이에 걸린 솥과 드럼통을 잘라 만든 화덕 서너 개에 걸린 솥에서 김이 무럭무럭 솟아났고 멍석을 깔아 만든 자리에 술상들이 널렸으며 19세기에 태어난 게 분명한 갓 쓰고 도포 입은 노인네 두엇부터 선로원 복장 그대로 찾아온 고모부의 동료들이며 낯이 익거나 생낯인 그 동네 사람들, 친지들로 부산한 그곳에서 아직 열아홉에 불과했던 나는 애도와 잔치의 분위기가 뒤섞인 장례 풍습이 서먹했기에 셋째 형의 친구들 무리에 어색하게 섞여 앉은 채 마루 위에서 이마를 새끼줄로 동여매고 새로운 문상객이 올 때마다 일어나 상장을 짚고 곡을 하는 형들을 올려다보았다. 슬픔과 피로에 잠식당한 형들의 얼굴에서는 『백 년 동안의 고독』에서 가장 쓸쓸한 풍경으로 묘사되었던 헤리넬도 마르케스 대령의 장례식을 떠올릴 수 있었다. 누군가 건넨 술잔을 든 나는 생전의 고모 목소리가 떠올라 잠시 머뭇거렸다. "느이 아버지도 술 안 먹고 느이 할아배도 안 잡쉈는데 어느 구멍으로 나왔는지 이기지도 못하면서 술 처먹는 것하고는" 그런 꾸지람이야 한쪽 귀로 듣고 한쪽 귀로 흘렸건만 어디에서 여태 사라지지도 않은 채 이 순간만을 기다렸던지 살아생전보다 생생하게 들려오는 거였다.

밤이 깊어서야 나는 한갓진 곳에 셋째 형과 쭈그리고 앉아 담배 한 대를 피울 수 있었다. 그전에 말더듬이 큰형은 나를 보고 "와와왔나?"라고 했고 둘째 형은 "시방새야!"라고 했으며 큰누나는 언제부턴가 고향 사투리를 싹 버리고 공장으로 회사로 옮겨다니다 자연스레 입에 밴 마산 말투로 "왔나?" 하며 씨익 한 번 웃어주었고 막내누나는 까마득히 잊은 지 오래되어 그게 한때는 내 별명이었다는 사실마저 새삼스러운 별명을 불러주었다. (물론 그로부터 여러 해가 흐른 뒤 미녀 레메디오스가 승천해버리듯 막내누나가 미국으로 떠나버릴 거라고는 짐작도 하지 못했다.) 셋째 형은 아무 말 없이 커다란 손으로 내 머리를 툭툭 건드렸다. 셋째 형은 고모의 마지막을 담담하게 묘사했다. 임종이 가까워지자 고모를 병원에서 집으로 모셨고 채 하루도 지나지 않아 빳빳하게 굳었던 고모가 튕기듯 윗몸을 일으키더니 눈, 코, 입, 귀로 피를 쏟아냈다고 했다. 피를 줄줄 흘리던 고모를 안고 있었다던 셋째 형은 퉁퉁 부은 눈으로 나를 바라보았는데 그 시선에 담긴 간절함, 아마 죽어가는 어머니를 안고 있던 순간에서 결코 헤어날 수 없을 것만 같은, 그 순간에 남은 삶의 일부분이 영영 결박당할 운명에 순응해버린 자의 간절함이 분분히 낙화하는 벚꽃처럼 내게로 쏟아졌다. 나는 셋째 형이 혼신의 힘을 다해 울음을 참는다는 걸 잘 알았다. 그는 언제나 그러했다. 내가 처음으로 보았던 그의 울음은 눈물이 없는 울음이었다. 셋째 형이 고등학생이었을 때 소개팅 자리에 따라나간 적이 있다. 송홧가루가 풀풀 날리던 화창한 봄날 어느 주말이었을 거다. 우리는 간이역에서 비둘기호에 올랐다. 셋째 형한테는 살구 비누 냄새가 났다. 시내까지 가는 동안에도 셋째 형은 양식집에서 칼질을 해주겠다고만 했지 소개팅 자리에 합석하는 거라는 말은 하지 않았다. 함지박이었는지 두레박이었는지 어쨌든 그와 비슷한 이름의 레스토랑에서 서울내기처럼 얼굴이 하얗고 눈코입이 오종종하며 웃을 때 입을 가리던 여자와 돈가스를 먹었다. 셋째 형은 그 누나와 눈조차 제대로 마주치지 못했고 자기 접시는 미뤄둔 채 내 접시의 돈가스만 하염없이 잘랐다. 너무 잘게 잘라 돈가스 조각이 손톱만해지자 접시에 딱딱 소리를 내가며 포크로 찍어 내 입에 넣어주었고 나는 어미참새에게 짹짹대는 새끼 참새처럼 입을 벌려 받아먹으며 그 누나를 곁눈질했다. 모든 이야기의 중심이 나였기에 평소에 생각해본 적 없는 것들, 손톱을 볼 때 손등을 위로 하는지 손바닥을 위로 한 뒤 손가락을 구부리는지와 같은 질문에 대답하느라 머리에 쥐가 날 지경이었고 그 누나가 약속이 있다며 일어서지 않았다면 볼일을 마친 뒤 밑을 닦을 때 오른손으로 하느냐 왼손으로 하느냐는 질문에 대답해야 했을지도 모른다. 돌아오는 길에 나는 거대한 슬픔을 동반한 기분이었는데 셋째 형은 어린 아우한테 눈물을 보이기는 싫었던지라 입을 꾹 다물고 온화함을 가장했으며 바로 그 표정이야말로 내게는 커다란 고통의 은유로 여겨졌다. 훗날 헤아려보니 셋째 형은 그 누나를 몰래 짝사랑했고 모든 노력을 기울여 신상을 알아냈으며 알음알음으로 소개를 받게 된 거였는데 내 돈가스만 자르다가 놓쳐버린 거였다. (어쩌면 그 누나는 포크로 손톱만한 돈가스를 찍어대는 형을 보면서 쇠스랑으로 두엄을 퍼내는 형의 일상까지 보았을지도 모른다. 그러므로 그 누나 역시 고독했을 것이다.) 대학 입시에 실패해 원하지 않던 후기 대학에 가게 되었을 때에도 셋째 형은 울지 않았으나 이제 스물두 살의 그는 울지 않고는 견딜 수 없는 시간을 울지 않고 견디는 중이었다. 셋째 형이 스물두 해 동안 담금질해 빚었던 인내라는 품성이 와르르 무너진 건 이틀 뒤 호남선이 맞바라보이는 장지에서 하관을 할 때였다. 관을 내리고 흙을 한 삽 떠넣은 뒤 누가 말릴 새도 없이 셋째 형은 무덤 속으로 뛰어들어 관을 부여잡고 통곡했다. 스물두 살 사내의 울음에는 스물두 살 사내에게만 가능한 슬픔이 있었고 거기에다가 스물두 해 동안 참아왔던 눈물이 더해져 지금까지 한 번도 존재한 적 없던 슬픔 같은 게 태어나버린 것 같았다.

다음날 나는 안방에 앉아 염을 하는 고모부를 지켜보았다. 고모부는 선로원이었고 사람들은 선로원을 공구리라고 불렀다. 호남선을 따라 선로원들이 핸드카를 타고 지나가는 걸 보면 조무래기들은 "공구리, 공구리, 철도 떼어다 엿 팔아먹는 공구리" 하며 노래를 불렀고 나는 그런 녀석들 몇과 주먹다짐을 하기도 했다. "공구리가 아니야, 개새끼들아, 우리 고모부야." 하굣길에 철둑을 따라 걷다 자갈치기를 하는 고모부를 스쳐지날 때도 있었는데 고모부는 검게 탄 얼굴을 들어 하얀 잇바디를 드러내고는 해찰하지 말고 집에 가라는 말을 넌지시 던지곤 했다. 워낙 과묵한데다 고모집에서라면 웬만해서는 말 한마디 없던 고모부였기에 그 말이 친절과 애정에서 비롯된 게 분명한데도 나는 무서운 소리라도 들은 것처럼 줄행랑을 치곤 했다. 그 시절 고모부는 반주 삼아 열 홉들이 소주 대두병을 상 옆에 두고 자작했는데 이 홉들이 병으로 다섯 병이나 되는 소주를 마시고도 낯빛 하나 바뀌지 않은 채 싱거운 트림을 하고는 마루를 고치거나 농기구를 손보거나 지게를 지고 낫 쥔 손을 건들거리며 뒷산에 오르기도 했다. 어른들이 고모부를 가리켜 술고래라며 손가락질한다는 걸 알고는 있었지만 내 눈으로 보고도 믿기지가 않았다. 작은 잔에 조용히 술을 따라 밥 한 술, 국 한 모금에 술 한 잔씩을 마시는 고모부한테는 뭐라 말로 설명하기 어려운 애틋함이 있었다. 아마도 그건 순수하게 술을 즐기게 되고 즐기다보니 아끼게 되고 아끼다보니 술의 정체성이랄까 술과 대화하고 술을 어루만지고 술의 말에 귀를 기울이게 되어버린 사람이 보여줄 수 있을 법한 고요한 일체감 같은 것이었으리라. 세월이 흘러 나이를 먹고 형들과 대작하는 경우도 생기면서 고모부의 탁월한 주량을 정통으로 물려받은 사람은 큰형도 둘째 형도 아닌 셋째 형이라는 걸 알게 되었다. 주량으로 따지자면 큰형과 둘째 형도 소주 대두병쯤 비우고도 게워내지 않을 정도는 되었지만 술 취한 기색마저 감추지는 못했는데 셋째 형은 그렇게 마셔도 첫잔을 마시듯 한결같았다. 어쨌든 고모부는 별난 사람이었다. 말술을 마시고도 멀쩡한 사람이어서가 아니라 농투성이 천지인 그곳에서 작은 밭뙈기 하나 소작으로 갈아먹으면서도 조상 대대로 물려받은 농토를 가꾸듯 정성을 기울여서였다. 기어이 어느 해 겨울 고모부는 철둑 옆 두어 마지기짜리 논을 장만하게 되었고 이듬해 봄 모내기에는 나도 불려갔다. 흙탕물 속에 기다랗고 거무스레한 물것들이 돌아다녔다. 나는 셋째 형에게 물었다. "형, 저거 드렁이(드렁허리) 아녀?" 그러자 셋째 형은 "아녀, 자 봐라 잉, 물뱀이어야" 하며 기다란 막대기로 건져올린 걸 보여주었다. "오메 참말로 물뱀이네 잉." 셋째 형과 나는 모내기가 끝날 때까지 수백 마리의 물뱀들을 막대기로 건져서 철둑 옆 수로에 던져넣었다. 그날 고모부는 유난히 유쾌했고 그 유쾌함이 농민의 자식으로 태어나 선로원으로 살면서 제 땅 한 뙈기 가져본 적 없던 자의 설움과 등가였다는 걸 어렴풋하게나마 헤아릴 수 있었다. 토지에 대한 고모부의 집착은 어둡고 무서운 측면도 있어서 훗날 고모부는 친척의 논을 이십 년 동안 대신 관리해주다가 소송을 벌여 기어이 당신의 명의로 돌려놓기도 했다.

엽전 한 닢을 고모의 입에 넣을 때마다 천 냥이오, 라고 외치는 고모부의 갈라진 목소리. 시립하듯 둘러선 병풍과 방안을 채운 향내와 시취가 섞인 무겁고 음울한 공기. 무릎을 꿇고 앉은 오남매의 허전한 등짝들. 내가 고등학생일 때 서부역이 내려다보이는 만리동에 작은 셋방을 얻어 큰형, 둘째 형, 막내누나 이렇게 셋이 살던 때가 있었다. 겨울 방학을 맞아 상경한 나는 그 방에서 잤던 첫날 연탄가스를 마시고 일주일 동안 누워 지내야 했다. 나와 똑같이 연탄가스를 마셨는데도 큰형과 둘째 형 그리고 막내누나는 돈 벌러 나갔다. 돌아와서는 끙끙 앓으며 잠들었고 다시 아침이 되자 나갔다가 마콘도의 바나나 농장의 노동자들처럼 그로기 상태가 되어 돌아오곤 했다. 그때처럼 축 늘어진 어깨 가운데 하나가, 그중 가장 덩치가 커다란 큰형의 어깨가 조용히 들썩거렸다. 울지는 못하고 어깨만 들썩거렸다. 그로부터 꼭 사 년 뒤 나는 큰형의 그런 모습을 다시 보게 되었다. 고모가 돌아가시기 전부터 큰형과 둘째 형은 발골사니 정형사니 그럴듯한 직명이 있으나 흔히들 그냥 마장동 칼잡이라 부르거나 더 흔하게는 정육일이라 부르던 일을 했다. 큰형과 둘째 형은 아침부터 저녁까지 미끈미끈한 돼지기름을 온

몸에 묻혀가며 여기저기를 발골칼에 찔리고 베여가며 옥탑방을 하나 얻어 살았다. 스물세 살이었던 나는 여름이 저물어가던 어느 날 형들의 옥탑방을 찾아갔다. 대낮이었으므로 옥상으로 향하는 계단의 화분 아래서 열쇠를 찾아 문을 열고 들어가서는 밥통에 남은 밥을 마파람에 게 눈 감추듯 먹어치우고 며칠째 씻지 못해 시큼한 냄새가 나던 옷을 벗고 샤워를 한 뒤 팬티만 걸친 채 선풍기를 켜고 누웠다. 우당탕탕 소리가 나더니 서울경찰청 보안수사대 대원들이 방안으로 뛰어들어와서는 내 손목에 수갑을 채웠다. 순식간에 벌어진 일이라 저항할 틈도 없었지만 수배생활에 진력이 났던지라 차라리 잘된 일이라 체념하고 순순히 그들을 따랐다. 누군가 일러주었을까, 아니면 이상한 낌새를 눈치챘을까. (훗날 큰형은 그 사람들이 나를 붙잡기 며칠 전부터 집 근처를 맴도는 걸 알았다고 했다.) 옥탑방을 나서는 순간 큰형과 맞닥뜨렸다. 말더듬이 큰형은 내 손목의 수갑을 보고는 눈이 휘둥그레졌다. 큰형은 어떤 상황인지 깨달았고 자신이 할 수 있는 일이 없다는 것도 알았다. 그리고 그 순간부터 지금까지 그리고 어쩌면 내가 죽는 날까지 결코 잊을 수 없는 말을 그들에게 했다. "내내내가…… 혀혀형인데…… 내내내 앞에서…… 수수수갑을…… 안 돼!" 모르는 이들이 보면 산적이나 고릴라를 연상할 수밖에 없이 덩치가 크고 험상궂게 생겼으나 한 번도 목소리를 높인 적 없고 누군가와 다툰 적도 없으며 요리를 좋아하고 자신이 요리한 음식을 누군가 먹는 걸 보며 행복해하던 큰형이 처음으로 분노가 가득 담긴 목소리로 울먹였다. 죽은 어머니의 입에 아버지가 엽전을 넣는 걸 보면서도 울지 못했던 큰형이……. 언젠가 나도 큰형에게 그런 말을 한 번쯤은 들려줄 수 있게 되기를 여전히 바란다.

염을 하는 길지 않은 시간 동안 나는 고모와 얽힌 추억들을 하나하나 떠올렸고 그처럼 어둑한 방에 앉아 있는 기분이 『백 년 동안의 고독』을 읽을 때 느껴야 했던 기묘함과 닮았음을 알았다. 그와 비슷한 시기에 쓰인 마리오 바르가스 요사의 『녹색의 집』에서도 느낄 수 있었으나 『백 년 동안의 고독』에서 더욱 압도적이었던, 그러니까 내가 호세 아르카디오 부엔디아와 우르술라 부부가 지은 저택의 어느 벽에 걸린 괘종시계가 되어 백 년 동안 솟았다가 가뭇없이 사라져버린 한 가문의 역사를 지켜보고 있는 듯한 느낌, 마콘도에 앉아 콜롬비아 전체를 라틴 아메리카 전체를 아니 이 세계 전체를 지켜보고 있는 듯한 느낌, 바로 그것이었다. 마르케스가 『백 년 동안의 고독』을 구상하고 집필할 때 『집』이라고 제목을 지으려 했던 것처럼 한줄기 강이 흐르는 낯선 땅에 집을 짓고 마을을 세우고 거기에 앉은 채로 세계와 투쟁하고 전쟁까지 치르면서 멸망해버리는 부엔디아 가문, 아니 본질적으로 우르술라 가문이라 해야 할 이 가문의 백 년은 집에서 시작되어 집에서 끝났다. 지혜로운 집시 멜키아데

스가 남긴 원고의 제목이었던 "가문 최초의 인간은 나무에 묶여 있고 최후의 인간은 개미의 밥이 되고 있다"는 문장처럼 불길한 예언들로 가득한 그 방에서 나는 고모가 속한 우리 집안의 내력과 고모와 고모부가 속한 집안의 내력과 그로부터 무한히 확장되고 증식되는 이 땅의 내력을 헤아릴 수밖에 없었다. 가련하고 고독한 자들의 역사. 한 번도 부유했던 적 없고 전쟁에서 이겨본 적도 없으면서 긍지와 신념을 잃지 않았던 쓸쓸한 자들의 역사. 가난하고 비참한 삶을 대물림하는 재주 외에 다른 재주를 지니지 못한 자들. 어느 마을에 가든 너무 많이 맞아 병신이 되어 돌아왔다는 대학생 한 명쯤은 있던 내 고향. 어디를 가든 비슷한 사람들과 사연들을 만날 수 있었던 내 조국. 그럼에도 죽음이 아니고서야 결코 무릎 꿇은 적 없을 만큼 숭고하게 오만했던 기이한 자들. 절대적으로 고독하여 고독을 까맣게 잊고 살았던 자들, 그자들 가운데 하나가 사라졌음을, 새벽부터 늦은 밤까지 쉴새없이 몸을 놀려 식구를 먹여 살리고 살림을 지탱하고 놋대야와 놋그릇을 닦듯 삶을 닦아, 윤이 나게 닦아, 뒤란 시누대 밭에서 바람이 불 때면 스산하게 들려오던 음악에 귀를 기울이고 하늘을 지나는 구름과 밤하늘의 별들에서 운명을 점치고 언제나 절망했으되 절망에 진 적은 없었던 한 사람이 한 줌의 쌀알과 엽전 세 닢을 입안에 물고 떠나던 그 시간, 나는 나의 우르술라를 영영 잃었음을 깨달았다. 그제야 고모의 부재가 실감되었고 천천히 번져오던 이 느낌이 그예 나를 점령해버렸음을 알았다. 깨달음의 순간은 오한이 찾아오는 순간과 비슷하다는 것도. 『백 년 동안의 고독』의 마지막 문장인 "바람에 의해 부서질 것이고, 인간의 기억으로부터 사라져버릴 것이고, 또 백 년의 고독한 운명을 타고난 가문들은 이 지상에서 두번째 기회를 가지지 못하기 때문에 양피지들에 적혀 있는 모든 것은 영원한 과거로부터 영원한 미래까지 반복되지 않는다고 예견되어 있었기 때문이다"라는 노벨문학상 수상 연설문인 「라틴 아메리카의 고독」에서 마르케스 자신에 의해 이렇게 부정되었다. "그것은 삶의 새롭고 활짝 갠 유토피아이며 그곳은 아무도 타인을 위해 심지어는 어떻게 죽어야 한다고까지 결정을 내릴 수 없는 곳이며, 정말로 사랑이 확실하고 행복이 가능한 곳이고, 백 년 동안의 고독을 선고받은 가족들이 마침내 그리고 영원히 이 지구상에 새로운 기회를 가질 수 있는 곳입니다." 『백 년 동안의 고독』을 쓰는 순간 이미 '새로운 기회'가 부여된 것이나 마찬가지임을 마르케스가 몰랐으리라 여기지는 않는다. 우르술라 가문은 마콘도에서 태어나 마콘도와 더불어 사라졌지만 『백 년 동안의 고독』이라는 소설과 더불어 끝없이 되살아날 것이며 아무리 거센 열풍이 불어와 마콘도를 휩쓴다 해도 바람이 잦아들기만 하면 먼지가 내려앉아 뭉치고 단단해져 새로운 마콘도를 짓는 벽돌이 될 것임을, 광대뼈가 주저앉아 정말로 이 세상 사람이 아닌 것 같던 고모의 입안에 미래의 반역의 군자금처럼 쌀알과 엽전을 은닉하는 고모부를 오남매의 어깨 너머로 지켜보면서 알았다. 앞으로 내가 쓰게 될 그 모든 소설에서, 써야 할 그 모든 소설에서 나의 고모가 나의 우르술라로 되살아나 활자를 성큼성큼 딛고 슬픔 없는 세계, 순수한 고독의 세계로 걸어들어갈 것임을 환영처럼 보았다.

불멸하는 진심의 언어

글을 쓰는 사람은 흔히 남김없이 쓴다 해도 결코 완전하게 쓸 수 없으리라는, 아무리 적게 쓴다 해도 너무 많이 쓰게 되리라는 불안을 느낀다. 이 불안이 글쓰기를 절대적으로 가로막지 못하는 이유는 글을 읽는 이들 역시 글을 쓰는 사람과 마찬가지로 글쓰기의 불완전성을 알고 있으리라 간주하기 때문이다. 만약 한 편의 글이 완전하다면 그 이유는 글 자체가 흠잡을 데 없이 정교해서가 아니라 글의 틈이나 군더더기를 자신만의 방식으로 채우고 소거하며 읽어주는 이들이 있기 때문일 것이다. 글이 그러하듯이 말 또한 이와 비슷한 방식으로 완전해지는 듯하다. 여러 해 전 작가 체류 프로그램에 참여해 인도에 머문 적이 있다. 인도 남부 타밀나두주에 속한 오로빌이라는 곳이었는데 일종의 생활공동체였다. 거기에 정착한 사람들을 오로빌리언이라고 하는데 그 당시 한국인 오로빌리언도 예닐곱쯤 있었다. 그중 한 사람이 내게 무척 흥미로운 이야기를 들려주었다. 그는 인도에서 여러 해를 지냈지만 형편이 닿지 않아 한국에 돌아갈 수가 없었다. 어느 해 여름 고향에 계시는 어머니가 그를 만나기 위해 먼길을 날아왔다. 공항이 있는 도시까지 마중을 나간 그는 어머니를 모시고 그가 사는 곳으로 왔다. 그가 머무는 공동체 마을로 들어가려면 현지인들의 마을을 지나야 했다. 어느 마을을 지나는데 노인들이 반얀나무 그늘 아래 주르륵 앉아 있었다. 그의 어머니는 노인들 옆에 앉더니 비슷한 연배로 보이는 노부인과 오랫동안 이야기를 주고받았다. 뜨거운 여름날 고향 마을 들머리 정자에 모여 잠시 한가로운 시간을 보내는 사람들과 그러하듯이 무람없이 이런저런 이야기를 나누었다. 서로의 말에 맞장구도 치고 고개도 끄덕이고 혀도 차면서. 그는 재촉하지 않고 두 노부인의 대화에 귀를 기울였다. 귀를 기울이면 기울일수록 그의 심사는 복잡해졌다. 어머니가 지금 이야기를 나누는 노부인은 열다섯 개나 되는 인도의 공용어 중 하나인 타밀어를 쓰는 사람이었다. 어머니 역시 표준 한국어가 아닌 고향 사투리를 쓰는 사람이었다. 서로의 말을 알아들을 가능성은 희박해 보였다. 그럼에도 불구하고 그의 어머니는 족히 한 시간쯤 즐겁게 대화를 나눈 뒤에야 인사를 하고 일어섰다. 그가 어머니에게 말도 안 통하는데 무슨 얘기를 그리 오래 나누었냐고 묻자 어머니는 그게 대수냐는 듯 한숨을 푹 내쉬더니 "저이도 사는 게 힘든가보더라" 하고는 그만이었다. 그의 이야기를 들었을 때는 흔흔히 웃고 말았지만 곱씹어보면 기이한 사연이 아닐 수 없었다. 나는 오랫동안 이 이야기를 가슴에 품고 지냈다. 말이 통하지 않는 두 사람을 서로에게 비끄러매어준 힘이 무엇이었을까를 생각하면 가슴이 뜨뜻해졌다. 인종도 국가도 언어도 경험도 다른 두 사람이 서로에게서 발견했던 것들, 어쩌면 볕에 그을리고 주름이 고랑을 이룬 얼굴이었거나 염소 목줄에 쓸려 생겨난 손목의 상처였거나 마디 굵은 손가락이었거나 혹은 푸른 하늘에 높이 뜬 부드러운 조각구름 하나였거나 반얀나무 잎사귀를 흔들고 지나는 바람이었을지도 모르는, 눈을 감아도 보이기에 서로에게서 발견하지 않을 수 없었던 것들을 생각하면 '저이도 사는 게 힘든가보더라'는 말에 담긴 무수한 의미들이 섬돌에서 튀어오르는 자디잔 빛 알갱이로 눈앞에 떠올랐다. 두 사람의 언어는 무관했지만 그러한 사실이 두 사람이 서로에게서 스스로를 발견하고 애틋함을 느끼며 공감하는 걸 가로막지는 못했다. 그이들은 서로의 얼굴을 본 게 아니라 서로의 삶을 통째로 단번에 알아보았던 거다. 서로의 가슴속으로 미끄러져 들어감으로써.

하나의 단어가 절대적이고 불변하는 의미를 지시하는 경우란 거의 없다. 사소하고 평범한 단어라 할지라도 세월이 흐르면 전혀 다른 의미를 지닐 수도 있고 의미가 달라지지 않는 대신 형태가 달라질 수도 있으며 다른 단어에 자신의 자리를 내주고 소멸할 수도 있다. 언어는 변한다. 변화야말로 언어의 가능성이며 언어는 이러한 가능성을 지녔기에 아름답다고도 할 수 있다. 어린 시절부터 나는 언어에 민감할 수밖에 없었다. 남다른 언어 감각을 지녀서가 아니라 일상에서 사용하는 언어와 학교에서 배우는 언어가 달라서였다. 내 고향은 산아래 자리잡은 농촌 마을이었고 거기에 살던 사람들은 거의 한평생 고향을 떠나본 적이 없었다. 아낙들의 택호는 그이들의 고향에서 유래하는데 대부분 이웃 동네 출신이었고 기껏해야 군의 경계를 넘어설 뿐 도의 경계를 넘어서는 경우는 없었다. 그이들의 언어는 그 지역의 사투리일 수밖에 없었고 내가 학교에서 배우는 표준어와도 다를 수밖에 없었다. 이를테면 내 이름은 "홍규"인데 내 고향 어른들은 내 이름을 제대로 불러준 적이 없다. 심지어 부모조차 나를 부를 때는 "홍규야"가 아니라 "홍기야"라고 했다. 나도 마찬가지였다. 중학생이 될 때까지 타지에 살던 사촌누나를 어른들이 부르던 대로 따라 불렀기 때문에 나는 그 누나의 이름이 "행이"인 줄로만 알았다. 그렇게 부르면서도 속으로는 딸이라는 이유로 이름을 그따위로 지어주는 법이 어디 있냐며 혼자 분개하기도 했는데 누나의 이름이 "혜영"

이라는 걸 알게 되었을 때 얼마나 놀랐는지. 사투리와 표준어의 차이는 하나의 언어체계 내부에도 다양성이 존재한다는 보편적 사례이겠지만 제도화된 언어 내부에도 그런 차이는 존재한다. 아마도 오래되어 식상하고 진부한 이 유머를 들어본 적이 있을 것이다. 어느 날 아버지와 아들이 목욕탕에 갔다. 아버지는 뜨거운 온탕에 들어가 몸을 담근 뒤 "시원하다!"고 말했다. 아들은 아버지에게 정말 시원하냐고 물었다. 아버지는 고개를 끄덕였고 아버지를 따라 온탕에 들어간 아들은 깜짝 놀라며 "세상에 믿을 놈 하나 없네!"라고 투덜거렸다는 유머 말이다. 아들은 '시원하다'의 일차적 의미인 '알맞게 서늘한 상태'만을 생각했기 때문에 '답답한 마음이 풀리어 후련한 상태'라는 또다른 의미를 놓쳤던 셈이다. 하나의 단어가 상황에 따라 적절한 의미로 해석되어야 하는 이유는 그 말에 담긴 진심을 헤아리기 위해서다. 어쩌면 우리는 이 유머에서 다양한 진심을 볼지도 모른다. 단순한 해프닝을 볼 수도 있고 아들을 골탕 먹이기로 작정한 아버지를 볼 수도 있으며 아버지를 비난할 꼬투리를 잡기 위해 호시탐탐 기회를 노리는 아들을 볼 수도 있다. 좀더 관념적으로는 부모 세대와 자식 세대의 소통 불가능성에 대한 알레고리를 볼 수도 있다. 무엇을 보든 이런 해석이 가능할 수 있는 건 이 유머가 하나의 단어가 하나의 의미를 지시하지 않는다는 점을 코드로 사용하기 때문이다. 그러나 어떤 언어 사용자라 해도 자신의 모국어에 대해서라면 훨씬 더 많은 경우 이러한 다양성을 의식하기보다는 의식하지 않은 채 즉각적으로 사용하게 된다. 이를테면 "식었다"라는 말은 일반적으로 뜨거운 상태에서 차가운 상태로 변했음을 뜻하지만 우리는 차가운 맥주가 미지근해졌을 때에도 "식었다"라고 한다. 뜨거운 쪽에서 차가운 쪽으로의 이동과 차가운 쪽에서 뜨거운 쪽으로의 이동은 정반대의 운동임에도 하나의 단어로 표현한다는 건 모순적이지 않을 수 없다. 그럼에도 우리는 이 모순을 의식하지 않는다. 왜냐하면 적어도 이 단어의 경우 '한껏 고양된 상태가 한풀 꺾여 차분해진 상태'라는 추상적인 의미가 전제처럼 작동하기 때문이다. 뜨거운 것과 차가운 것은 어떤 상태의 절정을 가리키며 그런 상태에서 한 걸음 물러나면 모두 다 '식은' 상태일 것이다.

오래전 나를 괴롭힌 말이 있었다. 나는 할머니가 돌아가시기 전까지 한방에서 지냈다. 할머니 방에 내가 기생했다고 하는 게 옳을 듯하다. 그런 이유로 내 말의 상당 부분은 부모뿐만 아니라 할머니한테서 비롯되었고 사투리와 표준어의 긴장관계는 요약하자면 할머니의 언어와 제도권 언어의 긴장관계나 다름없었다. 나는 의식적으로나 무의식적으로나 할머니의 말투와 어휘 등을 흉내내려 했으나 생각처럼 쉽지 않았다. 그 일이 어려웠던 이유 가운데 하나는 이미 내 마음속에 일종의 방어기제가 작동한 데 있었다. 표준어를 사용하는 것은 문명이며 사투리를 사용하는 것은 야만이라는 이분법을 학교 교육을 통해 받아들였던 나는 할머니의 말투와 어휘에서 야만의 기미를 느낄 수밖에 없었고 그러한 야만에 잠식당하지 않기 위해서는 일정한 거리를 두어야 한다는 판단을 했던 듯하다. 그러나 오랜 세월 할머니의 언어를 곱씹으면서 새롭게 깨달은 사실이 하나 있다. 내가 할머니의 말투와 어휘를 흉내낼 수 없었던 가장 큰 이유는 그 말에 깃든 정서 혹은 그 말을 하는 이가 살아오면서 쌓아온 사연들을 재현할 수 없어서가 아닐까, 라는 거였다. 하나의 낱말조차 한 사람의 삶과 더불어 윤이 나고 의미가 깊어지기 마련이므로. 한평생을 바쳐 하나의 낱말을 갈고닦았다는 건 그 낱말과 더불어 웃고 울고 때로는 공공연하게 때로는 비밀스럽게 다루어왔음을 뜻한다. 내가 결코 흉내낼 수 없으리라 여기는 당신의 낱말 가운데 하나는 '아짐찮다'이다. 굳이 뜻풀이를 하자면 '미안하고 고맙다'라고 할 수 있는데 이 낱말은 사전에 없다. 사전에 없는 낱말의 의미와 어감은 결국 그 낱말을 사용하는 사람에 의해 비전될 수밖에 없다. 그러니까 나는 아직 그 말의 비밀을 모르는 셈이다. 하나의 낱말에 미안함과 고마움이라는 두 가지 감정을 담을 수 있으려면 감정들의 경계를 위태롭게 지나야 하고 우리가 사는 세계에서 벌어지는 사건과 존재하는 사물에 깃든 '확정되지 않은 영토'를 가로지를 수 있어야 한다. 이 불확정성이야말로 낱말의 비밀이라 할 수 있으련만 당신에게 내가 왜 아짐찮은 사람이었는지, 당신이 누리던 하루하루가 왜 아짐찮은 시간이었는지 온전히 헤아릴 수 있게 될 때 비로소 그 비밀에 이를 수 있을 것이다. 비밀에 다가가는 과정은 낱말과 더불어 사연을 쌓아가는 과정이며 내게 그건 곧 소설을 쓰는 것과 다르지 않다. 사전을 믿어본 적이 없다. 사전에는 마땅히 기록되어야 할 숨결이 없으므로 거기에 등재된 낱말은 죽은 낱말이다. 단어를 발음하는 순간 그 목소리의 떨림마저 기록할 수 있는 사전이 나온다면 누구보다 먼저 반기겠지만 그런 사전은 앞으로도 영영 나오지 않을 것이며 그러기에 소설은 스스로 사전이 되어야 한다. 역사에 매장된 숱한 언어들은 사전이 아닌 삶에서 발굴되어야 하고 사전이 아닌 소설에 등재되어야 한다. 소설은 그와 같은 방식으로 하나의 사전이 된다. 그리고 그 사전은 어떤 사전보다 독특한 형태일 것이다. 기역에서 히읗의 순서를 따르지 않는 체계적인 혼돈의 세계일 것이며 언제나 자기 자신의 바깥에 존재하게 될 것이다. 사전에 없는 말이 되기를 두려워하지 않아야 아름다운 소설일 수 있다면 우리가 이미 아는 삶이 아닌 다른 형태의 삶을 두려워하지 않아야 아름다운 삶에 다가갈 수 있는 것인지도 모르겠다.

같은 낱말이라 해도 사전에 있을 때보다 살아 있는 사람의 입에서 나올 때 아름다운 이유 역시 그 낱말을 발음하는 이의 사연이 담겨서라는 걸 뒤늦게 깨달으면서 정작 내가 흉내내야 했던 건 할머니의 말투와 어휘가 아니라 당신이 세계를 바라보던 방식, 고달프고 끔찍하며 비참했으나 누구보다 낙관적이었던 당신의 태도였어야 한다는 후회가 찾아왔다. 당신이 고맙다고 말하면 고마워하는 진심이 느껴졌고 당신이 미안하다고 말하면 미안해하는 진심이 느껴졌다. 그에 비하면 내 말은 허위에 가깝지 않았던가. 내 말이 아름답지 못하다면 내가 쌓아온 사연들이 그러한 것이다. 그러므로 내 말의 결함은 사투리나 표준어의 결함이 아닌 결국 내가 살아온 삶의 결함이라고 할 수 있다.

어쨌거나 많은 말이 나를 괴롭혔지만 특히 괴로웠던 말이 '쌀사다'와 '쌀팔다'였다. '쌀사다'는 쌀을 팔아 돈으로 바꾼다는 뜻이며 '쌀팔다'는 돈을 주고 쌀을 산다는 뜻이다. 그리고 이 말은 사투리가 아니다. 지금도 사전에 표준어로 등재되어 있다. 나부터도 이 말을 거의 사용하지 않으니 오늘날 이 말을 실제로 사용하는 이들은 일부에 지나지 않을 테고 새로운 세대들은 이 말을 들어본 적도 없을 개연성이 높다.

그 시절에 내가 손꼽아 기다리던 날 가운데 하나가 닷새마다 돌아오던 장날이었다. 장날이 공휴일과 겹치면 어머니가 나를 시장에 데려가주지 않을까 싶어 잔뜩 기대에 부풀었고 매번은 아니었지만 서너 번에 한 번쯤은 어머니를 따라 시장에 갈 수 있었다. 시장으로 가는 길이 순탄하지는 않았다. 하루에 대여섯 번 다니는 버스를 놓치지 않으려면 시간을 잘 맞추어야 했고 가는 데 한 시간 오는 데 한 시간씩 걸렸으며 비포장길을 덜컹거리며 달리는 버스에 앉아 있노라면 멀미가 나고 기운이 쏙 빠지기도 했으니 말이다. 그러나 시장 초입에 이르러 버스에서 내리는 순간부터 언제 멀미가 났느냐 싶게 발걸음이 가벼워지는데 어디에 있는지 알 수 없으나 기름집에서 퍼져나와 시장의 골목을 물들인 고소한 참기름 냄새부터가 가슴을 간질이는 거였다. 이제 두어 시간만 꾹 참고 어머니를 졸래졸래 따라다니면 호떡과 도넛 같은 주전부리부터 시작해 짜장면까지 먹을 수 있을 테니 신이 나지 않을 수 없었다. 시장에 도착해 어머니와 맨 먼저 들르는 곳은 단골 싸전이었다. 어머니는 집에서 가져온 쌀자루를 저울에 올려놓고 이 사정 저 사정 다 알던 싸전 주인과 신경전을 벌였는데 마침내 싸전 주인의 손에서 어머니의 손으로 얼마간의 돈이 건네지면 누구라 할 것 없이 밑졌다는 표정을 짓곤 했다. 그 돈으로 어머니는 장을 보았고 내게 호떡이나 도넛을 사주었으며 마지막 의식이라도 치르듯 버스정류장 근처의 중국집에 들러 짜장면을 한 그릇씩 먹는 거였다. 집으로 돌아가는 버스에 오르면 아쉬움도 없지 않았으나 포만감 때문에 대체로 행복했던 것 같다. 그런 기분이었기에 어머니의 쓸쓸한 표정을 이해하기가 어려웠다. 장바구니를 발치에 두고 차창 밖을 바라보는 어머니의 얼굴에 깃든 우수가 나로서는 기이할 뿐이었다. 세월이 흐른 뒤 돌아보면서 그 시절에 내가 대수롭지 않게 여겼던 어머니의 머뭇거림들, 양품점이나 미용실이나 화장품 가게처럼 어머니의 마음을 사로잡았을 곳들은 들르지 못한 채 오직 가게에 소용되는 물목들을 갖춘 상점들만 다니면서, 그것도 한푼이라도 더 적게 들고 더 좋은 물건을 찾아 발품을 팔아야 했던 어머니의 심사를 조금은 헤아릴 수 있게 되었지만 무엇보다 자주 떠올리게 되는 건, 장날 아침이면 어머니가 그날 구입할 물목들을 헤아리고 비용을 셈한 뒤 필요한 쌀을 사려면 쌀을 얼마나 가져가야 할지를 결정하거나 이번에 쌀사면 다음번에 쌀팔 일이 생기는 건 아닌지를 걱정하는 모습이었다. 내게는 그 말이 어리둥절할 만큼 어렵기도 했거니와 그 어려운 말을 아무렇지도 않게 하는 당신이 신기하기도 했다.

이 글을 쓰는 지금도 사실 조금 헷갈리며 앞으로도 그럴 것 같다. '쌀'이라는 낱말에 쌀의 의미도 있고 돈의 의미도 있다는 건 누구나 안다지만 서로 다른 의미를 지닌 '쌀'이라는 낱말을 한 문장에 아울러서 사용할 수 있으려면 쌀이 곧 돈이고 돈이 곧 쌀이지만 쌀은 돈이 아니고 돈은 쌀이 아니라는 걸 거의 선험적이라 할 만큼 체득하고 있어야 가능할 것이다. 그러니까 쌀과 돈 앞에서 절망해본 사람들만이, 쌀과 돈 앞에서 피눈물을 흘려본 사람들만이, 그것도 한두 번이 아니라 어쩌면 일상적으로 절망했기 때문에 한 번도 절망해본 적이 없는 것처럼 보이는 사람들만이, 잠든 동안에도 잊은 적 없는 사람들만이 이 말을 능란하게 사용할 수 있는 것인지도 모른다. 귤을 발음할 때 자연스레 입안에 침이 고이듯 쌀을 발음하거나 돈을 발음할 때 자연스레 혀 밑에 슬픔이 고이는 사람들. '쌀사다'와 '쌀팔다'는 그런 시대를 살았던 사람들의 언어이므로 내가 아무리 흉내 내려 한들 쌀과 돈에 얽힌 그이들의 사연까지 흉내낼 수는 없었을 것이다. 삶이 깃든 모든 언어가 피멍이 든 것처럼 느껴지는 이유도 그래서인 듯하다.

그이들의 언어에는 그이들만의 진심이 있다. 그리고 내게는 나의 세대와 동시대 사람들의 언어가 있고 이 언어에도 자신만의 진심이 있다. 오래전에 돌아가신 할머니는 결코 알 수 없었던 우리 시대만의 낱말들인 이주노동자, 이주결혼여성, 다문화 등에도 저마다의 피멍과 진심이 있다. 그리고 이 진심은 오늘날 세계 곳곳에서 왜곡되거나 훼손되고 있는 것처럼 보인다. 유럽의 국가들이 다문화 정책의 실패를 공식 선언한 지 오래이며 미국의 트럼프 대통령으로 상징되는 이주민과 난민에 대한 공공연한 테러와 협박과 멸시 역시 만연한 듯하다. 인종, 종교, 국가, 민족에 대한 차별과 혐오가 커지는 것처럼 계급, 계층, 성별,

나이, 재산, 직위에 따른 차별과 혐오 역시 깊어지는 것 같다. 한국 사회라고 해서 이러한 흐름에서 크게 벗어나 있는 것처럼 보이지는 않는다.

내가 '다문화'라는 낱말을 발음했을 때 내 아이가 어떻게 듣게 될지 나는 몹시도 걱정이 된다. 내 아이는 내 말에서 어떤 기미를 느끼게 될까. 차별과 편견과 억압과 배제와 추방을 보게 될지, 그와는 다른 희망을 보게 될지. 만약 할머니가 살아 있다면, 당신의 세계관과 당신의 태도에 비추어 당신이 이런 낱말을 발음했을 때 어떤 느낌일지를 상상해본다. 어느 따뜻한 봄날 마당 가득 부려진 햇살들을 자박자박 밟으며 이국에서 온 사람이 당신을 방문한다. 당신은 안녕하시오? 라고 말할 테고 이국에서는 이 말을 어떻게 하느냐고 물을 것이다. 이국에서 온 사람은 이렇게 대답하겠지. "쭘리업쑤어" "신 짜오" "나마스떼" "쿠무스타 포까요" "센베노" ……. 그이가 가고 난 뒤 당신은 혼잣말처럼 이국의 인사말을 발음해볼 것이다. 그 말들에 담긴 진심, 안녕하고 무사하며 평온하며 행복하길 바라는 진심, 불변의 진심을 느끼며 내 고향 사투리처럼 들리는 목소리로 따라 할 것이고 머지않아 당신은 그이들의 언어에 당신 언어의 진심을 얹어 말할 줄 알게 될 것이다. 당신의 모국어라도 되는 듯 아무것도 의식하지 않은 채, 그러나 모든 걸 의식한 채 진심만을 말하게 될 것이다.

노인에 관한 명상

어떤 말은 스스로 뜻을 담아 말하게 되기까지는 온전히 내 말이 아니기도 하다. '사랑'이라는 낱말을 안다고 해서 사랑을 안다고는 말할 수 없듯이 어떤 낱말은 체험하는 순간에만 오롯이 내 말이 되기도 한다. 어린 시절 할머니와 지내던 겨울이면 윗목에 화로가 놓였다. 덜렁대는 손주가 팔뚝이라도 델까봐 노심초사했을 할머니는 화로 근처에도 오지 못하게 했는데 거기에서 밤이 구워지며 내는 탁탁 소리에 얼마나 가슴을 졸였는지 모른다. 타버린 껍질을 벗겨내고 딱딱해진 보늬를 부숴가며 손안에 굴려 식혀 먹던 군밤은 아련하지만 그 시절 할머니에게 들었던 언어들만은 지금도 생밤처럼 입안에서 씹힌다. 아무리 들어도 헷갈리던 낱말 가운데 하나가 '여의다'였다. 물론 할머니는 고향 사투리로 말했기 때문에 내게 그 말은 '여의다'보다는 '여우다'에 가깝게 들렸다. "그 집은 자식들을 모두 여우고 얼마나 쓸쓸하겠소"라는 말이 딸들이 모두 결혼했다는 뜻일 수도 있으나 때로는 자식을 모두 앞세워 저세상으로 보냈다는 뜻일 수도 있다는 걸 헤아리는 일이 어린 내게는 결코 쉽지 않았다. 그때의 말투와 표정에 주의를 기울여야 비로소 의미가 분명해졌다. 세월이 오래 흐른 뒤에야 그 시절의 할머니는 이미 딸자식을 결혼시켜 내보낸 적이 있으며 몇몇의 자식들을 저세상으로 떠나보낸 적도 있음을 깨달았다. 그러니까 할머니는 '여의다'라는 낱말을 단순히 알았던 게 아니라 삶으로 체득한 거였다. 그런 이력을 알지 못했던 나는 '여의다'라는 말을 발음할 때 할머니의 말투에 서린 알 수 없는 심연을 흉내내고 싶어 안달했다. 오래지 않아 그처럼 차갑고 고즈넉했던 겨울 어느 날 할머니가 돌아가셨다. 나는 상을 치르는 내내 어리둥절할 수밖에 없었는데 차츰차츰 내 가슴 한구석에서 난생처음 겪어보는 어떤 감정이 치솟았고 그 감정은 송곳처럼 날카로워서 한 가닥 전선이 내 몸을 관통하는 것만 같았다. 나는 처음인 듯 '여의다'라는 말을 중얼거렸고 그 낱말이 지닌 뜻이 너무나 분명해 슬픔에 빠졌으며 나이를 먹는다는 건 이처럼 모호한 단어들을 하나씩 하나씩 명백한 단어들로 뒤바꿔가는 과정임을 알게 되었다. 어떤 낱말을 자유롭게 구사하게 되는 최초의 순간이 있다. 그 최초의 순간이 지나고 나면 그 낱말을 아직 체험하지 않았던 시절이 몹시 그리울 때도 있다.

유년 시절의 대부분을 할머니와 더불어 보냈던 터라 내게 가장 선명하게 새겨진 노인의 이미지는 할머니다. 할머니는 내가 초등학교 3학년일 때 돌아가셨다. 할머니가 돌아가신 뒤로 무언가가 변해버렸고 적어도 내게 나이를 먹는다는 건 그게 무엇인지를 천천히 깨달아가는 과정이기도 했다. 할머니가 돌아가신 뒤로도 내 삶의 기착지라 할 만한 이런저런 중대한 변화의 순간들은 많았지만 어찌 보면 내 삶은 할머니가 살아계실 때와 돌아가신 뒤로 나누어도 될 것 같다. 비록 지금 당신은 내 곁에 없지만 나는 외롭고 힘들 때마다 당신과 얽힌 추억들을 꺼내 펼쳐보았다. 그러면 이상하게도 지금 겪는 어려움이 별일 아닌 것처럼 여겨졌고 오래전부터 이런 일이 있을 줄 알고 당신이 미리 나를 위로해주었던 게 아닐까 싶어졌다.

당신이 내게 품었던 애정이 특별히 도타웠던 것은 내가 유일한 손자였기 때문이겠지만 당신이 뭇사람을 대하는 방식에도 보통 이상의 정다움이 깃들어 있었고 그런 태도에서는 옛사람들만이 지녔던 사람에 대한 경외 같은 게 엿보였다. 물론 당신은 이런 일들을 호들갑을 떨거나 유난스럽게 굴면서 하지는 않았다. 할머니와 함께 떠오르는 또다른 노인의 이미지가 할아버지가 아닌 건 내가 기억하기에는 너무 일찍 돌아가셨기 때문이기도 하지만 할머니의 오라버니인 넛할아버지의 인상이 깊이 자리잡았기 때문이기도 하다. 유일하게 살아남은 할머니의 형제였던 넛할아버지는 자주는 아니었고 일 년에 꼭 한 번씩 우리집을 찾아왔다. 찾아오는 시기는 날을 받아둔 것처럼 일정했는데 첫눈이 내리고 서리가 내려앉고 헐벗은 나뭇가지 사이로 희고 푸른 하늘이 떠오를 무렵이었다. 내가 지금도 기이하게 여기는 것 가운데 하나는 그 시절 전화는커녕 다른 기별조차 없었건만 오라버니가 오는 날을 틀림없이 알아 그날 아침이면 아버지에게 오라버니가 좋아하는 술을 한 되 받아오길 청하는 거였다. 그런 날이면 한나절도 지나지 않아 점심때 못 미쳐 지게를 진 넛할아버지가 마당으로 들이닥치기 마련이었다. 지겟작대기를 탁탁 찍으며 눈 덮인 산길을 넘어온 이라고는 믿을 수 없을 만큼, 그것도 제대로 된 신도 아닌 짚신이나 고무신을 신은 채 병에 든 술을 한 모금씩 삼키며 허위단심 넘어왔으련만 힘든 기색이라고는 전혀 없이 그 볼품없이 검게 타고 쭈그러든 얼굴이 환하게 피어나며 지게를 내려놓고 토방에 올라서 막 댓돌에 내려선 누이의 두 손을 마주잡는 거였다. 당신들 사이에 별다른 말이 오가지는 않았다. "오라버니, 외깄소." "누이, 잘 지냈는가." 그러고는 아랫목을 서로 양보하다 비스듬히 몸을 틀고 나란히 앉아 넛할아버지는 점심으로 술을 마시고 할머니는 오라버니가 지게에 지고 온 곶감 가운데 하나를 먹었다. 그러고 나면 넛할아버지는 엉덩이를 털고 일어나 누이의 손등을 한 번 쓸어주고는 다시 지게를 지고 왔던 길을 되짚어 돌아가는 거였다.

아마도 넛할아버지는 아직도 캄캄했을 새벽에 집을 나섰을 테고 초겨울 짧은 해가 지고도 밤이 이슥해질 무렵에야 그 집으로 돌아갔을 테다. 오가는 데 꼬박 하루가 걸리는 길을 오직 누이의 얼굴 한 번 보고 손등 한 번 쓸어보기 위해 다니는 이 없어 쌓인 눈에 발목이 푹푹 빠지는 산길을 누이가 어린 시절부터 좋아했던 곶감을 지게에 지고 걸어왔을 넛할아버지. 가난하고 비참했던 옛사람들이 보여준 동기간의 우애란 이처럼 무지막지한 구석이 있었고 넛할아버지가 왔던 길을 되짚어가기 위해 우리집을 나설 때 그이를 배웅하던 할머니는 서러우리만큼 고요하기까지 했다. 이 세계가 고독한 이유는 원래부터 그러하기 때문이 아니라 우리가 이 세계에 속함에도 추방당한 기분을 느껴야 하기 때문이며 그처럼 고독한 개인들이 이 세계를 구성하기 때문에 세계 역시 고독할 수밖에 없다는 걸 할머니와 넛할아버지는 알고 있는 것만 같았다. 그러기에 넛할아버지가 저 깊은 산에 담뿍 담겨 더는 보이지 않게 된 순간 고개를 돌려 나를 바라보던 할머니는 고독은 부수거나 없애버릴 수 있는 것이 아니므로 하나의 고독과 또다른 고독이 만나 이전의 고독과는 전혀 다른 새로운 고독이 되는 짧은 순간을 누릴 줄 알아야 한다고 내게 눈빛으로 일러주는 듯했다.

할머니가 돌아가신 뒤 우리 집안의 남은 어른은 윗집에 살고 계시는 작은할아버지와 작은할머니 내외였다. 작은할머니는 근동까지 뜨르르하게 알려진 욕쟁이 할머니였다. 입담이 드세기로 유명한 아주머니도 동네에 한 분 계셨지만 그분조차 작은할머니 앞에서는 오금을 펴지 못할 정도였으니 매일처럼 한 이불 덮고 살아야 하는 작은할아버지의 심사가 어떠했을지 짐작하기란 어렵지 않았다. 오래전에 돌아가신 할아버지와 작은할아버지는 형제답게 성품이 비슷하여 과묵하다못해 답답할 만큼 말수가 적고 부지런하기는 소 같으며 눈치가 없고 셈속이 어둡다는 점도 꼭 닮았다고들 했다. 그래서 할아버지를 잘 기억하지 못하던 나는 작은할아버지를 보면서 할아버지가 저런 분이었구나 했던 거였다. 두 형제가 위아랫집으로 더불어 살게 된 건 우애가 깊어서였고 둘의 우애가 깊은 연원을 헤아려보면 본처가 아닌 후처의 자식들로 본처의 자식들에게 괄시받은 처지인지라 서로를 믿고 의지할 수밖에 없어서였다. 작은할아버지는 어린 내가 보기에도 작은할머니의 기세에 눌려 그렇지 않아도 허깨비 같은 분이 반쯤 지워진 사람 같았다. 이른 새벽부터 윗집에서 작은할머니의 날선 목소리가 우리집 마당까지 날아오기 일쑤였지만 작은할아버지가 그 말에 한 마디라도 대꾸하는 걸 보거나 들은 적은 없었다. 어쩌면 작은할아버지의 이상하리만큼 절제된 침착함이 작은할머니의 부아를 돋우었을 수도 있겠는데 달리 보면 두 분은 서로 맡은 배역을 훙겹게 수행하며 한 생을 견디는 중이었는지도 모른다. 그러나 세간의 평은 언제나 겉으로 보이는 일면을 향하기 마련이라 손가락질을 받는 건 늘 작은할머니 쪽이었고 작은할아버지는 용케도 그런 극성맞은 아내를 견디며 살아가는 무던한 사람으로 인정받았다. 나로 말하자면 작은할머니가 무섭고 작은할아버지가 가여웠다는 점에서 여느 사람들과 다르지 않았다. 적어도 그날 작은할머니가 꾸깃꾸깃 접힌 천 원짜리 지폐 석 장을 줄 때까지는 말이다. 중학생이었던 어느 해 여름 나는 작은할아버지를 오토바이 뒤에 태우고 보건소에 다녀와야 했다. 작은할아버지가 더위를 먹어 골골거리는 게 나와 무슨 상관이랴. 아이들과 함께 저수지에 뛰어들어 수영이나 하고 싶은 마음이었지만 등짝을 두들기며 내모는 어머니 때문에 어쩔 수가 없었다. 오토바이로 삼십 분 거리였던 보건소에 갔다. 작은할아버지가 링거 수액을 맞는 동안 하릴없이 보건소 마당에 묵새기며 두 시간여를 기다렸다가 다시 태우고 돌아오니 오후가 깊었다. 하루가 날아간 셈이었고 이제는 외려 내가 더위를 먹은 것처럼 기운이 빠지고 녹초가 되어 설핏 잠이 들었는데 누군가 방문을 벌컥 열더니 "옜다!" 하면서 무언가를 던져줬다. 눈을 끔벅이며 보니 내 앞에 굴러떨어진 건 꾸깃꾸깃 접힌 지폐였고 그렇게 말한 당사자는 작은할머니였다. "보건소 댕겨오느라 욕봤다." 내가 아무 대꾸도 하지 못할 만큼 놀랐던 건 작은할머니가 욕을 섞지 않고 말해서만은 아니었다. 사소하지만 분명한 사실들, 그러니까 할머니에게도 넛할아버지와 같은 형제가 있었다는 것, 할머니도 누군가의 딸이고 누군가의 동생이기도 하다는 걸 알게 되었을 때처럼 작은할아버지와 작은할머니가 수십 년을 함께 살아온 부부였음을, 슬하에 삼남 일녀를 두고 삶이라는 보따리를 나눠지고 살아온 사이였음을 불현듯 깨달아서이기도 했다. 그로부터 얼마 지나지 않아 작은할머니는 동네 근처의 솔밭에서 솔가리를 갈퀴질하다가 뇌출혈로 돌아가셨다. 어른들은 극성스러운 분이 돌아가셨으니 홀로 된 이가 좀 평안해질 것이라 조심스레 점쳤지만 나는 그 말을 믿지 않았다. 작은할머니의 장례를 치르는 동안 골방에서 두문불출했던 작은할아버지, 그 어둠 속에서 눈물이 그렁한 당신과 눈이 마주쳤을 때 내가 할 수 있는 일은 소리 나지 않게 골방의 문을 닫는 거였다. 작은할머니의 상을 치르고 일 년 남짓 지난 뒤 별다른 병도 없던 작은할아버지가 돌아가셨다. 나는 오래도록 이 두 노인의 삶에 대해 생각해왔고 우리가 흔히 사랑이라 일컫는 것의 무심함을 보았다. 오랜 세월 많은 이들이 이 세상에서 사랑은 안전하지 않다고 말해왔다. 사랑이란 본래 불가능하다고 말해왔다. 나도 그 말에 수긍한다. 그러나 이 세상에서 안전하지 않고 불가능하기에 사랑은 실현할 가치가 있고 설령 그것이 실현된다 해도 그러한 사실을 우리가 알아볼 수 없는 노릇이므로 우리가 알지 못하는 영역에서 우리의 시선을 벗어난 그곳에서 언제나 사랑은 안전하게 실현되고 있다고 간주해야 함을 잊지 말아야 한다고 당신은 눈빛으로 일러주었다.

대학 시절 잠깐 얹혀살았던 친구 자취방의 주인은 노부부였다. 그 집에 들어가던 날 나는 예의를 차리기 위해 우선 노부부를 찾아가 인사를 드렸다. 주인 노부부의 성격을 보여주기라도 하듯 단아하고 정갈하게 꾸며진 거실 한가운데에 엉거주춤 선 채 꾸벅 인사를 드렸다. 주인 노부부는 별다른 말이 없었고 노려보는 눈빛도 예사롭지 않았다. 친구에게 들어 은퇴한 교육공무원이라는 건 알았지만 막상 마주 대하고 보니 교육공무원이 아니라 사법공무원이 아니었을까 싶었다. 노인의 근엄한 얼굴과 그에 못지않게 위엄이 서린 노부인의 얼굴을 똑바로 바라보기 어려울 정도였다. 나는 단번에 기가 죽었다. 눈에 거슬리는 짓이라도 했다간 쫓겨날 게 뻔해 보여 단칸방 벽 너머가 노부부의 거실이라는 사실을 늘 염두에 두고 말소리조차 죽이며 지냈다. 이십대 내내 나는 연례행사처럼 한 해에 한 번씩 편도선염을 앓아 고열에 시달리곤 했는데 그 시절이 이 연례행사가 시작될 무렵이었던 듯하다. 친구는 학교에 가버렸고 몸살기가 있어 혼자 방에 남았던 나는 점점 열이 올라 온몸이 뜨거워졌다. 그러는 동안 내내 눈을 감고 있었던 이유는 눈을 뜨면 눈앞이 빙빙 돌아 더 어지러운 것 같아서였다. 그렇게 잠들지는 못하고 눈만 감은 채 열에 시달리는 동안 낮이 깊었고 일상에서 생겨나는 자잘한 소음들이 파도처럼 내 귓가로 다가왔다 멀어지길 되풀이했다. 노부인이 외출하는 소리도 들려왔다. 약국이라도 다녀와야지 하는 생각만 가득했지 몸이 움직여주질 않았다. 잠깐 뒤척이기라도 하면 바닥에 닿거나 쓸린 몸의 어느 부분이나 눌린 팔뚝 따위가 아파서 절로 끙 소리가 났다. 서울살이가 처음이었던 나는 서러워서 눈물이 날 지경이었다. 이런 게 바로 타향살이라는 거구나 싶었다. 무엇보다 결국 혼자라는 생각 때문에 잔뜩 주눅이 들었던 나는 다시 몸을 뒤척이다 신음을 냈는데 곧이어 똑, 똑, 똑 벽을 두드리는 소리가 들렸다. 그러니까 벽 너머 저쪽 거실에서 노인이 노크를 한 거였다. 아무래도 조용히 하라는 뜻인 듯했다. 나는 속으로 '노인네가 귀만 밝아서는' 하며 투덜대고는 아무 소리도 내지 않기 위해 애썼다. 그러다 조금 뒤 다시 똑, 똑, 똑 소리가 들렸다. 무척 조심스럽고 예의바른 두드림이었고 문득 그 소리가 무얼 뜻하는지 깨달았다. 괜찮냐고 묻는 뜻이라는 걸 누가 일러주지 않아도 알 수 있었다. 나는 잠시 망설이다 괜찮다는 의미로 벽을 조심스럽게 세 번 두드렸다. 그날 오후 외출에서 돌아온 노부인이 단칸 방을 찾아와 상비약에서 골라온 몇 가지 약을 내게 주었다. 그 약 덕분인지 부었던 편도선도 이틀 사이에 가라앉았다. 그로부터 얼마 뒤 어느 한가했던 오후 나는 방에 누워 천장의 무늬를 헤아리다가 벽 너머 거실에서 들려오는 어떤 소리에 귀를 기울였다. 신음이었다. 노부인은 외출을 했으니 노인의 신음인 게 분명했다. 나는 잠시 망설이다 벽을 똑, 똑, 똑 두드렸다. 아무리 기다려도 응답이 없었다. 나는 후닥닥 뛰어나갔다. 노부부 집의 현관문은 잠겨 있지 않았다. 현관문을 열고 들어가니 그 단아하고 정갈한 거실 한가운데에 노인이 쓰러져 있었다. 119에 전화를 걸고 구급대원들이 들이닥치고 노인이 병원으로 실려가고……. 다행히 노인은 때를 놓치지 않아 고비를 넘길 수 있었고 며칠 뒤에는 퇴원하여 집으로 돌아올 수 있었다. 노부인은 아무 말 없이 과일이 든 바구니를 우리 자취방 앞에 놓아두었다. 나는 친구와 함께 그 과일을 먹으며 분명 노쇠해진 탓에 귀가 어두웠을 노인이 어떻게 내 신음을 들을 수 있었는지 생각해보았고 사람이란 그러니까 그게 누구든 사람이란 다른 어떤 소리보다 고통받는 타인의 소리에 예민할 수밖에 없음을 알았다. 설령 귀가 먼다 해도 그 소리는 가슴으로 듣는 것이기에 듣지 못할 수가 없다는 이 신비로운 사실을 아무렇지도 않게 평범하고 일상적인 일로 치부하며 살아가는 그이들을 오래 기억하게 되리라는 것도 알았다.

내게 깊은 인상을 남겼던 노인들을 생각하다 고개를 돌려보니 어느새 노인이 된 부모가 보인다. 당신들은…… 또 얼마나 많은 세월을 바쳐 노인으로 다시 태어났을까. 그리고 지금 나와 더불어 노인이 될 게 분명한 아내와 노인이 된 우리를 기억해줄 딸아이를 본다. 혈통처럼 세월이 흐르고 꽃잎이 분분히 떨어져 사연처럼 쌓이고 해가 저문다. 삶이 이슥해지는 시간들. 사소하고 비범한 우리의 노년이 자박자박 발소리를 내며 다가온다.

어머니와 나

지난해 어머니와 아버지는 나란히 칠순을 맞았다. 주민등록상으로는 아버지가 한 살 위이지만 실제로는 두 분이 동갑내기다. 칠순이라고 해서 잔치를 치를 형편은 못 되었으므로 가까운 친척 어르신들만 모시고 식사를 대접했다. 술이라고는 한 방울도 입에 대지 못하는 어머니였으나 누구보다도 더 흥겹게 취한 듯 주름진 얼굴이 달아올랐다. 나는 어머니의 얼굴에서 지난 세월 동안 당신이 겪어야 했던 모든 일들이 슬그머니 꼬리를 감추며 어디론가 사라지는 걸 보았다. 그리고 남은 자리에 여태까지와는 다른 우수가 떠오르는 걸 보았다. 어쩌면 당신은 이 짧은 순간의 평온을 위해 그토록 많은 일을 감당해야 했는지도 모르며 그런 과정을 거쳐 이룬 것들이 기대만큼 아름답거나 찬란하지 않아 새로운 슬픔에 빠졌던 것인지도 모른다. 두 살

배기 내 딸은 시골에 계시는 할머니와 할아버지를 자주 볼 수 없었기 때문에 낯설어했고 할머니 품에 잠깐 안겼다가도 이내 발버둥을 치며 빠져나오려 했다. 그럴 때마다 어머니는 씁쓸해하면서도 기특하다는 눈빛으로 어린 손녀를 내려다보았고 창을 통해 당신의 등뒤에서 쏟아져 들어오는 햇살에 염색물이 빠진 희끗한 머리카락이 사금파리처럼 빛나곤 했다. 어머니가 고개를 돌렸을 때 당신의 오른쪽 뺨에 부딪혔다가 중심에서 밀려나며 가장자리에서 부풀어오르는 밀가루 반죽 같은 햇살의 덩어리들이 윤곽을 그려냈다. 그리고 그 실루엣은 내게 수많은 상념을 불러일으켰고 나는 오랫동안 까맣게 잊었던 장면들을 평소에도 아무렇지 않게 복기해낸 것처럼 선명하게 떠올릴 수 있었다. 아마 그럴 수 있었던 것은 어머니 오른편에 앉은 분에게 술을 따라주기 위해 아버지가 왼팔을 어머니 앞을 가로질러 뻗었기 때문이기도 할 것이다. 아버지의 그 팔은 아직도 성치 못하다. 오래전 내가 첫 책을 낼 무렵의 일이었다. 조경업체에 날품팔이로 일을 다니던 아버지가 소나무 전지작업을 위해 사다리에 올랐다가 추락했다. 그때 아버지는 목뼈에 심각한 손상을 입었고 왼팔을 움직이는 신경이 절단되어 그 팔을 쓸 수 없게 되었다. 한마디로 거의 죽음 직전까지 갔다. 어머니와 나는 고향의 병원에서는 수술이 불가능하다는 이야기를 듣고 아버지를 전주의 대학병원으로 옮겼다. 그때부터였다. 고통 때문에 신경이 날카로워진 아버지와 그런 아버지를 고통스럽게 지켜보는 어머니 사이에 무언가 알 수 없는 감정이 생겨난 것은, 아니 어쩌면 오래전부터 존재했으나 간신히 숨겨왔던 감정이 모습을 드러낸 것은. 대학병원에 도착한 아버지는 내게 거기까지 오는 동안 구급차에 동승하지 않은 어머니를 힐난했다. 나 역시 어머니가 왜 아버지를 이송하는 구급차에 한사코 동승하려 하지 않았는지 정확한 이유를 알 수 없었으므로 어머니를 위해 달리 변명할 말을 찾을 수가 없었다. 며칠 뒤로 수술날짜가 잡혔고 그동안 어머니와 나는 꼼짝없이 병실을 지켜야 했다. 잠깐 다녀오기에는 고향집이 너무 멀었다. 어머니는 고향집의 소소한 일들을 동네 어른들께 부탁했다. 우리는 교대로 병실을 지켰는데 내가 잠깐 쉬었다가 병실에 돌아가면 그동안 어머니와 아버지가 한 마디도 나누지 않았음을 금방 알 수 있었다. 차갑다 못해 차라리 들끓는다고 표현해도 될 법한 분위기 때문이었다. 내게도 그건 퍽 이상한 일이었다. 어머니는 아버지와 눈을 맞추려 하지 않았고 그런 어머니를 아버지는 막무가내로 비난했다. 관자놀이에 나사를 박아 거기에 무거운 추를 매단 아버지는 턱짓조차 할 수 없었다. 꼼짝없이 병상에 묶인 채 수술만 기다려야 하는 처지였으니 짜증도 나고 화도 날 법했으나 어머니를 대하는 아버지의 태도도 상식적이지는 않았다. 돌아보면 그때의 나 역시 두 분 사이에 감도는 증오에 가까운 긴장감의 정체를 헤아릴 마음의 여유가 없었다. 과연 수술이 성공적으로 이뤄질지가 걱정이었고 성공한다 해도 막대한 수술비 문제를 해결해야 할 터였다. 그런 생각을 하다보면 수천만 원의 수술비를 감당하지 못하는 내 무능이 뼈저리게 느껴졌고 그때까지 살아온 인생 자체가 허무하고 쓸모없으며 심지어 부도덕하게 여겨졌다. 아버지는 무엇보다 육체적 고통 때문에 아파했고 나는 가난한 내 삶 때문에 아파했으며 어머니는…… 무엇 때문에 아파하는지를 그때의 나나 아버지는 생각해보지 못했던 것 같다. 수술을 앞두고 어머니와 나는 밤새 잠을 이루지 못했다. 아버지도 비슷했겠지만 약 기운에 취해 어쩔 수 없이 잠에 빠져들었다. 그제야 어머니는 잠든 아버지의 얼굴을 잠깐씩 물끄러미 내려다보곤 했다. 다음날 아버지는 수술실에 들어갔다. 그때 역시 어머니는 내가 납득하기 어려운 행동을 했다. 마취실까지 가는 동안 보호자가 동행할 수 있음에도 어머니는 따라오지 않았다. 결국 아버지는 내 손만 꼭 쥐었다가 놓았고 어머니와는 어떤 말도 나누지 못한 채 마취실로 실려 들어갔다. 어머니와 나는 수술환자 보호자 대기실에서 만났다. 그러나 어머니는 십 분 만에 밖에 나가겠다고 했다. 이제 수술이 시작되었으므로 사실 밖에 나가서 기다린다 해도 문제될 건 없었다. 그러나 곧 돌아오리라 믿었던 어머니는 한 시간이 지나고 두 시간이 지나도 돌아오지 않았다. 담당의는 다섯 시간이면 충분하다고 했으나 수술은 여섯 시간, 일곱 시간이 지나도록 끝나지 않았다. 그동안에도 어머니는 대기실로 돌아오지 않았다. 나는 수술이 예상보다 길어지는 게 좋은 징조인지 불길한 징조인지 알 수 없어 불안했기에 어머니를 찾으러 나갈 수도 없었다. 그러다 결국 어머니에 대한 서운함을 넘어 어쩌면 아버지가 느꼈을 법한 증오에 가까운 감정이 생겨나 대기실을 나설 수밖에 없었다. 병원 건물 구석 벤치에 앉은 어머니를 보았다. 내가 가까이 다가가자 어머니는 눈물이 글썽한 두 눈으로 나를 올려다보고는 이렇게 말했다. 가슴이 벌렁벌렁거려야. 나는 가만히 어머니 옆에 앉았다. 그리고 오래전의 기억을 떠올렸다. 내가 초등학생이었던 어느 해 초여름. 자정에 가까운 시간이었고 무섭도록 어두웠던 그 밤. 나는 병원에 갔던 어머니와 아버지가 돌아오길 기다렸다. 이윽고 동네 어른의 일 톤 트럭이 집 앞에 섰다. 나는 달려나갔다. 조수석에 나란히 앉은 어머니와 아버지를 보았다. 정작 손가락이 잘린 아버지보다 겁에 질려 창백했던 어머니의 얼굴이 그때도 떠올랐고 그리고 오랜 세월이 흘러 칠순을 맞은 어머니의 옆얼굴을 볼 때도 떠올랐다. 일곱 시간 가까이 홀로 벤치에 앉아 벌렁벌렁 뛰는 가슴을 손으로 누른 채 견뎠던 어머니. 당신을 엄습했던 공포와 불안의 흔적이 여태도 어딘가에 새겨져 남았을 것만 같아 나는 오래도록 어머니의 옆얼굴을 바라보았다.

절망한 사람

어느 해 초여름이었다. 보리 수확이 한창일 때였으니 절기로 보아 망종 무렵이었을 것이다. 들판 곳곳에서 보리를 베고 탈곡을 하느라 분주했다. 후텁지근한 날들이었다. 숨을 들이쉬면 까끄라기 섞인 공기가 폐를 가득 채우는 걸 느낄 수 있을 정도였다. 나는 동네 어귀 또래의 집과 마을 회관 등을 오가며 구슬치기를 하고 있었다. 누군가가 달려와 소식을 전할 때까지만 해도 여느 휴일과 다름없이 즐거웠다. 나를 찾아온 동네 어른과 눈이 마주쳤는데 그 눈빛에는 이미 많은 말이 담겨 있었다. 그이는 어린 내게 어떤 식으로 말해야 할지 고민하는 게 분명했다. 두서가 없는 말이었다. 나를 힐난하는 것도 같았고 위로하는 것도 같았으며 그이 스스로를 나무라는 것도 같았다. 아버지의 손가락이 탈곡기에 빨려 들어갔다는 걸 이해하기까지 조금 시간이 걸렸던 것도 그래서였다. 함께 놀던 아이들은 입을 꾹 다물었고 나 역시 무슨 말을 해야 할지 몰라 우두커니 서 있었다. 눈이 부실 만큼 햇살이 낭자하던 초여름 오후였다. 아버지는 누군가의 트럭을 타고 시내 병원으로 갔다고 했다. 어머니도 함께 갔다고 했다.

집으로 돌아간 나는 마루 끝에 앉은 채로 오후가 저무는 것과 땅거미가 깔리는 걸 지켜보았다. 서쪽 하늘은 불을 지른 것처럼 화악 타올랐다가 사위어갔고 눈을 한 번 깜박였을 뿐인데 순식간에 사방이 캄캄해졌다. 전등 켜는 걸 잊었던 탓에 마당을 채운 어둠은 대낮이 그렇듯이 눈부시게 어두웠다. 여전히 마루 끝에 앉은 채로 나는 그 어둠의 일부로 스며들어갔다. 외양간에서 소가 울었다. 퍼뜩 정신을 차린 나는 홀로 집을 지켜야 할 때 늘 했던 일을 시작했다. 쇠죽을 쑤어 여물통에 부어주고 개밥그릇에 사료를 채우고 닭을 몰아넣은 뒤 닭장 문을 잠갔다. 아궁이의 재를 삼태기에 담아 헛간에 부린 뒤 솥을 부시고 쌀을 안쳐 불을 땠다. 매운 연기가 눈을 찔러 열린 부엌문으로 바깥을 바라보니 박쥐가 마당을 스치듯 낮게 날았다. 설익은 밥 한 그릇과 김치 한 보시기를 할머니 영정사진 앞에 상식으로 올렸다. 더 해야 할 일이 없는지 두리번거리다 다시 마루 끝에 앉았다. 마치 내가 그 자리를 떠나본 적이 없는 것 같았다. 나는 여태 마루 끝에 앉아 깊은 어둠을 응시했을 뿐이고 내 안의 그림자 같은 게 밖으로 나와서 이런저런 일을 하다가 돌아와 옷을 입듯이 나를 입고 다시 앉은 것만 같았다.

지금도 그렇지만 그때도 나는 겁 많은 아이였다. 어머니와 아버지가 없는 집을 홀로 지키고 앉아 밤이 깊어가는 걸 지켜보는 게 쉽지 않았다. 어둠 속에서는 눈을 크게 떠봐야 소용이 없으므로 귀를 곤두세우기 마련이었고 그러면 낮에는 들을 수 없는 소리를 들을 수 있었다. 그 소리는 미약하지만 어떤 소리보다 강렬했다. 주위의 모든 사물들이 숨을 죽인 채 비명을 지르는 것 같았고 소스라치게 놀란 사람이 소리가 새어나가지 않게 손으로 입을 가리듯 나는 어둠을 끌어다가 내 귀를 틀어막았다. 외부의 소리가 내면의 반향이기도 하다는 걸 알아서가 아니라 이 세계와 분리되고 싶어서였다. 그날 밤에 대한 내 기억이 온통 어둠뿐인 건 거짓기억일 수도 있다. 별이 총총히 박혔을 수도 있고 만월이 떠올랐을 수도 있으며 그게 아니라 해도 앞집 뒷집의 전등불이 흘러들어와 아주 캄캄하지만은 않았을 수도 있다. 그러나 오랜 세월이 흘렀음에도 기억 속 그날 밤은 먹장 같은 어둠에서 조금도 벗어나지 않았으며 이 이미지는 앞으로도 변하지 않을 듯하다. 시간은 더디게 흘렀다. 밤은 이슥하다 못해 겹겹으로 두터워졌다. 그걸 지켜보면서 나는 이 현실을 무효화하고 싶다는 생각을 했다. 내가 처한 현실이 믿기지 않았고 대체 이런 현실 앞에서는 어떻게 행동하고 생각하고 말해야 하는지 알 수 없어 무서웠다. 그때의 나는 현실을 벗어나는 문제 혹은 현실을 초월하는 문제에 깊이 사로잡혔지만 그러기 위해서는 외려 현실을 외면하거나 못 본 체해서는 안 된다는 걸, 벗어나고 싶고 도망치고 싶고 부정하고 싶을수록 더욱더 현실을 질박하고 정교하게 실감해야 한다는 걸 알지 못했다. 그냥 거길 벗어나고 싶을 뿐이었다. 저멀리 신작로를 달려오는 트럭 소리가 들려왔을 때는 자정 즈음이었다. 트럭은 사립문 앞에 멈췄다. 트럭의 전조등을 피해 담벼락에 기댄 나는 어머니에 이어 아버지가 왼손으로 오른손을 어정쩡하게 붙잡고 조수석에서 내리는 걸 보았다. 우리 식구 가운데 울음을 터뜨린 사람은 없었다. 울어봐야 소용이 없어서가 아니라 울게 되면 이 현실을 용납해버린 듯해, 결코 받아들여서는 안 되는 부조리를 승낙해버린 듯해 참담해질까봐서 그랬으리라. 그뒤 아버지는 병원을 오가며 치료를 받았다. 어차피 잘려나간 오른손 집게손가락은 탈곡기 날에 으스러졌으니 짧고 뭉툭해진 집게손가락의 절단면을 소독하고 붕대로 감싸는 게 치료의 전부였다. 가운뎃손가락은 잘려나가지는 않았지만 뼈가 상해 굽었고 아버지 혼자 할 수 없었기에 울혈을 풀어준다는 미역을 그 손가락에 감아주는 건 내 일이 되었다. 일주일쯤 지난 뒤로는 예전과 다름없는 일상이 이어졌다. 아버지는 침착하게 당신이 사용하는 목장갑의 집게손가락 부분을 잘라냈고 어머니는 벌어진 끝을 바느질로 봉합했다. 아버지는 여느 날처럼 이른 새벽에 농기구를 들고 집을 나섰다. 아버지의 등은 허전해 보였다. 젊은 농사꾼의 열정 같은 게 피식 바람소리를 내며 빠져나가버린 듯했다. 사고를 당했던 그 무렵 아버지는 농민 가운데 젊은 축에 속했기에 의욕이 남달랐다. 농협 빚으로 뒷감당이 부담스럽기도 했겠지만 경운기, 이앙기, 관리기, 볏짚절단기 등 농기계를 기꺼이 장만했고 자전거가 있었지만 물꼬를 보러 가거나 이동하기에 편한 오토바이도 들여왔고 품앗이든 삯일이든 불러주는 곳이 있으면 어디든 달려갔으며 이장을 맡아 마을 대소사를 처리했다. 물론 타고난 농사꾼의 면모보다는 젊은이의 의지 같은 게 더 분명히 엿보였지만 말이다. 그러기에 나는 아버지가 손가락과 더불어 당신의 의지까지 잃어버린 거라고 생각했다.

그러나 얼마 지나지 않아 아버지는 예전의 활력을 되찾았고 오히려 전보다 더 당신의 일에 몰두하는 것처럼 보였다. 손가락 하나쯤이야 고수레를 한 거라 여기면 된다고 생각하는 게 아닐까 싶을 정도였다. 앞으로 닥칠 화를 면할 수만 있다면 손가락 하나는 흔쾌히 내줄 수 있는 거라고 말하고 싶어하는 것 같았다. 내가 보기에 그건 좀 이상했다. 이를테면 농기계를 다루거나 간단한 수리를 할 때 아버지의 태도에는 범접하기 어려운 무언가가 있었다. 이전보다 훨씬 더 꼼꼼하게 살피고 조심스럽고 끈질기게 연장을 다루어 나사를 조이거나 윤활유를 칠하거나 부품을 교체했다. 그런 아버지를 보고 있노라면 아버지의 머릿속에서는 이 기계를 완벽하게 분해하여 작은 부품까지 하나하나 점검한 뒤 조립하는 일이 끊임없이 되풀이될 것만 같았다. 겨우 나사 하나 조이는 것일 뿐인데 매번 완벽하게 분해했다가 해체한다면, 비록 머릿속에서만 벌어지는 일이라 할지라도 기력을 소진하는 일이 아닐 수 없었다. 아버지는 스스로를 혹사하는 중이었다. 밝게 웃으면서.

그로부터 두 해가 지난 어느 날 아버지는 두어 마지기에 불과하지만 유일했던 무님기 논을 아랫마을에 살던 고모에게 팔았다. 그 돈으로 중고 일 톤 트럭을 샀다. 어디에서고 흔히 볼 수 있는 파란색 용달차 말이다. 옷장사도 해보고 신발장사도 해보았다. 그릇장사도 해보고 이것저것 잡화들을 잔뜩 싣고 다니며 팔기도 했다. 죄다 신통치 않았다. 그 때문에 마루며 헛간이며 마당 한구석에까지 팔지 못한 물품들이 쌓여갔다. 어머니와 아버지는 새벽에 트럭을 몰고 나가 운전석 지붕에 달아놓은 확성기로 트로트를 울리며 이 마을 저 마을 이 시장 저 시장을 돌아다녔다. 가끔씩 나는 아버지의 지시에 따라 구식 녹음기를 앞에 두고 싸다 싸, 두 번 안 와요, 마을 회관으로 나오세요 등등을 읽으며 녹음해야 했다. 가장 곤란했던 시절은 당신들이 닭장사를 할 때였다. 짐칸에 닭장까지 짜맞춰 장사를 다녔지만 새벽에 나갈 때나 밤에 돌아올 때나 달라진 게 별로 없었다. 날마다 닭털이 날아다니고 닭똥냄새가 진동했다. 좁은 닭장에 갇힌데다 팔려나갈 신세인 닭들의 구구대는 소리에는 독기마저 어려서 예사롭지 않았다. 장사가 시원치 않으니 병이 들어 골골대는 녀석을 우리가 처리해야 했다. 거기까지는 그럭저럭 견딜 만했다. 닭장사를 작파한 뒤 당신들은 닭 내장 장사를 시작했다. 닭 내장이 담긴 커다란 고무함지, 가스통, 주물버너, 솥 등을 싣고 다니면서 원하는 사람이 있으면 그 자리에서 바로 삶아주었다. 대체 왜 닭 내장 장사가 전망이 좋을 거라고 판단했는지는 알 수 없었다. 팔지 못한 닭 내장이 넘쳐났고 하루 세 끼 반찬은 닭 내장 볶음이 전부였다. 두어 달 그렇게 먹고 살다보니 닭 울음만 들어도 구역질이 났다. 세상 모든 닭들이 날개를 활짝 펼치고 날아올라 어디론가 사라져버리기를 간절히 바랐다. 결국 닭 내장도 치워버리고 그 시절 사람들이 '약관'이라 부르던 정읍 시내 청과물도매시장에서 과일과 채소 따위를 도매로 떼어다가 팔러 다녔다. 아버지와 어머니는 그 장사를 제법 오랫동안 했다. 의외로 청과물 장사가 쏠쏠한 모양이었다. 그동안 나는 사춘기 중학생 시절을 지나 고등학생이 되어 집을 떠나 전주에서 학교를 다녔다. 대학생이 되어 뒤늦게 군복무를 할 때까지도 아버지와 어머니는 트럭을 몰고 다녔으나 아이엠에프 이후로 실직자들이 트럭 행상에 뛰어드는 바람에 겨우 견디는 형편이었고 내가 복학할 무렵 비로소 트럭 행상을 그만두었다.

사실 나는 절망을 말하고 싶다. 절망한 사람을 말하고 싶다. 절망한 사람 가운데 정말 절망한 것처럼 보이는 사람이 많지 않은 이유를 말하고 싶다. 멀쩡하게 웃고 떠들고 먹고 마시고 즐거워하고 슬퍼하고 사랑을 나누는 사람인데 깊이 절망한 사람이기도 하다는 걸 말하고 싶다. 어떻게 말해야 할지 몰라 이토록 진부하게 구구절절 사연을 늘어놓고 있다. 그러니까 나는 손가락을 잃은 뒤로 아버지가 어떻게 절망했는지, 절망했음에도 불구하고 전혀 절망하지 않은 사람처럼 살아왔는지를 쓰고 싶다. 그날 이후로 내게도 한 가지 습관이 생겼다. 문을 열고 닫을 때마다 내 손가락이 문틈에 끼여 깨끗하게 잘려나가는 상상을 하게 되었다. 칼을 쥐거나 망치를 쥘 때마다 칼날이 손가락을 싹둑 잘라내고 망치가 손가락을 쾅쾅 짓뭉개는 상상을 하게 되었다. 그 상상을 멈출 수가 없었다. 의식하지 않아도 떠올랐다. 처음에는 섬뜩한 기분으로, 세월이 흐른 뒤에는 그처럼 섬뜩하지는 않으나 가슴이 텅 비었을 때처럼 허탈한 심정으로. 손가락을 잃어버린 건 아버지였는데, 내 손가락은 무사한데, 나는 손가락을 잃어버리지 않을까 전전긍긍하며 살아왔고 이 긴장에서 놓여나기 위해 이미 손가락을 잃어버린 것처럼 굴거나 혹은 결코 누구도 내 손가락을 해코지할 수 없다고 으름장을 놓으며 살아왔다. 지금까지 내 손가락은 무사하다. 하지만 내 상상 속에서 나는 매번 손가락을 잃었다가 되찾았고 그럴 때마다 그 손가락은 이전의 손가락과는 조금씩 달라졌다. 그러면서 나는 타인들 역시 무엇을 잃었는지를 유심히 보게 되었다. 손 하나를 통째로 잃어버리거나 팔 하나를 잃어버린 사람이 보였고 다리가 없거나 허리가 없거나 머리가 없는 사람도 보게 되었다. 누구나 무언가 하나씩은 잃고 사는 것 같았다. 눈에 띄는 것일 수도 있었고 눈에 띄지 않는 것일 수도 있었다.

아버지는 절망한 사람처럼 보이지는 않았다. 이전보다 당신의 일에 진지하게 몰두하는 모습을 보면서 그런 기미를 읽어내기란 쉽지 않았다. 산과 들판, 대지와 농토, 하늘과 바람, 거기에 깃들어 사는 모든 생명을 경외하는 사람을 가리켜 어찌 절망한 사람이라고 할 수 있을까. 아버지는 젊은이의 순진한 열정뿐만 아니라 농사꾼의 본래면목이라 할 법한 자연에 대한 경외심까지 지녔으니 농민으로서는 더 완전해진 셈이었다. 이 완전함이야말로 불완전의 표상일 수도 있음을 알게 되기까지 오랜 세월이 걸렸다. 나는 아주 가끔 어머니를 대신해 아버지의 조수 노릇을 했다. 내가 결코 좋아하지 않는 일이었다. 그즈음의 나는 사춘기 중학생이었다. 딱히 사춘기라서 그랬던 게 아니라 워낙 데면데면한데다 살가운 대화조차 나눠본 적이 없어서였다. 별일 아닌데도 아버지와 나는 의견이 맞지 않았고 아버지는 아버지대로 나는 나대로 서로를 귓등으로 넘기려 애썼다. 그런 시절에 몇 번 아버지를 따라 다니면서 아버지가 얼마나 장사에 무능한지를 알게 되었다. 어머니라고 해서 별다르지는 않았을 테지만. 어쨌든 아버지는 장사꾼의 덕목을 하나도 갖추지 못했다. 언변이 좋았던 것도 아니고 넉살이 좋았던 것도 아니다. 앞을 내다보는 밝은 눈도 없었고 신념까지는 아니라 해도 당신 일에 대한 믿음 자체가 없었다. 아버지는 트럭 행상으로 돈을 벌어도 뜻밖에 용돈을 받은 아이처럼 어리둥절해했다. 이런 일로 돈을 벌 수도 있다는 사실을 믿을 수 없다는 듯이. 그 사실에 매번 놀라는 사람처럼 말이다. 나는 아버지의 트럭 행상이 오래가지 못할 거라고 짐작했다. 예상과 달리 오랜 세월 트럭 행상으로 살림을 꾸려가는 걸 보면서 나는 아버지의 절망이 생각처럼 단순하지 않다는 걸 알았다. 손가락을 잃은 뒤 갑자기 논을 팔고 트럭 행상에 나서기까지의 이 년여 동안 아버지가 보여준 모습은 불안의 대상, 증오의 대상에 한 걸음 더 가까이 다가가 그것과 마주하고 그것을 껴안고 그것과 화해하려는 시도처럼 보였다. 아버지는 결국 실패했다. 빈 들판을 지나가다 거기 어딘가에 잔해로 묻혔을 당신의 손가락을 떠올렸을 테고 일단 한 번 그런 생각이 들면 장갑 낀 손이 탈곡기에 빨려 들어가던 순간으로, 운명이 완력을 쓰며 당신을 집어삼킬 듯이 끌어당기던 순간으로 되돌아갈 수밖에 없었을 거다. 화들짝 놀라며 손을 당겼을 때는 이미 장갑과 집게손가락이 어두컴컴한 탈곡기의 아가리에 삼켜진 뒤였다. 불시에 닥쳐온 개인의 재난. 그 앞에서 흔히 옛사람들이 그렇듯이 당신은 스스로 무슨 죄를 지었기에 이런 벌을 받는 것일까 생각해보았을 테고, 이런 처벌을 받아도 괜찮을 만큼 큰 죄를 지은 적은 없는 것 같은데 왜 당신에게 이런 형벌이 주어졌는지 의아했을 것이다. 운명을 이해해보려는 시도는 이처럼 실패할 수밖에 없었을 테고 이윽고 아버지는 이 세계를, 당신 자신을 증오하게 되었을 것이다. 무언가에 깊이 절망한 사람은 그 무언가를 깊이 사랑하는 사람과 분간하기가 어렵다. 깊은 절망은 깊은 사랑과 닮은 구석이 있다. 절망이 가득한 눈으로 노을이 진 서편 하늘을 바라보는 이의 눈빛이 아름다워 보일 수도 있는 것처럼. 아버지는 농사꾼에서 탈출했다. 그러고는 트럭에 올랐다. 얼마나 많은 실패들이 당신을 뒤흔들었을까. 트럭에서 내려 저 지긋지긋하고 무섭기까지 한 농토로 되돌아가려는 스스로를 어떤 방식으로 다잡았을까. 그처럼 십여 년의 세월을 흘려보낸 뒤 트럭에서 내린 아버지는 승합차에 올랐다. 조경업체의 날품팔이로 다시 칠팔 년의 세월을 살았다. 마지막으로 소나무 우듬지의 전지작업을 하다가 이십 미터 아래로 추락했다. 목뼈에 금이 가고 왼팔의 신경이 절단됐다. 죽지 않은 게 이상할 만큼 운이 좋은 사고였다. 내가 첫 소설집을 낼 무렵이었다. 정읍에서는 수술이 불가능해서 전주의 대학병원으로 옮겨 수술을 받았다. 수술실에 들어갈 때였다. 마취실 입구에서 머뭇거리는데 아버지가 내 쪽으로 손을 뻗었다. 나는 아버지의 손을 잡았다. 기억할 수 없는 어린 시절 이후로 처음인 것 같았다. 탄력이 없고 거칠었다. 손가락 하나가 모자라는 당신의 손이 내 손안에서 어린 새처럼 떨었다. 당신의 두 눈은 이미 갈쌍갈쌍했다. 마취사가 나가라고 할 때까지 온 생애인 듯 생애 처음이자 마지막인 듯 다시는 그럴 수 없는 것처럼 한 번도 그런 적 없는 것처럼 아버지의 손을 쥐고 있었다. 당신의 손가락 하나가 내 가슴속에서 오래도록 영글어 내가 되고 소설이 되었음을 말해주고 싶었다. 어머니와 아버지 당신들을 속속들이 알아서가 아니라 잘 알지 못해서, 알고 싶어서, 알아야만 하므로 소설을 쓴다는 걸. 나는 당신의 발자국을 따라 이야기를 줍는 사람일 뿐이다. 걸을 때마다 연꽃이 피어나는 전설의 인물처럼 살아온 걸음마다 이야기를 남겨둔 당신들이 있어 행복했다.

오래전 내 꿈은 소설가였고 지금 나는 소설가인데 여전히 내 꿈은 소설가다.

수박이 아니라 참외여

나는 한 번도 죽음의 문턱까지 갔다 온 적이 없다. 아니, 사실 산다는 게 힘들고 견디는 게 지겨워 죽고 싶었던 적은 있다. 워낙 겁이 많은 녀석인지라 술에 취하면 나도 모르는 용기가 샘솟아 그 일을 감행할 수 있지 않을까 싶었다. 한두 잔으로는 부족했다. 한 병 두 병으로도 부족했다. 오지게 마셨다. 하지만 술이 원수라 깨어나보니 화창한 아침이었다. 그사이 죽고 싶다는 마음도 사라졌다. 이처럼 청명한 하늘을 다시 볼 수 없게 될 거라고 생각하니 억울하기까지 했다. 누군들 그러지 않을까. 아버지도 그랬을 거라 생각한다. 아버지는 몇 해 전 소나무 전지 작업을 하다 추락사고를 당했다. 수술은 다행히 성공적이었다. 하지만 수술 전과 수술 뒤의 아버지는 전혀 다른 사람이었다. 그러니까 아버지는 죽음의 문턱에 다녀온 적이 있는 그런 사람이 되어버린 거였다. 그게 무언지 알기까지는 오랜 시간이 걸리지 않았다. 두어 달 뒤 퇴원한 아버지는 통원치료를 하던 도중 가출해버렸다. 처음에는 아침 드라마 같은 상황을 납득하기 어려웠다. 몸도 불편하신 분이 왜 그랬는지, 과연 아내와 자식과 집을 팽개치고 한뎃잠을 자도 좋을 만큼 추구해야 할 거창한 그 무엇이 환갑을 넘긴 사내에게도 찾아올 수 있는 건지……. 아버지는 종종 소식도 전하고 이따금 집에도 찾아왔다. 제사나 명절을 건너뛰지 않았고 당신이 속한 여러 계모임에도 출석했다. 그러다 한참 뒤 아버지는 완벽한 귀가를 선언했다.

"역시 집보다 좋은 데가 없어야."

아버지는 그동안 손놓고 살았으니 가계대출이라도 받아야겠다면서 내게 보증을 요구했다. 나는 기꺼이 아버지의 청을 받아들였다. 대출을 받은 아버지는 다시 가출했다. 치사하긴 했지만 그래도 돈 몇 푼이나마 손에 쥐고 나갔으니 한뎃잠은 면할 수 있으리라 여겨 안심이 되었다. 아버지의 손전화는 늘 불통이었지만 간신히 연결이 되는 때가 있었다.

"집보다 좋은 데가 없다셨잖아요."

이렇게 물으면 아버지는 열없는 목소리로 답했다.

"집보다 좋은 데도 가끔 있는 법이여."

무슨 말이 필요하겠는가.

"식사는 하면서 다니시구요?"

아버지의 대답하는 목소리에 기운이 뻗쳤다.

"내가 해먹는 밥이 느이 엄마가 해주는 밥보다 맛나야."

기가 막혔다. 아비가 묻고 자식이 대답해야 할 문답의 주객이 뒤바뀐 것도 그러하거니와, 아버지의 변화도 그러했다. 아버지는 어머니가 밥상을 차려주기 전까지는 손가락 하나도 까딱않던 전형적인 시골 가부장이었다. 그런 당신이 손수 밥을 지어 드신다니 반길 노릇이긴 하건만. 아버지만 변한 게 아니다. 어머니는 아버지가 가출한 뒤 일 년여 동안 불안에 떨며 하루하루를 보냈다.

"것두 사내라고 느이 아부지 없으니까 밤만 되면 무섬증이 솟아야."

어머니는 수시로 내게 전화를 걸어 수다를 떨며 무섬증을 떨쳐내곤 했다. 이따금 고향집에 내려가면 푸석푸석하게 고비늙은 어머니가 안쓰러워 아버지를 꼭 찾아내어 끌고 오겠노라 다짐을 했다. 하지만 일 년쯤 지나자 어머니의 태도가 바뀌었다.

"느이 아부지 없어도 인자 암시랑토 않다."

나는 고개를 주억거렸다. 어머니는 눈에 띄게 혈색이 좋아졌고 몸도 실해졌다. 잔병치레가 끊이지 않던 당신이었는데 언제 그랬냐는 듯 병원과 약국 출입마저 뚝 끊어버렸다. 한마디로 건강해졌다. 여자는 사내 없이 살 때 더 풍요로운 삶을 영위할 수 있다는 명제라도 있는 모양이다. 이제 어머니는 아버지가 귀환

할까봐 걱정하게 되었다. 세상살이란 묘한 것이어서 처지와 태도가 한순간에 뒤바뀌기도 한다.

"느이 엄마가 나 돌아오지 않으면 좋겠다고 말하고 댕긴다더라."

"속마음이야 그러시겠어요. 하도 답답하고 억울하니까 그러시겠죠."

"아녀, 참말로 그러는 거여. 내가 내 집을 두고도 못 돌아가고……."

"그러게 왜 옷이며 면도기며 다 싸가지고 가셨어요. 좀 남겨두고 가셨으면 그런 걸 볼 때마다 어머니도 아버지 생각을 좀 하실 텐데."

그로부터 얼마 뒤 어머니는 분을 참지 못하는 목소리로 내게 전화를 걸었다.

"먹고살기 애롭다 해도 나 참 이런 좀도둑이 있을 줄은 몰랐어야."

누군가 집에 숨어들어 고추장, 된장, 청국장, 김치, 쌀 등을 퍼갔다는 얘기였다. 얼마 되지 않아 다시 전화가 왔다.

"기가 맥혀서. 그 좀도둑이 느이 아부지란다."

아버지는 완전범죄를 저지르지 못했다. 뒷집 아주머니에게 들켰던 거다. 아버지는 어머니의 태도가 완강한 듯하자 전술을 바꾼 듯했다. 집에 못 들어가면 어떠랴. 집에서 퍼다 먹으면 되는 거지. 뭐 이런 게 아니었을까. 그뒤로도 전화는 계속 걸려왔다.

"귀신맨키로 내가 없을 때만 골라서 와가지고 다 퍼간다. 이걸 어쩌냐?"

"그냥 모른 척하세요. 당신 집에 고양이처럼 살금살금 들어오실 때 심정이 어떻겠어요?"

"그러게 내가 그렇게 밖으로 까댕기라고 했냐? 들어오라고, 오라고 헐 때는 모르쇠더만 인자 아쉽고 허전한게 그러는 거여."

"그러시겠죠. 그러니까 그냥 냅두세요. 잘됐잖아요. 어머니 안 계실 때는 아버지가 집 지켜주는 셈이니깐."

아버지의 절도 행각은 그뒤로도 계속되었다. 그렇다고 해서 집안이 휘청거릴 일은 없었다. 기껏해야 나물, 반찬, 쌀일 뿐이니까. 어머니도 이제 그런 일에 무심해진 듯했다. 집안에서 뭐가 사라지면 으레 아버지가 다녀갔겠거니 했다. 부재와 존재를 증명하는 아버지의 방식이 이러했다. 거창하게 선언하며 집을 나간 것과는 달리 궁색한 방식이라 하지 않을 수 없었다. 가끔 고향집에 내려가면 어머니는 그동안 일어난 일을 종합하고 요약하여 들려주었다. 누구누구 결혼식에 나타났다더라, 산밭에서 감을 따갔다, 복분자를 세 통이나 들고 갔더라……. 반드시 뭔가를 들고 가는 것만은 아니었다. 선산에 들러 벌초를 하기도, 밭에 거름을 주기도, 낡은 축사를 정리하기도 했다. 문맹이

나 다름없는 어머니를 위해 나는 가끔 고향집에 갈 때마다 그동안 날아온 고지서를 정리해줬다. 그때마다 나는 아버지를 증명하는 고지서들, 이를테면 전기세, 전화세, 휴대전화요금청구서, 카드사용명세서, 각종 세금 고지서 따위를 보며 사람의 삶이 이처럼 숫자로 계량화되어 가족에게 고지되는 시대란 얼마나 쓸쓸한 것인가를 생각하곤 했다.

얼마 전 고향집에 내려갔더니 어머니는 웃음을 참지 못하며 싱글벙글이었다. 무슨 이야기보따리를 풀어놓으려고 저러시나 싶었다.

"느이 아부지가 청국장을 얼매나 좋아허냐. 창고에 있던 커다란 찬합에다 담아가지고 보자기로 싸놓았다. 이제나저제나 했는디 어제 그것이 사라졌더라."

어머니도 무심했던 게 아니었군요. 절로 웃음이 나왔다.

"그게 끝이 아니다."

부엌에 갔다 온 어머니의 손에는 커다란 수박이 들려 있었다.

"세상에나, 느이 아부지가 이걸 놓고 갔더라. 이건 뭐냐, 그니까 시방 이걸 물물교환이라고 해야 허냐?"

아버지는 무언가를 야금야금 가져가기만 했지 수박이든 뭐든 놓고 간 건 이번이 처음이었다.

"참 공평하시네요. 언제부터 그러셨는지는 모르겠지만."

어머니는 나를 흘겨보았다. 그리고 이렇게 덧붙였다.

"뭣이 공평혀? 내가 수박 안 좋아허는 걸 여태도 모른단 말여. 차라리 참외나 놓고 갈 것이지."

그러니까, 아버지는 아직도 때가 안 된 셈이다. 수박이 아니라 참외를 놓고 갔으면 점수 좀 땄을 것을.

인간은 다시 신비로워져야 한다

고향에 갈 때마다 나는 지금 내가 가려는 곳이 사실은 한 번도 가본 적 없는 미지의 영역인 것처럼 상상한다. 거기에는 익숙한 풍경이 있고 그 풍경 속에는 서투른 화가의 붓질에서 태어난 얼룩 같은 사람들이 산다. 얼룩 같다는 건 풍경에 동화된, 풍경의 일부인 동시에 풍경에 돌이킬 수 없는 균열을 일으키는 적대적인 존재라는 뜻이다. 그들은 풍경을 사랑하는 만큼 증오하기 때문에 대립적인 두 감정을 조화롭게 유지하는 방식을 터득한다. 사랑과 증오 사이에서 부서지지 않기 위해 현명해져야 한다. 그러니까 그들은 사랑과 증오를 서로의 변주로 이해한다. 나는 항상 그러한 낯선 인식 앞에서 불안해했다. 누군가 내 귓가에 대고 사랑하니까 죽여버릴 거야 식의 종잡을 수 없는 말을 속삭이는 것만 같았으며 돌아오기 위해 떠나야 하며 부수기 위해 만들어야 한다고 다그치는 것만 같았다. 사랑하는 사람을 모욕하기 위해 절치부심하는 사내들, 늘 곁에 두고 싶어 재취 자리로 미성년의 딸을 보내는 부모들, 도둑이 되기 위해 서울로 떠나는 사람들, 경운기와 탈곡기에 손가락과 손목을 잃은 사람들, 삽을 쥔 채 도랑에 빠져죽은 사람들, 그들은 언제나 발뒤꿈치에서 생겨난 자신의 그림자보다 왜소했다. 그 그림자 속에 숨을 수도 있을 만큼 작았다. 실제로 그들 가운데 적지 않은 이들이 전설 같은 풍문과 함께 돌아왔고 그림자 속에 스스로를 은닉해버렸다. 그들을 바라보던 나는 두려웠다. 삶이 이런 것이라면 애써 살고 싶지 않았다. 살아보기도 전에 삶이 누추하고 비루하다는 걸 알게 된 기분이었고 때로는 이미 한 생을 다 살아버린 듯 피곤하기까지 했다. 그들이 바로 '헛것들'이었고 그들을 바라보는 나 역시 하나의 '헛것'이었다. 그들은 내게 몹쓸 무언가를 물려준 것이 아니라 내게서 꿈을 꾸는 능력을 빼앗아간 거였다.

결코 이해할 수 없을 것만 같았던 그들을 조금씩 이해할 수 있게 된 건 그들이 하나둘 들려준 사연 덕분이었다. 가슴에 한 자루 칼을 품고 세상을 종횡했으나 문득 고개를 들어 하늘을 보니 어린 시절 보았던 하늘이 거기에 있었다. 하늘에 걸린 낮달 한 자루. 하늘이 칼을 품었건만 헛되이 내 품에 칼을 품고 살았구나, 라는 회한이 밀려들면 그들은 내게 사연을 들려주었고 왜 그때 비겁하게 굴어야 했는지 왜 그때 용기를 내야 했는지를 알려주었다. 그런 방식으로 그들은 내게 사람은 나이를 먹어가는 존재가 아니라 사연을 쌓아가는 존재임을 일러주었다. 여전히 내가 미처 듣지 못한 사연을 품은 그들이 사는 곳이기에 내게 고향은 언제까지나 미지의 영역이다.

내가 자라는 동안 그들의 시간도 흘러갔다. 어린 시절 동무는 나처럼 불혹이 되었고 내 머리를 쓰다듬던 어른은 노인이 되었다. 나는 노인이 된 그들을 찬찬히 바라본다. 본래 그들은 아름답게 태어났으나 한 해 한 해 나이를 먹을수록 추해졌고 신비롭게도 인생의 황혼에 이르면 다시 아름다워졌다. 나는 고향에서 아름다운 어른을 본 적이 없으나 아름답지 않은 노인을 본 적도 없다. 적어도 내 고향에서는 아름답지 않은 노인이 되기란 불가능했다. 노인이 된 그들은 이렇게 항변하는 것만 같았다. 죽음을 목전에 두고서야 본래의 아름다움을 되찾게 되는 건 추해지는 걸 두려워하지 않고 이 세계를 견딘 사람에게만 주어지는 유일한 선물이라고. 인생이란 어린 시절 잠깐 소유했다가 이내 조금씩 헐어내어 이 세계에 바친 그 무엇을 통째로 되돌려받는 노년의 한순간을 겪기 위한 기나긴 시련이라고. 그리하여 사람은 죽음을 눈앞에 두고서야 자신의 몸속에서 사리를 꺼내어 들여다보는 것이다. 그들은 왜 노인들이 먼산바라기를 하는지 아느냐고 묻는다. 나는 대답하지 못한다. 그들은 그럴 줄 알았노라며 이렇게 말한다. 평생 그이의 몸속에서 단단해지고 둥글둥글해진 사리를 꺼내어 던져버린 곳이 그곳이므로. 바로 거기에서 죽음이 다가오므로. 이 설명에도 나는 충분히 만족할 수가 없었다. 그러면 그들은 또한 그럴 줄 알았노라며 이렇게 말한다. 노인들은 아직 꿈을 꾸는 중이라고. 꿈꾸기를 포기하지 않는 한 인간의 희망은 남았노라고.

노인이 된 그들의 얼굴은 신비로운 동시에 무엇보다도 현대적이다. 불온하기 때문이다. 본래 모더니스트들은 불온했다. 그들은 부르주아의 가치를 조롱했고 부르주아의 체제에 완강히 저항했다. 그러나 한국의 모더니스트들은 불온하지 않다. 그들은 부르주아의 가치를 조롱함으로써 추종하고 부르주아의 체제에 저항함으로써 순응한다. '절대적으로 현대적이어야 한다'는 랭보의 말은 결코 현대적일 수 없는 현대인에 대한 역설적 표현이라고 나는 이해한다. 현대적일 수 없기 때문에 현대적이어야 하고 도달할 수 없기 때문에 추구해야 한다. 그러므로 랭보의 모던은 아이러니의 세계다. 나는 한국의 모더니스트들에게 빚진 게 없다. 내가 기대고 선 자리는 사연으로 다져진 인간의 기둥이다. 노인의 얼굴이다. 꿈을 꾸기 때문에 불온한 동시에 무엇보다 현대적인 바로 그 노인의 얼굴이다. 그것이야말로 참으로 기이한 아이러니가 아니던가.

꿈을 꾸는 노인보다 불온한 존재를 나는 알지 못한다. 그가 그 꿈을 결코 이룰 수 없기 때문에 더더욱 불온하다. 인간의 꿈은 위대한 것과 비열한 것 가운데 하나가 아니라 위대하고도 비열한 것이다. 인간의 꿈은 서로 경쟁하는 것일 뿐 마땅히 지향해야 할 단 하나의 꿈이란 없다. 설령 누군가가 비열한 꿈을 꾼다 해도 그를 비난해서는 안 된다. 그를 비난하는 것이야말로 가장 손쉬운 일이다. 문학은 그가 포기해버린 꿈을 일깨워줘야 한다. 그가 차마 선택하지 못하고 가슴 한쪽에 숨겨둔 꿈을 꺼낼 수 있도록 손을 내밀어야 한다. 결코 이룰 수 없지만 결코 포기할 수도 없는 꿈에 말을 건네야 한다. 꿈을 포기할 수밖에 없는 세계에서는 인간의 존재 또한 아이러니일 수밖에 없다. 인간은 꿈을 꾸어서 인간이기 때문이다. 꿈을 꾸지 못하는 인간을 무엇이라 불러야 할까. 인간은 아이러니라는 미로에서 길을 잃었고 아직도 헤매는 중이다. 그곳에서 인간은 더이상 신비로운 존재가 아니다. 인간은 다시 신비로워져야 한다. 탈신비화된 이 세계에서, 다시 말해 부르주아들만이 꿈을 꾸는 이 세계에서 꿈을 꿀 수 있는 권리를 포기하지 말아야 한다. 부르주아들과 다른 꿈을 꾸는 건 인간의 삶을 재신비화하는 것이며 그것이 바로 내가 문학을 하는 이유다. 그리고 본래 인간은 신비로웠음을 잊지 않는 이유다.

2부

문학은 네가 선 자리에서 시작하는 것

겨울 건봉사

지난겨울 어느 날 아침, 얼굴에 표정이 생겼습니다. 입을 움직이는 근육이 귀 쪽으로 당겨진 채 멈췄고 눈꺼풀을 여닫을 수 없게 되었습니다. 그렇게 얼굴 반쪽을 누군가에게 내주고 난 뒤에야 알았습니다. 불구는 만들어지는 게 아니라 잠복해 있다가 드러날 뿐이라는 사실을. 시린 겨울, 태백산맥 왼편은 고요했지만 바다를 끼고 있는 바람벽 아래에는 폭설이 내렸습니다. 서울에서 시작해 오십만 미터를 걸어 일주문 아래 섰습니다.

전쟁 때 유일하게 화재를 피했다는, 혹은 다른 전각들의 멸망에 동참하지 못했다는 건봉사 일주문은 신들의 밥상처럼 네 다리로 우뚝 선 채 눈 덮인 산사를 지키고 있었습니다. 그곳에서 당신을 닮은 사람을 보았습니다. 전술도로에서 절마당까지

길을 내는 군인들 사이로 체인을 감아 캐터필러처럼 진한 자국을 만들며 달려온 눈빛 차 한 대. 허리까지 쌓인 눈 사이로 난 길을 걸어와 일주문을 올려다보던 당신은 이곳과는 평행하게 존재하는 다른 세상에서 온 사람 같았습니다.

그 사람을 호수에서 본 기억이 났습니다. 얼어붙은 호수에 눈이 쌓여 있었고 호숫가에서 호수와 하늘이 닿는 희미한 경계를 바라보던 그이였습니다. 우뚝 서 있는 당신은, 내리는 눈과 평행을 이루고 곧장 뻗어나간 당신의 시선은 지상과 평행을 이루었습니다. 첫 자위를 했던 열네 살 이후 세계는 시시했지만, 제가 지나온 세계와는 전혀 다른 세계가 존재할 수도 있음을 그이의 뒷모습에서 문득 알았습니다. 평행선 사이에서 영혼은 자유로웠고 이따금 그 영혼은 제가 속한 세계에 출몰하기도 합니다. 눈을 감지 못하게 된 뒤에야, 억지로 개안開眼한 뒤에야 제 눈은 비로소 유령을 볼 수 있게 되었습니다. 그러니까 호수에서 저는 유령과 더불어 지상의 모든 경계가 지워지는 순간을 목격했던 것입니다. 당신은 호랑이라는 기표에서 용맹함이라는 기의만을 취하는 잔인한 자들을 경멸할 줄 아는 사람이었습니다. 자음과 모음처럼 흩날리다 지상에 내려와 그 누구보다 매끄러운 단어와 문장을 만들어내는 눈송이, 그것들이 만들어낸 평면의 언어를 읽을 줄 아는 사람과 똑같다고 해도 무방하겠지요. 그런 곳에서는 울어도 괜찮지만, 당신을 지켜보는 시선 때문인지 어깨를 들썩이는 일은 벌어지지 않았습니다. 보는 이 없어도 숨고 싶다던 당신이기에 시선에서 자유로울 수 없는 허허벌판에서 한 걸음도 움직이지 못할 만큼 절망했던 것인지도 모르겠습니다.

사라진 건 전각들만이 아니었습니다. 서른한 명의 열반승 역시 아무런 자취가 없었습니다. 능파교를 건너 십바라밀 사이를 지나 대웅전으로 향하던 당신을 닮은 사람은 열반 따위에는 아무런 관심이 없는 듯했습니다.

드넓은 절터만이 과거의 영화를 입증하고 있었습니다. 그곳은 눈 덮인 벌판이었습니다. 금강저라 해도 좋을 커다란 고드름이 지상을 혹은 그 아래 심연을 겨누었고 두툼한 털모자를 쓴 수행자가 싸리비를 쥐었습니다. 당신은 투시라도 하듯 눈 덮인 안내문 앞에 오래도록 서 있었습니다. 눈을 쓸어버리자 건봉사의 이력이 드러났습니다. 몰라도 좋을 것들을 너무 많이 알면서 살아가는 게 고달프다고 말하는 듯한 눈빛이었습니다. 사전 속에 처박아두고 싶은 단어들이 눈으로 내리던 날이었습니다.

당신을 닮은 사람은 눈으로 빚은 사람인 것만 같았습니다. 부도와 대웅전을 힐끔거렸고 산신각을 올려다본 뒤 명부전을 노려보며 적멸보궁을 거닐던 당신은 조금씩 희미해지고 있었습니다. 어느 곳에나 있다는 부처를 만나지는 못했습니다. 그걸 딱히 아쉬워하는 것처럼 보이지도 않았습니다. 당신이었다면 어느 곳에나 있다는 건 그 어느 곳에도 없다는 말이나 다름없다고 중얼거렸겠지요. 과거의 절터에서 새로 지었다는 절을 바라보는 일만큼 쓸쓸한 의무도 없습니다. 바람이 불고 눈보라가 날렸습니다. 멀리 가지는 않을 겁니다. 어딘가에 한 꺼풀로 내려앉아, 지상의 기억 위에 내려앉아 진심은 함부로 보여주지 않는 법이라고 속삭이는 일을 그치지 않을 겁니다. 눈은 구덩이를 채우지 않고 지상의 결을 따라 쌓입니다. 솟으면 솟은 대로 꺼지면 꺼진 대로 더러운 곳이나 정갈한 곳이나 가리지 않고 쌓입니다. 흐르지 않기 때문입니다. 한번 내리면 그곳이 수행처이기 때문입니다. 그래서 눈은 늘 용맹정진을 합니다. 공양간에 내린 눈이 부러웠습니다. 아궁이와 솥에서 풀려나온 열기가 천장에 닿으면 지붕 위 눈은 이 세상을 오래도록 견딜 필요가 없으니까요. 제 몸을 온기가 통과하지 못하도록 혼신의 힘을 다한 뒤 스러지면 그만이니까요. 눈을 뭉치면 주먹밥을 떠올리고야 마는 가난한 저로서는 공양간과 한 걸음이라도 가깝다는 사실조차 위로가 됩니다. 당신이 멀리 있어도 위로가 되는 것과 다르지 않습니다. 아득해도 좋습니다. 당신이 존재한다는 것만으로도 오래도록 벌판에 서 있을 수 있으니까요.

그러다보면 이렇게 우담바라를 만나기도 합니다. 많은 걸 욕망하며 살았지만 뜻대로 이루지 못한 것은 대부분 상상 속에서만 가능한 일들이었기 때문입니다. 우담바라가 아닌 걸 알고 있었지만, 제게 상상과 현실은 그리 다르지 않습니다. 조금 뒤 엔진 소리가 들렸습니다. 필시 보리라는 이름을 지녔을 누런 개 한 마리가 꼬리를 흔들었습니다. 운전석에는 아무도 없었지만 차는 움직였습니다. 공허를 실은 차가 몸을 돌려 절마당을 빠져나갔습니다. 해탈이란 이렇게 사소한 일이라고 말하는 듯 눈길을 꾹꾹 눌러가며 사라졌습니다. 금강저 하나 처마에서 툭 떨어졌고 누구의 가슴에도 상처를 주지 않은 채 산산조각이 났습니다. 일주문 아래를 다시 지나 당신을 닮은 사람의 발자국을 따라 적멸보궁을 거닐어보았습니다. 그 동선이 만다라를 닮았다는 걸 뒤늦게 깨달았습니다. 그것만으로도 당신이 무엇을 느끼는지 알 수 있을 듯했습니다. 다음에는 유령이 되어서라도 당신과 함께 건봉사에 가렵니다. 평면의 언어를 읽어내고야 말 것입니다. 오십만 미터를 되돌아가야 합니다. 감을 수 없는 제 눈에서 눈물 한 방울 떨어졌습니다.

경주 남산 폐사지

경주에 도착한 아침 고개를 들어 사방을 둘러보니 웅크리고 잠든 고양이의 유려한 등을 닮은 산들이 눈에 들어왔다. 봄이 왔음을 알리듯 천지간에 희디흰 햇살이 은성했고 간밤을 지난 대기치고 퍽 따스한 공기가 부드럽게 내 안으로 밀려들어왔다. 경주. 익숙해서 잘 안다고 치부했으나 실로 나는 이곳에 초행이나 다름없다. 초등학생 시절 수학여행으로 찾아온 뒤 처음이니 경주는 내게 소문으로만 익숙한 곳인 셈이다.

남산 남쪽 자락에 자리잡은 열암곡으로 가는 버스는 경주 시내에서 하루에 두어 번 왕복하는 게 전부인지라 대기중인 택시 가운데 맨 앞에 있는 택시에 올랐다. 환갑을 넘긴 지 한참 되어 보이는 택시기사는 열암곡으로 가자는 내 말에 고개를 갸웃 기울였다. 주변의 동료 택시기사들이 몰려들어 내가 건넨

지도를 들여다보았지만 그들 역시 열암곡이 어디인지에 대해 의견이 분분했다. 아무도 분명하게 어디로 가야 한다고 장담하지 못했다. 결국 내비게이션에 목적지를 입력하기로 했는데 그이의 손이 떨려 자꾸 실수를 하는 바람에 젊은 택시기사가 조수석까지 들어와 대신 글자를 찍어주었다. 열암곡을 검색하니 열암곡 석불좌상이 화면에 떴다. 내가 거기라고 하자 택시기사는 일단 가보자며 출발했다.

차창 밖으로 고도의 풍경이 지나갔다. 달리는 차에 앉아 흐르는 풍경을 보는 일은 언제나 얼마쯤의 비감을 불러일으켰다. 한 번도 내가 속한 적 없는 곳. 스쳐지나는 방식으로만 관계를 맺을 수 있는 곳. 내가 알지 못하는 곳. 그럼에도 불구하고 언젠가 내가 흘렸던 감정의 조각 두어 개쯤과 조우한대도 이상하지 않을 법한 곳. 낯선 지역을 여행하면서 느끼는 경이로움 가운데 하나는 나와는 완벽하게 무관한 곳임에도 오래전 무척 친밀했으나 세월이 흐르면서 까맣게 잊었던 무언가를 다시 만나게 된다는 것인 듯했다. 혀끝에 맴돌기만 할 뿐 이름조차 분명히 기억해낼 수 없으나 한때 무척 소중했던 것만은 분명한 옛사람들이 차창 밖 풍경에서 솟아올랐다가 가뭇없이 사라지길 되풀이했다. 내비게이션을 다루던 서투른 손놀림과는 달리 택시기사의 운전 솜씨에서는 연륜이 느껴졌다. 택시가 경주의 남쪽 외곽으로 접어들자 그이는 목적지가 어디쯤일지 짐작이 된다고 말했다. 엎드린 불상을 보러 가는 거라고 말하자 그이는 반색을 하며 아, 엎어져 있는 불상 말이죠! 진작 그렇게 말했다면 어디인지 알았을 거라며 웃었다. 그이의 웃음이 나도 반가웠던 건 그이 역시 잘못된 길로 가는 게 아닌가 싶어 마음을 졸였을 터인데 이제 어디로 가야 하는지 분명해진 덕분에 마음이 여유로워졌으리라 짐작해서였다. 오래되고 한적한 마을을 지나 열암곡 입구 텅 빈 주차장에 도착했다. 택시가 떠난 뒤 잠시 주변을 둘러보았다. 그리 높지 않고 산세도 부드럽건만 수많은 골짜기와 산등성이를 품어서 그런지 거인의 발치에 선 듯한 기분이 들었다.

열암곡 석불좌상 700미터를 알리는 이정표가 주차장 왼편 두 기의 묘지 앞에 서 있었다. 거기서부터 산길이 시작됐다. 아직은 완만한 산길을 따라 오르니 왼편으로 개간하다 만 빈터가 펼쳐졌다. 내가 걷는 쪽은 산그늘에 푹 담겼으나 빈터를 가로질러 맞은편 산자락 아래부터는 햇살이 그늘보다 두텁게 펼쳐졌다. 얼마 오르지 않았는데 벌써부터 깊은 산중에라도 들어선 듯 세속을 연상시키는 모든 소리가 사라지고 지저귀는 새소리와 졸졸졸 흐르는 물소리뿐이었다. 산길이 두 곳으로 갈라지는 곳에 이르렀으나 이정표가 따로 없는 걸로 보아 어느 쪽으로 가도 된다는 뜻인 듯했다. 계곡을 좀더 가까이 두고 싶어 왼쪽으로 난 길을 따라 올랐다. 오른편 산등성이를 넘어온 햇살이 반대편 계곡으로 흘러내리며 잠에서 깨어나 우중우중 선 소나무들을 씻기는 중이었다. 해가 떠오른 지 두어 시간밖에 되지 않았으므로 내가 가는 길의 오른편이 동쪽이고 왼편이 서쪽인 셈이었다. 조금씩 가팔라졌음에도 산길의 기울기를 딱히 느끼지 못했던 건 흙으로 덮인 길을 걷듯 산길이 보드라워서였다. 이 부드러움은 자연스러운 것이었다. 발길에 파이고 깎이고 무너져 속살이 드러날 정도로 뭇사람이 자주 찾는 길이 아니거니와 그렇다고 길이 사라져버릴 만큼 찾는 발길이 없는 곳도 아닌지라 소나무에서 떨어져 쌓여 묵은 솔가리와 솔방울, 활엽수의 낙엽들이 고스란히 깔려 있어서였다. 나무뿌리와 뿌리에 둘러싸인 흙이 한 계단을 이루면 모나거나 울퉁불퉁하지 않은 매끄러운 바위가 또 한 계단을 이루었고 층층의 높이가 무릎이 크게 구부러지지 않을 만큼 적당해서 가뿐하게 오를 수 있었다. 그럼에도 산길이 위로 이어질수록 새갓골이라 불리는 왼편의 계곡은 깊어졌고 산중의 고요도 깊어졌다.

쉬엄쉬엄 걸어서인지 산길을 오른 지 사십여 분만에야 석불좌상 턱밑에 이르렀다. 누군가 부러 심은 듯한 신우대가 시립을 하듯 길 양쪽에 우거졌다. 그곳을 지나니 저 위 높은 단에 올라앉은 석불좌상이 한눈에 들어왔다. 서쪽으로 비껴 흐르는 햇살은 아직 석불까지는 내려오지 못했으나 석불은 스스로 은은히 빛났다. 절은 사라지고 터만 남은 곳을 홀로 지키며 조용히 빛났다. 터가 그리 넓지 않으니 여기에 섰던 절도 규모가 작았으리라. 어딘가의 말사이거나 암자였으리라. 여러 조각으로 나뉘어 흩어진 채로 있다가 십여 년 전 머리가 발굴되어 본모습을 찾게 되었다는 석불좌상의 이력을 되새겨보았다. 그래서인지 불상의 얼굴만 흙물이 들어 누렜다. 오랜 세월 땅속에 파묻혔다가 지상으로 돌아온 불두. 하얗게 빛나는 화강암 덩어리를 조심스레 깎고 다듬어 처음 저 불상을 끄집어냈을 때의 희고 고운 결은 사라졌으나 지하에서의 침묵의 시간을 입증이라도 하듯 덕지덕지 흙물이 들어 누렇게 바랜 부처의 얼굴은 아마도 이곳을 살아가던 이들의 그을린 얼굴에 조금 더 가까워진 듯했다.

석불좌상 아래 앉아 잠시 숨을 고른 뒤 왼편 아래 엎드린 마애불이 있다는 곳으로 내려갔다. 보존을 위해 철망을 치고 그 바깥으로 가림막을 설치했으나 안을 들여다볼 수 있도록 두 군데가 트여 있었다. 나는 오래도록 부처의 옆얼굴이 보이는 곳에 서 있었다. 소리 없이 바람이 불었고 멀리서 새가 나직하게 울었다. 본래 입상이었으나 지진 때문이었거나 세월의 힘 때문이었거나 앞으로 고꾸라져 지금처럼 엎드린 자세로 파묻혀 있다가 발견된 불상이었다.

마애불. 마애불이라는 낱말은 부드럽다. 울림소리 미음으로 시작해 울림소리 리을 받침으로 끝나기 때문이지만 말 그대로 절벽(애崖)을 문지르고 문질러서(마磨) 새긴 부처이기 때문이기도 하다. 아슬아슬하게 절벽에 매달려 부처를 새겼던 이들은 사라졌고 부처는 땅속으로 파고들기라도 하듯 엎어져 있다. 나는 오래도록 생각해야 했다. 절벽이 통째로 떨어져나가며 고꾸라졌을 뿐인데 그 어떤 마애불보다, 아니 그 어떤 불상보다 숭고하게 여겨지는 까닭이 무엇인지에 대해. 불상이 앞으로 넘어져 있을 뿐인데 가슴이 벅차오르는 까닭이 무엇인지에 대해. 다시 소리 없이 바람이 불었고 가까운 곳에서 나직하게 새가 울었다. 해가 손가락 한 마디쯤 더 높이 떠올랐다.…… 그러니까 이 부처는 중생의 떠받듦이 지겨워서 스스로 엎드려버린 것만 같았다. 불상 앞에서 절하는 사람들 속으로 스스로 내려가 그들과 더불어 오체투지를 하고 싶은 거였다. 중생에게 절을 받는 흔한 부처가 아니라 중생에게 절을 하는 최초이자 유일한 부처. 부디 오래도록 거기 그렇게 계시라. 나는 살풋 달아오른 이마를 문지르며 그곳을 내려왔다. 뒤돌아보니 우뚝 선 나무들은 여전히 고요한데 신우대 잎사귀가 살랑거리고 산새가 울며 빈 하늘을 난다. 햇살은 어느새 석불좌상의 허리께를 더듬고 있다.

십 분쯤 내려가니 오른쪽으로 갈라진 길이 나왔다. 별다른 이정표가 없어 초행이라면 무심코 지나칠 수도 있는 갈림길이었다. 그 길을 따라 계곡을 건너고 산등성이를 하나 가로지르니 저 아래 빈터가 보였다. 오래되고 관리되지 않아 낡아버린 표지판에서는 경주 남산 열암곡 석조유구라 칭했으나 흔히들 양조암골 폐사지라 부르는 곳이었다. 부스럭대는 소리가 들려 고개를 돌리니 다람쥐 한 마리가 나를 바라보고 있었다. 인적 없는 산에서 처음으로 만난 다람쥐였기에 반가울 수밖에 없었다. 빈터 위로는 바위가 서 있고 그 아래 어느 촌가의 장독대를 떠올리게 하는 곳에는 아마도 불상이나 석탑의 일부분이었을 깨지고 조각난 돌덩이들이 아무렇게나 모여 있었다. 그중 하나에 딱히 솜씨라고 할 것도 없이 선으로만 새겨 그린 얼굴이 눈에 띄었다. 눈두덩이 두툼하고 코도 큼직하고 입술도 두꺼웠다. 보기에 따라 나한이거나 금강역사거나 혹은 장난기 많은 아이일 수도 있었고 심술궂은 어른일 수도 있었으나 나는 장난기 많은 아이라는 쪽에 마음이 기울었다. 그렇게 마음이 기운 것은 산길에서 언뜻 보았던 알바위가 불러일으킨 상념 때문이었다. 성혈性穴이라고도 하는 알바위는 바위에 낸 구멍, 그런 구멍이 있는 바위를 뜻한다. 자손을 바라는 이들이 정성을 다해서 기구한다는 의미로 팠다지만 나는 이문구의 「다갈라 불망비」를 떠올렸다. 사랑하는 이의 파계를 종용하던 사내의 집념과 그 사내가 군에 입대한 뒤 뜻을 이어받아 구멍을 팠던 젊은 스님 연묘. 알바위가 한 사람의 손에 의해 파인 것이 아니라 사랑하는 두 연인이 이어 팠을지도 모른다는 상상이 이문구로 하여금 소설을 쓰게 한 힘이었을 테다. 복을 바라며 바위에 구멍을 파기도 했겠지만 어쩌면 죄를 짓지 않기 위해 몰두할 일이 필요해서 혹은 앞으로 짓게 될 죄에 대해 미리 용서를 구하기 위해서였을 수도 있었다. 터무니없지만 않다면 가능한 모든 사연을 떠올려보는 것이야말로 관조하는 자의 특권이니 말이다. 저 형편없는 부조도 사내아이가 사랑스러운 누이를 즐겁게 하기 위해 부러 익살맞은 얼굴로 새겨 그린 것인지도 모르며 죽은 동생을 기억하기 위해 누이가 서투른 솜씨로 새겨 그린 것인지도 모른다. 죽은 동생을 슬프고 고통스러운 얼굴로 기억하려는 누이는 없으리라. 저건 누군가의 가장 찬란하고 소중한 기억인지도 모른다.

폐사지 왼쪽 오르막으로 가느다란 길이 나 있었다. 그 길도 제법 가팔랐지만 이상하게도 힘이 들지는 않았다. 이 깊은 골짜기에 언제인지 알 수 없는 머나먼 옛날에 많지는 않으나 사람들이 살았다는 사실이 정겨웠다. 왼쪽으로는 폭이 무척 좁고 깊은 계곡이 나란히 이어졌고 집 한두 채가 들어설 만한 터가 나타나면 어김없이 지천에 밤송이가 깔려 있었다. 그 길을 삼십 분쯤 오르니 어느새 계곡의 높드리였다. 파이고 깎이어 생겨난 물길의 형태가 완만한 비탈이 이어졌으며 그 비탈을 가로질러 봉우리 아래에 훤히 드러난 폐사지가 있었다. 누군가의 묘를 발치에 둔 작은 둔덕에는 삼층석탑이 도미노처럼 가지런히 쓰러져 있었다. 방금 학교에서 돌아와 함부로 던져두었으나 절묘하게 잇대어 포개어진 세 형제의 책가방처럼.

나는 원래 용도를 알 수 없으나 두어 사람이 넉넉히 누워 한숨 잘 수도 있을 만큼 커다란 기단석에 올라 골짜기를 내려다보았다. 비록 산에 둘러싸였으나 하늘이 툭 터져 있고 신선한 바람이 불며 햇살이 거침없어 머물기에 좋은 곳이라 할 만했다. 흐르지 않는 계곡물 대신 햇살이 흥건하게 흐르는 중이었다.

무너진 석탑 위로 올라 수리봉 쪽을 바라보며 산등성이를 따라가니 침식곡 석불좌상으로 가는 갈림길이 나왔다. 굽이굽이 이어진 그 길을 쉬엄쉬엄 내려갔다. 얼마 걷지 않아 두상이 없는 석불좌상이 내려다보이는 곳에 이르렀다. 뒤에서 본 석불좌상은 머리가 없다기보다 고개를 푹 숙인 것 같았으나 앞에서 본 석불좌상은 눈앞에 보고 있어도 무얼 보고 있는지 잠시 헷갈릴 만큼 비현실적이었다. 엎드린 부처에게 느꼈던 것과 비슷한 감정이 날카롭게 가슴을 베고 사라졌다. 마땅히 있어야 할 머리가 없는 부처는 어쩌면 너무나 당연하게도 그 텅 빈 공간에 무언가를 채워넣어야 할 것만 같은 조바심을 불러일으켰는데 부처의 얼굴이 아니라면 내가 아는 누군가의 얼굴일 수밖에 없으므로 나는 이렇게 또다시 옛사람들과 조우한 것이었다. 분명하지는 않지만 한때 살가웠던 사람들의 희미한 얼굴이 빈자리에 떠올랐다가 사라지길 되풀이했고 가벼운 산책이거나 머나면 타국으로의 여행이거나 바로 이처럼 잊었던 것들을 만나기 위해서라도 떠나야 한다고 머리 없는 부처가 내게 조용히 속삭여주는 듯했다.

봄이구나. 태어난 지 몇 해나 되었을까. 이제 겨우 두어 해 자랐음직한 가느다랗고 키 작은 산수유가 꽃망울을 터뜨렸다. 새끼손톱보다 작은 꽃이 눈부시게 피었다. 만약 머리가 있었다면 고개를 돌리지 않고도 석불좌상의 시선에 한가득 들어올 자리에 어린 산수유 한 그루가 그렇게 봄을 알리고 있었다. 누군가의 눈물처럼 샛노랗고 둥그런 꽃이었다. 나는 내 여정의 마지막 유허지에서 내가 흘리지 않았으나 나를 대신해 흘려준 눈물인 듯한 꽃들을 하염없이 바라보며 오래도록 앉아 있었다. 저 아래 어딘가에 석불의 머리가 파묻혀 있을 테고 어쩌면 영겁의 세월이 흘러도 찾지 못할 테지만 그렇다 해도 서글프지는 않을 듯했다. 두고두고 이 석불 앞에 선 이들이 누군가의 얼굴을 그 자리에 잠시 올려두었다가 가슴으로 거두어갈 것이므로.

나는 앉았던 자리에서 일어나 엉덩이를 털었다. 나도 옛사람들의 얼굴을 가슴에 거두었다. 내려가는 길은 너덜이 아니었다. 고운 흙길이었다. 굴러가도 괜찮을 만큼 푹신한 길이었다. 머리통을 하나 굴리면 소리 없이 구르고 굴러 별천지로 나를 이끌어줄 것만 같은 길이었다. 백운계곡을 품은 건너편 남산 자락이 성큼성큼 걷는 이의 무명 치맛자락처럼 휘날렸다.

이스탄불에서 마음을 놓치다

튀르키예에 머문 여섯 달 동안 나는 여러 번 이스탄불을 방문했다. 여행의 기착지로 잠시 들른 적도 있으나 여러 날에 걸쳐 머물면서 이스탄불이라는 도시의 속내를 엿보기 위해 여기저기를 돌아다니기도 했다. 이글이글 타오르는 태양이 잔잔한 해협에서 눈부시게 산란하는 걸 지켜보면서, 진눈깨비가 내리는 바람 부는 날 우산도 없이 총총걸음으로 걷는 사람들을 따라 무단으로 도로를 횡단하면서 나는 이미 튀르키예를 떠나 한국으로 돌아갔을 때 몹시도 그곳을 그리워하게 될 것임을 알았다. 튀르키예의 수도 앙카라에서 폭탄 테러가 일어났던 날 오후 숙소로 돌아가는 버스에서도 예정된 그리움을 느끼며 못내 쓸쓸해했던 기억이 난다. 어디를 가든 쉬이 섞여들지 못해 차라리 익명으로 남기를 바라던 나로서는 이 뜻밖의 선부른 그리움에 얼마쯤은 나 자신이 낯설게 느껴지기도 했다. 내게 여행이란 돌부리에 걸려 넘어진 자리에 잠시 주저앉아 높이가 다른 세상을 일별하는 것과 비슷하다. 익숙한 세계가 순식간에 낯설어지고 낯선 세계가 하염없이 밀려들어와 뜻밖의 사건처럼 내 안에 자리잡고 나와 함께 거주하게 된다. 나는 여행중독자도 여행예찬론자도 아니다. 외려 나는 일상으로 모험을 떠나는 사람이다. 온 생애를 두고 성과 속의 경계를 떠돌아야 하는 소설가다. 그럼에도 불구하고 지리적 모험을 감행해야 하는 순간이 찾아온다. 국경을 넘고 대양을 건너 나와는 완벽하게 무관한 세계를 만날지도 모른다는 헛된 열망을 품은 채 탈출이라도 하듯 떠나야 하는 순간이 말이다. 그리하여 그곳에 이르면 애써 그이들의 일상에 동참하지 않아도 죄책감 없이 하루를 보낼 수 있다. 그 하루가 얼마나 애틋한 시간인지는 아마도 나 역시 죽는 날에 이르러서야 절감하게 될 테지만.

처음 이스탄불을 방문했던 때는 여름의 끝 무렵이었다. 유럽에서 온 단체 여행객들을 비롯해 세계 각국에서 찾아온 수많은 사람들 틈에 끼어 아야 소피아 박물관과 블루 모스크를, 톱카프 궁전과 돌마바흐체 궁전을 감탄하며 구경했다. 술탄 아흐메트 거리를 오가는 트램의 육중한 바퀴소리를 들으며 튀르키예식 아이스크림인 돈두르마를 먹었고 에미네뉘 선착장에서 해협을 오가는 여객선의 고동을 들으며 고등어 케밥을 먹었다.

이른 아침 호텔에서 깨어나면 조롱이라도 하듯 울어대는 한가로운 갈매기 울음소리를 들을 수 있었고 언제 어느 때 어느 곳에 있더라도 정확히 시간을 지켜 하루에 다섯 번씩 사원에서 울려퍼지던 아잔(기도시간을 알리는 소리)을 들을 수 있었다. 하루가 밀물처럼 밀려왔다가 증발하기를 되풀이했다. 비잔틴제국과 오스만제국의 흔적이 서린 도시에서 21세기 사람들이 저마다의 분주한 삶을 살아갔다. 이스탄불의 어느 거리 어느 골목에 있더라도 과거와 현재가 깍지를 낀 듯한 기분이 들었고 역사를 과거에 대한 서사쯤으로 치부하는 관습이 그곳에서는 어리석은 짓으로 여겨졌다. 이스탄불은 경이로웠다. 흔히 세속주의라 일컫는 케말리즘이 가장 자연스럽게 구현된 도시인 것만 같았다. 고개를 들면 어디서나 볼 수 있는 모스크의 탑은 완고하지는 않았으나 경건함을 잃지 않았다. 머릿수건을 쓴 여인들은 수심이 가득한 얼굴일지라도 이방인을 경계하거나 두려워하지 않았다. 몇 마디 대화를 나눈 것만으로도 퍽 대단한 인연을 만난 듯 홍차를 권하는 사내들이 있었고 저 머나먼 극동에서 찾아온 코렐리를 형제의 나라에서 온 사람이라며 환대하는 노인들이 있었다. 해서 나는 이스탄불의 이면이라든가 은폐된 얼굴을 굳이 들여다보고 싶지 않았다. 삶은 언제나 충분히 모욕적이었으므로 이스탄불이 내게 부여했던 인상을 거절하고 싶지 않았다. 전설 같은 역사를 품고 세월이 흐를수록 윤이 나는 도시를 시름없이 거닐 수 있는 시간들이 귀중했다. 그 귀중한 시간들 가운데 한 허리를 베어내어 누군가를 위해 예비해야 했던 이유는 달리 설명할 수가 없다. 태생이 그렇다고밖에 할 수 없는 소설가로서의 자의식보다 더 그럴듯한 핑계는 없을 테니.

마지막으로 이스탄불을 찾았을 때는 2월이었다. 겨울이 깊었다. 깊다못해 봄의 언저리까지 쳐들어간 듯한 기분이 드는 시기였다. 몇 차례 이스탄불을 거치면서 그곳에는 혹독한 추위가 없다는 사실을 알았지만 내가 마지막으로 방문했던 즈음에는 차디찬 겨울비가 내려 어느 때보다 더 고혹적으로 쓸쓸했다. 차가운 바람에 섞인 빗방울에 젖으면서 그 빗물이 흑해에서 시작되었는지 에게해에서 시작되었는지를 가늠해보곤 했다. 튀르키예는 한국전쟁 당시 주요 참전국 가운데 하나였다. 힐튼 호텔 뒤편의 군사박물관을 지나칠 수가 없었다. 군사박물관에 한국관이 있는 건 흥미로웠으나 기대한 만큼 전시실의 규모가 크지는 않았다. 이제는 익숙하게 느껴지는 탁심 광장과 이스티크랄 거리를 걸어 갈라타 탑을 지나 악기상들의 골목을 내려가면 갈라타 다리 동쪽 입구였다. 다리를 건너 술탄 아흐메트 거리를 걸을 수도 있었고 선착장이 있는 카라쾨이에서 돌마바흐체 궁전까지 해협을 옆에 낀 산책로를 따라 걸을 수도 있었다. 에미네뉘 선착장 앞 버스정류장에서 에윱행 버스를 타고 골든혼 안

쪽으로 들어가 찻집들이 즐비한 언덕을 오를 수도 있었다. 그러나 무엇보다 내 마음이 평온해지는 건 골든혼이 내려다보이는 그곳 가파른 사면에 빼곡하게 자리잡은 무덤들 사이로 난 길을 따라 걸을 때였다. 무덤은 웅장하거나 화려하지 않았고 을씨년스럽거나 음산하지도 않았다. 튀르키예를 여행하다보면 마을 초입에서 으레 이런 공동묘지를 발견할 수 있었다. 그러나 이스탄불에서 마주친 공동묘지는 사뭇 다른 느낌이었다. 밀집한 주택가와 사람들로 붐비는 유명 관광지의 발치에 별다른 경계선 없이 노출된 공동묘지에 누운 이들은 죽은 이들이 아니라 고요히 잠든 사람들인 것만 같았다. 잠든 이들을 깨우지 않기 위해 발끝으로 걷듯이 나는 두려움 없는 조심스러움으로 그 길을 걸었다. 죽음을 삶의 터전에서 추방하지 않고 기꺼이 마주대하며 사는 이스탄불 사람들에게서 말로 표현하기 힘든 그이들만의 삶의 태도를 엿본 듯했다. 아무 수식이 없이 이스탄불이라는 이름만으로도 화려하다. 그러나 잿빛의 묘지들마저 그러한 느낌을 불러일으킬 줄은 짐작도 못했기에 삶과 죽음에 얽힌 난제를 무효로 만들어버린 현장을 체험하는 듯했다. 내가 머물던 무렵 튀르키예에서 유례없이 흥행에 성공한 영화가 있었다. 거리에서 그 영화의 포스터를 쉽게 만날 수 있었는데 어느 날인가 포스터를 유심히 보던 내게 제목(Fetih 1453)을 번역해주던 앙카라 대학 한국어문학과의 예심 페렌디지 선생은 '침략 1453년'이라고 말했다가 '정복 1453년'이라고 고쳐 말해주었다. 침략과 정복 사이에 가로놓인 심연을 그 짧은 순간에 체험한 기분이 들었는데 묘지를 걸으면서 그때의 막연했던 기분이 어떤 구체적인 정서로 뒤바뀌는 듯했다. 부러 이스탄불을 콘스탄티노플이라 지칭하는 유럽의 관광객이든, 전형적인 유럽 지향형 인물인 오르한 파묵이 이스탄불을 자신의 문학적 근원으로 인정하게 되는 것이든 기원을 향한 그 모든 열망은 저 무덤보다 초라하다. 묘지를 빠져나온 나는 흥분과 열정에 사로잡혔고 이스탄불이라는 아름다운 이름 하나로는 요약할 수 없는 거대한 삶을 만날 수 있으리라는 기대를 품고 보스포루스해협을 건넜다. 거기에 야샤르 케말이 있었다.

여행을 떠나는 저마다의 이유와 방식이 있듯이 내게도 나만의 이유와 방식이 있다. 나는 튀르키예로 떠나기 전 도서관의 서가에서 먼저 튀르키예 문학을 만났다. 모두 합쳐 서른 권도 되지 않는 빈약한 서가였지만 야샤르 케말과 아지즈 네신이 있어 세계문학 서가를 통째로 마주 대한 듯한 기분이었다. 노벨문학상을 받은 뒤로 더욱 대중적으로 알려진 오르한 파묵의 소설도 여러 권 읽어보긴 했다. 재능 있는 작가라는 점에 동의하고 감탄할 수는 있었으나 나는 그의 소설들의 기저에 흐르는 제국주의가 못내 불편했다. 물론 오르한 파묵은 노골적으로 제국주의를 드러내지는 않는다. 차라리 그의 에세이 『이스탄불』이나 노벨문학상 수상 연설문 등에서 그런 흔적을 엿보기가 더욱 쉽다. 그는 스스로를 유럽도 아니고 아시아도 아닌 (그렇다고 해서 아시아의 변방은 결코 아니지만 유럽의 변방이라고는 할 수 있는) 이스탄불에 속하지 않는다고 간주한다. 그러다 그가 이스탄불 역시 하나의 중심이 될 수 있고 또한 반드시 그럴 수밖에 없다며 기꺼이 스스로를 이스탄불에 속한 자로 인정할 때 그는 자신이 중심과 주변이라는 이분법을 극복하지 못한 채 또다른 제국을 이스탄불에 건설한 사실은 몰랐을 것이다. 세계시민을 자처하는 제국주의야말로 화려하고 기교적이다. 그러므로 튀르키예로 떠날 때 내가 가슴에 품었던 열망은 오르한 파묵이 아니라 야샤르 케말과 아지즈 네신이었다. 아지즈 네신은 이미 오래전에 죽었으므로 생전의 흔적이나마 더듬을 수 있다면 만족할 수 있을 듯했다. 나는 만날 수 없는 아지즈 네신은 접어두고 야샤르 케말만이라도 만나게 되기를 바랐으나 파킨슨병을 앓는 그이를 쉽게 만날 수 있으리라고 믿지는 않았다. 그러나 그를 만나지 않고서는 돌아올 생각도 없었다.

내가 아는 튀르키예 문학은 튀르키예 문학이 아닐지도 모른다. 내가 안다고 믿는 것들이 정말 아는 것들인지도 확신할 수 없거니와 한국에 번역되어 소개된 작품의 수가 극히 적기 때문이기도 하다. 튀르키예에서 만난 사람들 가운데 어느 교수는 내가 소설가라는 사실을 알게 되자마자 튀르키예의 여성작가들에 대해 어떻게 생각하느냐고 물었다. 아직 한국에는 튀르키예 여성작가들의 선집조차 번역, 출간되지 않았노라고 더듬거리며 대답할 때 내 얼굴은 붉게 달아올랐을 것이다. 그럴 때면 나는 의무를 수행하지 못한 사람처럼 허둥거릴 수밖에 없다. 그러나 문학은 서로 다른 언어로 쓰인 공통의 기억이다. 아지즈 네신의 소설에 깃든 날카로운 풍자를 알아보지 못할 수가 없으며 야샤르 케말의 소설에 깃든 비참하게 아름다운 인간성을 해독하지 못할 수가 없다. 중심이냐 변방이냐는 식의 담론을 끌어들이지 않고도 중심이 해체되어버린 텅 빈 공간을 그려낼 줄 알며 그러한 공간을 가로지르는 익명의 삶들이 남긴 흔적을 누구보다 섬세하게 재현해낼 줄 안다는 걸 그이들의 소설 한두 편만 읽어보아도 모른 척하려야 할 수가 없다. 아지즈 네신과 야샤르 케말의 소설이 모두 번역된 것은 아니었으나 나는 이미 그이들의 소설과 결탁해버렸다.

비가 잦아든 2월의 어느 날 나는 이스탄불 유럽지역에서 배를 타고 해협을 건너 맞은편 아시아지역으로 갔다. 통역과 안내를 맡아준 에르지예스 대학 한국어문학과의 괵셀 튀르쾨주 선생과 함께였다. 야샤르 케말은 아흔 살을 바라보는 고령이었고 파킨슨병을 앓았지만 나이와 병으로도 가려지지 않는 거대한 열정이 있었다. 통역을 사이에 두고 이어진 대화는 부자연스러웠다. 종종 맥락을 무시한 채 다른 화제를 꺼내는 그의 화법 때문에 대화는 길을 잃기 일쑤였다. 그러나 대화가 끝난 뒤 뒤돌아보니 그는 하지 않은 말이 없었고 하지 못한 말이 없었다. 그와 나눈 대화를 일일이 기록하는 것이야말로 쓸모없는 일이리라. 나는 그저 그의 서재에서 그와 비스듬히 마주앉은 채 넓은 창 바깥으로 펼쳐진 보스포루스해협을 이따금 바라보았을 뿐이다. 귓가에 매달린 그의 목소리와 창을 통과하면서 부드러워진 오후의 햇살과 뱃고동 소리. 건너편 유럽지역의 옛 건물들과 성이 아련했다. 나는 공산주의자다. 이만큼 나이를 먹었는데 뭐가 무서워 감추겠느냐. 자본주의와 타협하지 말라. 문학은 바로 네가 선 그 자리에서 시작하는 거다. 그는 어린 시절 사고로 오른쪽 눈을 다쳤고 결국 그 눈의 시력을 잃고 말았다. 그뒤 거의 팔십 년의 세월을 한쪽 눈만으로 세상을 보며 살아온 거였다. 두 눈을 가진 내가 그보다 많은 것을 볼 수 있다고 장담할 수가 없었다. 그와 세 시간 남짓 대화를 나누는 동안 내 가슴속으로 그가 아니 이스탄불이 아니 어쩌면 튀르키예 전체가 흘러들어왔다. 불편한 걸음으로 문밖까지 배웅해준 뒤 뒤돌아선 그의 커다란 등이 눈앞에서 사라진 순간부터 나는 그가 그리웠다. 아마도 다시는 그를 만나지 못하리라. 택시 뒷좌석에 앉은 채 어둠이 내려앉으며 화려한 불빛으로 깨어나는 또다른 이스탄불을 바라보았다. 그리고 내 눈앞에서 이스탄불이 천천히 지워졌다. 언젠가 나는 다시 이스탄불을 방문할 수도 있겠으나 그때 나는 아마도 그를 다시 보기는 어려우리라. 그건 그이가 나를 거절해서가 아니라 아마도 세월이 흘러 그이가 더는 이스탄불에 있지 않아서일 것이리라. 위스퀴다르 선착장에서 배를 타고 해협을 건너 에미네뉘 선착장으로 가는 동안 바다 위로 불어오는 바람을 맞았다. 바다에 드리워진 불빛들이 물결의 일렁임을 따라 흔들렸다. 해협을 굽어보는 웅장한 건물들의 실루엣 너머로 어두운 하늘이 있었고 그 아래서 늙어가는 어느 소설가의 열망이 국경과 대양을 넘어 밤처럼 번져가는 걸 묵묵히 지켜보았다.

가을 이스탄불

어느 가을

만추는 아니었고 대낮의 햇살에 아직까지 한여름의 열기가 묻어나던 가을의 들머리였다. 내가 가야 할 곳은 튀르키예의 수도 앙카라였다. 예정일보다 며칠 일찍 떠난 이유는 기착지인 이스탄불에 들러 잠시나마 아무런 근심걱정 없이 한가로운 시간을 보내고 싶어서였다. 아야 소피아 박물관을 비롯해 블루 모스크가 자리잡은 술탄 아흐메트 지구의 골목길을 거닐었다. 카페를 지나고 식당을 지나고 공원 벤치에 앉아 눈이 시리도록 푸른 하늘에 금을 그으며 끼룩대는 갈매기를 올려다보았다. 그러다 지치면 낡고 작은 호텔방으로 돌아가 침대에 누워 차분하게 숨을 골랐다. 트램이 지나가는 소리, 누군가를 부르는 소리,

장사꾼들의 호객하는 소리가 창을 통해 밀려들었다. 여느 때라면 신경이 곤두설 법도 하련만 그처럼 노곤해진 몸을 침대에 누인 채 창밖의 분주함과 소란스러움을 관조하는 시간은 안온하기 이를 데 없었다. 기도 시간을 알리는 무에진의 노래하는 듯한 목소리를 들으며 나는 까무룩 잠에 빠져들기도 했다. 시간은 느릿느릿 흘러갔다. 무엇보다 내 이름을 부르는 사람이 아무도 없는 곳임을 실감하며 이처럼 간편하게 익명성을 가질 수 있다는 사실에 어리둥절해지기도 했다.

하루가 지나고 또 하루가 지나고, 어쩌면 앞으로 남은 인생에서 다시는 체험할 수 없을지도 모를 무위에 가까운 시간이 흘러갔다. 더디게 흐르는 시간을 느끼며 이것이야말로 내가 바라던 시간이 아닌가 하며 스스로 감탄하기도 했다. 완벽하게 무위의 삶을 살다가 아무도 모르게 떠나온 곳으로 돌아가는 것. 과연 이 세상에 온 적이 있었는지조차 의심스러울 만큼 누구의 눈에도 띄지 않게 조용히 머물다 사라지게 되기를 언제부터 열망했는지는 나 역시 알 수 없었다. 그건 미처 살지 못한 시간들에 이미 지쳐버렸기 때문일 수도 있었고 아직 살지 못한 시간들을 이미 살아버렸기 때문일 수도 있었다. 이유가 무엇이든 내가 소설가가 되기로 작심한 순간이 언제였는지를 헤아릴 수 없는 것과 마찬가지로 기원이 불분명하다는 것만은 분명했다. 그러나 언제부터였는지 알 수 없는 일이 어디 그뿐이랴. 내가 누군가를 사랑하기로 마음먹은 순간을 분명하게 짚어낼 수 없다는 것이 그러하고 내가 부모님을 다른 누구의 부모가 아닌 내 부모로 인식하게 된 순간을 결코 알 수 없다는 것이 그러하다.

다시 하루가 지나고 또 하루가 지났다. 길가 작은 식당에 홀로 앉아 점심을 먹으면서 문득 가슴을 관통하는 바람을 느꼈다. 그것은 익숙한 체온이 담긴 목소리였다. 먼길을 돌아 이스탄불까지 불어온 바람은 고향집 앞 오동나무 우듬지를 스치고 온 것만 같았다. 한때 무척 가까웠으나 오랜 세월 연락이 끊긴 옛 벗의 부음을 들었을 때처럼 가슴이 울렁거렸다. 나는 여전히 눈이 시리도록 높푸른 하늘을 머리에 인 채 갈라타 다리를 건넜다. 보스포루스해협을 오른쪽에 두고 인적이 드문 길을 걸었다. 해협의 양안을 오가는 여객선과 무시무시할 만큼 위압적인 크루즈 유람선, 흑해와 지중해를 오가는 무역선이 뱃고동을 울렸고 해협 건너 손에 잡힐 듯 보이는 아시아지역의 하늘 위로 비행기가 선회했다. 그러니까 나는 무위의 근처에도 가지 못한 셈이었다. 아무리 비우고 비워내도 그곳으로 바람이 불어왔다. 기억들이 선착장에 닿은 배에서 쏟아져나오는 사람들처럼 밀려왔고 거기에 담긴 슬픔들이 해협을 채운 바닷물처럼 출렁거렸다. 오랜 세월을 견뎌 간신히 다다른 무위에 가까운 시간들. 눈을 감으면 소리가 커지듯이 한가로운 시간이면 슬픔이 커지기 마련이라는 걸, 인간이라면 누구나 그렇다는 걸 아무도 내게 알려준 적이 없었다는 사실에 조용히 분개했다.

나는 선착장 난간에 등을 기대고 선 채 빛이 산란하는 보스포루스해협을 바라보았다. 누군가 내게 쓸쓸한 농담을 들려주었다. 가난한 중앙아시아 출신의 젊은 노동자는 돈을 벌기 위해 이스탄불로 왔다. 해협의 양안을 오가는 여객선의 선원으로 일하게 된 청년은 고향에 부치고 남은 돈을 조금씩 모아 근사한 장화를 한 켤레 샀다. 어느 날 마음이 급했던 청년은 뱃머리가 부두의 접안시설에 닿을 때 부두로 건너뛰려다 헛발을 딛고 말았다. 잘려나간 오른쪽 다리가 바다에 풍덩 빠졌고 청년은 '내 장화!'라고 소리쳤다. 그 이야기는 내가 초등학생이었을 때 보리타작을 하던 아버지의 오른손 집게손가락이 탈곡기에 빨려들어가 으깨어지던 순간 어쩌면 아버지 역시 '내 장갑!'이라고 외친 건 아니었을까, 라는 상념을 불러일으켰다. 그때부터였다고 생각하면 그럴듯했다. 그때부터 나는 내 오른손 집게손가락이 잘려나가는 악몽을 수도 없이 꾸었고 어쩌다 문틈에 손가락이 끼여 손톱에 피멍이 들면 이미 손가락이 잘려나간 듯한 두려움에 시달렸다. 이 두려움을 거세에 대한 공포라고 설명하면 손쉬우련만 내 문학의 기원, 내 슬픔의 기원이 바로 그 잘려나간 손가락에 있다고 치부해도 여전히 의문은 남았다. 잘리어 형체를 알아볼 수 없게끔 으스러진 손가락이었던가 아니면 잘려나간 만큼 짧아져 절단면이 둥글게 아문, 더이상 집게손가락이라 부를 수 없으나 집게손가락이 아니라면 다른 무엇이라 부를 수도 없는 바로 그 남겨진 손가락이었던가. 나는 부둣가에 쪼그리고 앉은 채 오래도록 속을 알 수 없는 해협을 들여다보았다. 어쩐지 그곳에서 나는 고국에서 지낼 때보다 쓸쓸한 것 같았고 그 사실이 참으로 기이하게 여겨져 인생의 비밀에 한 걸음 더 가까이 다가선 듯한 고통을 느꼈다.

이스탄불을 떠나 앙카라에 도착한 나는 앙카라 대학이 지정한 기숙사에 들어갔다. 매일 아침 기숙사를 나와 버스를 타고 그 대학 연구실에 들렀다가 돌아오는 생활이었다. 어느 날 아침 나는 연구실 창밖 가까운 하늘 위로 피어오르는 연기를 보았다. 고원의 하늘은 눈부시게 높푸르렀고 그 하늘을 재단이라도 하듯 피어오르는 연기는 무척이나 비현실적이었다. 그곳은 앙카라 최대 번화가인 크즐라이 쪽이었다. 조금 뒤 출근한 연구교수가 방금 크즐라이에서 폭탄 테러가 일어났음을 알려주었다. 사이렌이 허공으로 울려퍼졌다. 연구교수는 인터넷에 접속해 실시간 뉴스를 보여주었다. 용의자는 쿠르드인 여전사였다. 현장에서 체포된 그는 경찰에 연행되면서도 구호를 외쳤고 내가 무슨 뜻이냐고 묻자 튀르크인인 연구교수는 내키지 않는다는 듯 머뭇거리면서 튀르키예가 파쇼라고 하는 거예요, 라고 일러주었다. 그 소식은 순식간에 튀르키예 전역으로 퍼졌다. 튀르키예 곳곳에 사는 친척들이 연구교수에게 안부를 묻는 전화를 걸어왔다. 나는 고향집으로 전화를 걸려다 망설였다. 그곳은 한창 가을볕이 이글거리는 오후일 테고 내 부모는 나른한 몸을 잠시 차가운 방바닥에 누인 채 오수를 즐길 터이니. 하루에 한 번씩 무위에 가장 가까운 동시에 결코 무위일 수 없는 헛된 시간을 꿈결처럼 흘려보내고 있을 터이니.

어느 날 무심히

이반 투르게네프의 『첫사랑』을 읽은 적이 없다 해도 "무심한 이의 입을 통해 그이의 죽음을 듣게 되었네. 무심히 나는 그 소식을 들었네"라는 구절은 누구나 알고 있을 것이다. 이 소설을 처음 읽었던 젊은 시절에는 사랑하던 사람의 죽음조차 무심한 이들의 입을 통해 알게 되는 삶의 지리멸렬함에 마음이 끌렸다면 지금은 그런 소식조차 무심하게 들을 수밖에 없게 된 살아남은 자의 회한에 마음이 더 끌린다. 사랑하던 사람의 죽음을 우연히 알게 되었을 때 느낄 수밖에 없는 참담함을 강조하거나 과장하기는커녕 외려 '무심히'라고 표현한 태도에 담긴 진심이 더욱 애틋하기 때문이다. 그리고 때때로 나 역시 그런 순간에 맞닥뜨리곤 한다. 얼마 전의 일이다. 서평을 청탁받은 책을 펼치다가 언젠가 만난 적이 있던 한 작가의 이름 앞에 내 눈길이 무심히 머물렀다. 약력을 읽고서야 그이가 일 년 전에 세상을 떠났음을 알게 되었다. 나는 책을 덮고 우연히 알게 된 그이의 죽음이라는 사건이 암향처럼 내 주변에 고이는 걸 지켜보았다. 그는 튀르키예의 소설가 야샤르 케말이다. 여러 해 전 튀르키예에 반년쯤 머문 적이 있다. 체류 기간이 거의 끝나갈 무렵 그를 만났다. 그를 만나기 위해 떠났던 여정은 아직도 눈에 선하다. 통역을 해줄 분과 함께 숙소를 나서 보스포루스해협의 양안을 오가는 연락선을 타고 이스탄불의 아시아지역으로 건너가던 날은 맑고 쌀쌀한 겨울이었다. 내가 만났을 무렵의 그는 파킨슨병을 앓은 지 오래된 여든여덟 살의 평범한 노인이었다. 우리는 보스포루스해협이 내려다보이는 그의 서재에 앉아 오랫동안 이야기를 나누었다. 그와 이야기를 나누는 동안 무수히 많은 배들이 느릿느릿 해협을 통과해갔다. 어느새 사위는 어두워졌고 그가 들려준 이야기들이 내 안에서 이미 하나의 추억이 되어갈 때 어쩐지 지금까지 나눈 이야기들이 모두 거짓인 것만 같고 쓸모없는 것만 같아 가슴이 허우룩해졌다. 물론 이야기를 나누는 동안 어쩌면 그가 불편했을 수도 있는 질문들, 예를 들어 오르한 파묵과 스스로를 비교해달라거나 아지즈 네신과의 문학적 지향점의 차이를 설명해달라는 식으로 노작가로서는 마뜩잖았을 질문들도 했고 그의 솔직하고 꾸밈없는 대답도 들었던 터라 아쉬움이 있을 리 없었음에도 아직 하지 못한 말이 많은 것만 같고 정말로 해야 할 말을 나누지 못한 것만 같아 쓸쓸해졌다. 헤어질 시간이 다가왔다. 그리고 이런 나의 심정을 알고 있기라도 하듯 그는 조심스럽지만 단호하게 덧붙였다. 그는 젊은 시절 한때 공산주의에 경도되었던 게 아니라 여전히 공산주의자이며 자신이 공산주의자라는 사실 때문에 부당한 대우를 받고 탄압을 받았지만 소신은 죽는 날까지 변하지 않을 거라고 말했다. 그리고 그는 어린 시절 사고로 시력을 잃은 눈과 노안으로 침침해진 눈, 이렇게 두 눈으로 나를 똑바로 바라보며 결코 자본주의에 굴복하지 말라고 당부했다. 이제 그는 이 세상에 없다. 튀르크인의 나라에서 소수민족인 쿠르드인으로 태어나 자신의 모어인 쿠르드어가 아닌 튀르크어로 소설을 써왔던 한 사람은, 가난한 이와 힘없는 이를 사랑하고 억압받고 착취당하는 이를 사랑했던 한 사람은 이제 없다. 나는 신념을 아름답게 가꾸며 살아온 그의 사람됨이 부러웠고 그가 소설을 쓰며 고뇌하던 시간들, 그의 소설에 등장하는 흔하고 볼품없으나 분명히 나보다 인생의 비밀에 더 가까이 다가갔을 사람들과 그가 함께 지낸 시간들이 부러웠다. 언제나 내 곁에 있었음에도 불구하고 내가 미처 돌아보지 못한 그 무수한 비밀들, 사람들의 가슴속에 웅크리고 앉아 이야기가 되길 기다리는 비밀들을 배신하며 살아온 것 같아 더더욱 그러했다. 이런 기억들을 떠올리는 동안에도 나는 무심히 내 앞에 놓인 책을 바라보았으며 앞으로는 그의 유작으로만 그를 만나게 될 것임을 알고 조용히 책을 펼쳤다.

백 일이면 충분해

여러 해 전 잠깐 감옥에 다녀온 적이 있다. 그때 내가 수감된 방은 일명 달구지 방이었는데 주로 교통사고 특례법으로 들어온 사람들이 모여 있었다. 달구지 방은 뽕 방이나 도둑놈 방, 폭력 방과 비교했을 때 대체로 온화한 분위기였다. 작심하고 죄를 저지른 사람들이 아니라 뜻밖의 사고로 끌려온 이들이 많아서 그랬다. 음주운전 삼진아웃으로 끌려온 택배기사, 새벽 첫 운행을 나섰다가 취객을 치고 끌려온 버스기사, 뺑소니로 잡혀온 평범한 사업가 등등. 그들의 이력도 다양했다. 원양어선을 타고 돌아다녔다는 둥 염소농장을 운영했다는 둥 암흑가의 알아주는 주먹이었다는 둥. 사회에선 그래도 한가락씩 했다고 주장하는 사람들이다. 그러나 군대 혹은 병원을 겪어본 사람은 알 것이다. 멀쩡한 사람도 이등병 계급장만 달면 어딘가 어수룩해 보이기 마련이고 무좀환자도 환자복만 입으면 중병을 앓는 사람으로 보이지 않던가. 그러니 죄수복을 입은 사람들이란 아무리 좋게 봐주어도 왠지 모르게 범죄의 분위기가 묻어나오기 마련이다.

그이들과 한방을 쓰는 첫 일주일은 고통스러웠다. 누군가가 뺑기통에 들어가면 우선 코를 움켜쥐어야 했다. 통풍이 잘되지 않아 구린내가 그대로 방으로 밀려들어왔다. 잠을 잘 때 슬그머니 옆 사람의 손이 괴춤으로 들어오는 건 약과였다. 숫제 내 몸 위에 올라타기도 했다. 물론 일부러 그런 건 아니고 꿈속에서 애인을 달래는 중이거나 아내와 상종했던 것이었을 게다.

윷놀이는 최고로 지루한 게임이었다. 단판에 승부가 나는 법이 없다. 네 명씩 짝을 지어 보통 스무 판, 서른 판을 놀았다. 그러면 한나절이 꼴까닥 넘어갔다. 그렇지만 나는 일 년을 넘긴 듯한 기분이 들곤 했다. 윷놀이 뒤의 벌칙도 곤혹스럽기는 마찬가지였다. 감방에는 반입물품이 제한되어 있어 과자도 오직 한 종류만 들어왔다. 그 과자는 너무 달고 버석거려 사람들이 좋아하지 않았고 그래서 방방마다 보통 서른 개에서 많게는 오십 개까지 쌓여 있었다. 좋으나 싫으나 진 패는 무조건 그 과자를 한 사람당 두 개씩 먹어야 했다. 억지로 과자를 쑤셔넣고 나면 입맛이 떨어지고 속이 메슥거렸으며 꿈속에서는 과자괴물을 만나야 했다. (나는 훗날 출소한 뒤 그 과자를 슈퍼에서 발견하곤 본능적으로 몸을 움츠린 적도 있었다.) 그러나 일주일이 지나고 한 달이 지나자 어느새 나도 그들처럼 스스럼없이 빵기통에 들어가고 옆 사람을 더듬고 임전무퇴의 자세로 윷놀이에 임하게 되었다.

어느 날 밤이었다. 천둥 번개가 요란하고 빗소리도 우렁찼다. 비린내가 감방 안에 자욱하게 깔렸다. 누군가가 내게 물었다. 해 질 무렵 저 창살 너머 하늘에 떠 있던 별이 무슨 별이었냐고. 그건 아마도 금성이었을 것이다. 그러나 나는 자신 있게 대답하지 못했다. 하루도 거르지 않고 떠 있던 그 별이 시야에서 사라지는 순간, 나 또한 그 별이 그리웠기 때문이다. 감방에는 금기가 있다. 그리운 것들의 이름을 함부로 부르지 않기.

며칠 뒤 우리 방은 산산조각이 났다. 백일전방 때문에. 감옥에서는 죄수들을 한 방에 백 일 이상 방치하지 않는다. 탈옥할까봐 그렇단다. (그 점에서 볼 때 빠삐용과 쇼생크탈출은 재소자들의 처우개선에 도움이 되지 않는 영화다.) 정치범이 아닌 이상 백 일이 되면 무조건 다른 방으로 옮겨간다. 마침 우리 방에 있던 사람들은 모두 비슷한 시기에 같은 방에 모였기에 옮겨가는 날도 같았던 거다. 뿔뿔이 흩어져 가는 사람들을 배웅하고 홀로 남은 나는 비로소 그들과 함께 지냈던 시간들이 허투루 흘러간 게 아니었음을, 나도 모르게 그들의 체취에 길들었음을, 이따금씩 그이들이 속내를 드러내듯 나도 그이들에게 속내를 드러낸 적이 있음을, 이해될 듯 말 듯 한 아련한 교감으로 그날들을 보냈음을, 외롭고 높고 쓸쓸한 곳에서 부대끼며 그이들과 지낸 시간이 다시는 재현되지 못할 과거가 되었음을, 사람이 사람을 사람으로 느끼는 데에는 백 일이면 충분하다는 것을 알았다.

3부

수많은 밤들의 이야기

눈물

무악재를 넘어 서대문으로 나무를 팔러 다녔다는 나무꾼들의 동네 고양에 둥지를 튼 지 열 달째. 그동안 아버지 한 번 다녀가시고 어머니 두 번 다녀가셨다. 서른둘, 가진 것도 없고 잃을 것도 없는 나이. 못산 것도 아니고 잘산 것도 아닌 어정쩡한 삶을 이곳에 부려놓고 나는 넋 빠진 듯 열 달을 보냈다.

그 열 달 동안, 나는 이따금 보았다.

싹싹하기로 소문난 은빛미용실 보조미용사가 쓸쓸한 눈으로 통유리 너머 골목을 내다보는 모습을. 그럴 때 그의 눈은 바이칼호보다 깊었다. 눈의 호수 밑바닥에는 무엇이 가라앉아 있을까. 삼인칭 관찰자인 나는 그 속내를 알지 못한다.

그는 매일 아침 8시 30분이면 일 분도 어기지 않고 옛 왕궁의 회랑 같은 이 주택가 골목길을 걸어온다. 나는 창틀에 턱을 괴고 하나의 소실점이었던 그가 점점 부풀어올라 보조미용사가 되는 광경을 지켜본다. 그의 옷차림은 평범하고 화장은 수수하다. 아직은 스물댓. 애초 화려한 옷과 화장에 관심이 없었던 게 아니라면 그는 절제하고 있는 것이거나 이미 체념한 것일 게다. 그는 매일 아침 8시 35분이면 은빛미용실의 셔터문을 올리고 매일 오후 8시에 자신이 올렸던 셔터문을 내린다. 그가 셔터문을 올린 뒤 맨 처음 하는 일은 빨래건조대를 미용실 앞에 내놓는 것. 건조대에 촘촘하게 걸린 분홍빛 수건처럼 그의 볼이 달아오르면 손님을 맞을 준비가 다 된 것이다. 빨래건조대를 바라보며 나는 강원도 어느 고을의 황태 덕장을 떠올리기도 한다. 눈비를 다 맞아가며 보름 남짓 꾸덕꾸덕 말라 도시인의 식탁에 오르는 그놈들처럼 나도 건조대 마지막 살에 괘종시계처럼 매달리고 싶다. 매달려서 잘 말라 누군가의 눈물을 훔쳐줄 수 있으면 싶다.

더러 그와 나의 눈이 마주치기도 한다. 시선이 엉키는 찰나, 내 머릿속에 그가 나를 알까 하는 의문이 떠오른다. 노동자는 못 되고 농민도 못 되고 서른둘이 되어버린 소설가라는 걸, 전라도 궁벽한 산골마을 머슴의 후예라는 걸, 이처럼 자신을 지켜보며 눈빛의 의미나 따지고 있다는 걸 그는 알까. 애석하게도 그 순간만큼은 그 역시 나를 관찰하는 삼인칭이다.

어느 날 그가 보이지 않았다. 여름으로 접어드는 길목, 느티

나무 아래 그늘이 두텁고 골목을 후비는 바람이 후텁지근하던 날, 거짓말처럼 그가 사라졌다. 휴가를 간 거겠지.

한 주가 지나고 두 주가 지나고 휴가가 퍽 길기도 하다 싶을 즈음, 평소처럼 순례를 하듯 자전거를 타고 옛 나무꾼들의 마을을 돌아다니다 그를 보았다. 아니, 서른 초반쯤의 내 또래의 서투른 장사꾼을 보았다. 보행자 전용길 가장자리에 쭈그리고 앉아 펼쳐놓은 보자기 위에 장신구들을 꺼내놓던 그. 젊은 사람이 할일이 없어 노점이냐는 질책의 눈길을 정면으로 받기 싫다는 듯, 모자를 깊숙이 눌러쓰고 고개를 외로 튼 채 목걸이와 반지, 귀고리와 머리핀을 만지작거린다. 그러나 지나가는 사람들은 눈길도 돌리지 않는다. 장사를 처음 해보는 사람이 아니라면 이처럼 좋지 않은 길목에 자리를 펴지는 않을 것이다. 화정역 앞 대로도 아니고 덕양구청 옆길도 아니고 사람들의 왕래가 잦은 교차로 부근도 아닌, 학교를 파하고 학원으로 몰려가는 조무래기들만 오가는 이 보행자 전용길에 말이다.

그러나 언젠가 그는 모자를 돌려쓸 테고 박수장단을 맞추는 능숙한 장사꾼이 되어 있을 것이다. 저 손가락도 더는 떨리지 않을 테고 더더구나 고개를 돌리는 어리석은 짓은 하지 않을 것이다. 그렇게 서투름과 어색함과 부끄러움을 털어내면 뻔뻔하다 싶게 후려치고 이문을 남기는 장사꾼이 되겠지. 그러나 나는 그의 타락이 기대된다. 문득 모자챙 아래 언뜻 비치는 그의 눈이 내가 마지막으로 보았던 은빛미용실 보조미용사의 눈과 닮았다는 걸 깨닫는다. 눈물을 잉태한 눈. 또한 나는 깨닫는다. 그는 휴가를 간 게 아니라 어딘가로 자리를 옮겼다는 걸. 부디 조금 더 나은 월급과 조금 더 나은 환경과 조금 더 전망이 밝은 곳이기를. 그래서 어느 날 우리가 무심한 눈빛을 다시 한번 나눌 수 있게 된다면, 이렇게 읊조려주고 싶다.

내 안에도
나도 몰래
나를 키우고
나를 살리는 것 있다는데

나 태어나기 전에도
죽은 후에도
(박영근, 「눈물」에서)

문학은 이렇게 하는 거다

—로베르토 볼라뇨, 『칠레의 밤』

나는 하루의 대부분을 방에서 보낸다. 딱히 갈 곳도 없고 나를 찾는 이도 없어서다. 책상 앞에 앉으면 되도록 고개를 들지 않는다. 고개를 들면 방이 훤히 보여서이고 그러면 답답해서다. 내 방은 감옥의 혼거방만한 크기여서 원하든 원치 않든 내면을 들여다보기 좋다. 그러나 이따금 사람은 자신의 내면과 대면하면서 동시에 세계와 대면하기도 한다. 글쓰기처럼 독서 역시 그런 행위다. 나는 아직 행복한 책읽기가 무언지 잘 모른다. 내게 독서는 고달픈 행위였다. (어쩌면 앞으로도 그럴 것이다.) 그건 마치 평소에는 존재를 감지할 수 없었던 평행우주 속으로 미끄러져 들어가는 일과 비슷하다. 낯설고 기이하지만 분명 내가 머문 시공간에 겹쳐진 또다른 세계. 다른 세계를 방문하는 데 어찌 상처가 없을까. 경계를 넘어서는 데 어찌 무사할 수 있을까.

그런 방식으로 나는 1973년 9월 11일의 칠레 대통령궁에 들어섰다. 살바도르 아옌데의 라디오 방송 직후 투항을 종용하는 쿠데타 세력측의 최후 방송이 들려오던 순간으로. 살바도르 아옌데의 곁에는 아리엘 도르프만이 있었고 그 자리에는 없었지만 그의 조카딸 이사벨 아옌데 역시 대통령궁 쪽으로 시선을 돌렸다. 파블로 네루다는 병석에서 혼미한 정신으로 천장을 바라보았으며 그리고 또 한 사내, 그때 스물한 살이었던 청년 로베르토 볼라뇨가 칠레에 있었다. 청소년 시절 멕시코로 건너가자마자 그곳에서 틀라텔롤코 광장의 대학살을 목격했던 볼라뇨는 다시 한번 자신의 조국에서 독재자의 탄생을 지켜보았다. 이 독재자 피노체트는 학살에 관해서만큼은 전두환조차 이등병 취급을 해도 좋을 만큼 능란하고 무자비한 자였다. 살바도르 아옌데가 투항을 거부하고 대통령궁에서 최후를 맞이한 뒤 파블로 네루다 역시 조용히 눈을 감았다. 아리엘 도르프만과 이사벨 아옌데는 미국으로 망명했고, 콘셉시온 근처에서 체포, 투옥되었다가 간신히 탈출한 볼라뇨는 멕시코로 돌아갔다. 살바도르 아옌데의 죽음은 칠레의 죽음이었고 칠레 혁명 정신의 죽음이었다. 산 자들 역시 죽거나 망명하거나 도망쳤다. 그리고 그 자리에서 새로운 문학이 태어났다. 그러므로 문학은 냉정하고 잔인하다.

밤이 되면 더욱 그렇다. 창문을 열면 밤이 내 작은 방으로 쏟아져 들어온다. 창문을 닫으면 밤 속에 고립된다. 나는 밤에 포위된 채 헛된 고뇌를 되풀이한다. 문학 말고 다른 가능성이 없는 시간, 밤은 우울하다. 스물한 살의 볼라뇨가 지새웠을 밤들을 생각해본다. 그가 어느 침대에서 유쾌하게 잠들 수 있었을까. 대통령궁에서 최후를 맞이한 살바도르 아옌데가 맞이할 수 없었던 그날 밤은 볼라뇨의 삶에서 되풀이되었을 것이다. 스물한 살의 내가 한 번도 본 적 없고 만난 적 없지만 매일 밤마다 도청에서 최후의 진압을 기다리던 광주 시민군이 지켜보아야 했던 어둠을 만났듯이, 밤은 되풀이된다. 『칠레의 밤』은 그 수많은 밤들의 이야기다. 이 소설의 미덕을 무어라 해도 좋을 듯하다. 소설 전체에 걸쳐 매 순간 맞닥뜨릴 수밖에 없었던 에피파니를 그것이라 해도 상관없고 피노체트에게 빌붙었던 한 가톨릭 사제의 고백이므로 상황적 아이러니를 그것이라 해도 상관없다. 그러나 무엇보다 『칠레의 밤』은 밤의 기록이다. 누구도 완벽하게 기록하지 못했던 불면의 시간이면서 누구나 겪어야 했던 암흑의 시간이었던 밤이 볼라뇨의 소설에서는 환하게 켜진다. 밤을 낮으로 이주시키기. 대낮에 목격하는 밤은 얼마나 남루한가.

지하실에서 고문이 자행되는 동안 위층 살롱에서는 칠레의 문학인들이 모여 파티를 벌인다. 화장실을 찾아 살롱을 나섰던 누군가가 그 집에서 길을 잃어 우연히 지하실에 들어가게 되고 그곳에서 고문으로 피투성이가 된 자를 보게 된다. 그리고 아무 말 없이 뒤돌아서 지하실을 나가 얌전하게 문을 닫는다. 하지만 그는 지하실을 목격하기 전으로 결코 되돌아갈 수 없다. 칠레가 피노체트 이전으로 되돌아갈 수 없고 우리가 전두환 혹은 박정희 이전으로 되돌아갈 수 없듯이, 콘셉시온에서 쿠데타 세력에 붙잡혀 여드레 동안 목전에 다가온 죽음을 어두운 감방에서 직시했던 볼라뇨 역시 이전으로 돌아갈 수 없었다. 침묵은 암묵적인 동의다. 그 침묵이 종교와 문학으로 윤색되고 변호되면 누구도 거역할 수 없는 명령이 된다. 칠레에서는 가톨릭이 했던 일을 한국에서는 일부 종교계가 했다. 칠레에서는 우루티아가 했던 일을 한국에서는 작가들이 했다. "나는 고개를 숙이고 그 집을 떠났다. 산티아고로 차를 몰고 돌아오면서 그녀의 말을 생각했다. 칠레에서는 이렇게 문학을 하지, 하지만 어디 칠레에서만 그런가. 아르헨티나, 멕시코, 과테말라, 우루과이, 스페인, 프랑스, 독일, 푸르른 영국과 즐거운 이탈리아에서도 그런 걸. 문학은 이렇게 하는 거라고, 아니 우리가, 시궁창에 처박히기 싫어서 문학이라고 부르는 것은 이렇게들 한다고." 그렇다. 문학은 이렇게 한다. 한국의 작가들은 살롱에서 먹고 마시고 춤춘다. 그 아래 지하에서 무슨 일이 벌어지든 상관없다. 우리는 이미 돌아갈 곳이 없는 자들이므로. 나는 다시 생각해 본다. 비열한 출세주의자이면서 저명한 문학평론가이고 피노체트의 하수인이면서 가톨릭 사제이기도 한 우루티아 속으로 미끄러져 들어간 볼라뇨를. 그는…… 얼마나 끔찍했을까. 글쓰기란 그토록 무서운 타인으로 살기다. 결코 살고 싶지 않은 타인이 되어 타인으로 살아보기다. 그러므로 문학이란 또다시 냉정하고 잔인하다.

창밖의 어둠은 한층 두터워졌고 나는 습관처럼 이런 잠언을 떠올린다. 어둠이 깊을수록 새벽은 가까우리니. 그러나 새벽은 매번 가까워졌다가 매번 되돌아갔다. 마찬가지로 밤은 어김없이 다가온다. 앞으로 내가 견뎌야 할 밤들 역시 무자비할 것이다. 시대의 전위가 되고 싶은 작가적 욕망은 비난받을 필요가 없으나 너무 앞서 달려갈 필요도 없다. 추억이 없는 자는 오래 견디지 못하므로 한 번쯤 무릎을 꿇고 발아래 귀를 대어볼 일이다. 저 지하에서 어떤 소리가 들린다면 그 소리가 바로 비참했던 한국의 밤들일 테다—문학은 그렇게 하지 않는 거다.

은퇴하는 소설가

죽음을 생각할 때 무엇보다 안타까운 일 가운데 하나는 내가 미처 읽지 못한 책들이다. 그 책들을 두고 가야 한다는 생각을 하면 내가 필멸하는 인간이라는 사실이 못내 서럽다. 초등학교 3학년 무렵 할머니가 돌아가신 뒤 나는 아랫방에서 홀로 지냈다. 아궁이에 불을 피우면 매운 연기가 방안 가득 차오르던 그 방에서 내 소년 시절이 흘러갔다. 나는 그 방에서 들보에 매달린 메주처럼 단단해졌다. 밤 아홉시면 윗방의 불이 꺼졌다. 그리고 나머지 세계가 켜졌다. 마당을 쓸고 가는 바람소리와 외양간에서 소가 뒤척이는 소리가 들렸고 정체를 알 수 없는 존재들이 어둠 속에서 흐느끼는 소리도 들을 수 있었다. 나는 조용히 책을 읽었고 책장을 넘기기 위해 다음 갈피에 집게손가락을 조심스레 밀어넣었을 때의 부스럭대는 소리와 슬며시 들어올린 귀퉁이가 버선코처럼 혹은 작은 배의 날렵한 이물처럼 휘어질 때의 신경을 건드리는 섬세한 변화들에 매료되었다. 부드럽게 피어오르던 종이냄새와 그 속에서 이따금 맡을 수 있는 희미한 활자냄새. 단어와 문장이 연상시키는, 밤이 깊을수록 선명해지는 한낮의 추억들. 독서를 할 때면 나는 자연스럽게 몽상할 수 있었고 나를 감싼 가난과 분노와 고통마저 견딜 만한 것으로 혹은 감미로운 것으로 여길 수 있었다. 위대한 문학에 고양되지 않은 영혼이 어떻게 위대한 문학을 꿈꿀 수 있을까.

고향을 떠나 대학을 다닐 때 나는 단칸방일지언정 내 방을 가져본 적이 한 번도 없었다. 그런 사실이 부끄럽지도 않았고 나를 위축시키지도 않았다. 오히려 나는 스쳐지날 수밖에 없었던 모든 방 밖의 풍경들을 사랑했다. 나는 여태도 학생회관 4층 문학동아리 방 창턱에 앉아 듣던 색소폰 소리를 잊을 수 없다. 저 아래 누군가 나처럼 외로운 영혼이 인적 없는 네거리 한가운데에 앉아 색소폰을 불었다. 그곳에서는 몇 시간 전만 해도 시위대와 전경이 뒤엉켰으며 술 취한 이들이 어깨동무를 하며 발을 구르기도 했다. 이윽고 모두 잠든 새벽 동아리 방 책장을 채운 오래된 책들을 꺼내 손가락으로 짚어가며 읽다가 그 소리를 들었다. 존재를 소리 없이 관통하는 소리. 볼록해진 활자들. 책이 세계와 무관한 영역에 홀로 존재하는 것이 아니라 세계에 속한 존재임을 처음으로 깨달았던 그 순간 이후 나는 허공에 글을 썼다. 가뭇없이 사라질 이야기들은 그처럼 허공에 새겨야 한다. 누구도 자신의 소유물이라 주장할 수 없는 허공 속에서 소설은 생성되고 소멸되어야 한다.

소설가는 보따리를 싸서 세계 속으로 이주해온 이방인들이다. 언제든 떠날 준비가 되었으나 결코 속세를 벗어나지 않는 가련한 떠돌이다. 그리하여 세계 속에 있음에도 세계와 세계 바깥 사이에서, 생과 생의 사이에서 떠도는 중음신이 된다. 나는 기꺼이 그 운명을 받아들였다. 다른 모든 소설가들이 그러했듯. 운명에서 벗어나기 위해 몸부림칠수록 더욱 강렬하게 운명 속으로 뿌리내렸던 수많은 소설가들. 삶에서 은퇴하지 않는 이상 소설가라는 신분에서 은퇴할 수 없었던 그리운 이들. 소년 시절부터 지금까지 한 번도 내 곁을 떠난 적이 없으며 신뢰를 저버리지 않았던 아름다운 이들. 생의 비밀을 속삭여주었던 그이들을 위해 나는 은퇴할 것이다. 더는 쓰지 않아도 좋을 날을 위해 일 초를 단어 하나와 일 분을 문장 하나와 맞바꾸겠다. 남은 생을 가불하여 한 편의 소설을 쓰는 데 지불하겠다. 그리고 미련 없이 삶에서 은퇴하듯 소설에서 은퇴할 것이다. 그럼에도 불구하고 소설은 여전히 허공에서 새로이 쓰일 테고 비로소 나는 완성하지 못한 소년의 밤을 채우게 되리라. 세상을 유혹하기를 그치고 자신을 유혹하기 위해 은퇴한 소설가. 도서관의 주춧돌처럼 오랜 세월 반쯤은 땅에 묻힌 채 반쯤은 지상에 드러낸 채 낡아가면서 단단해지는 독서의 시간들이 어서 오기를. 내가 남겨두고 가야 할 책들과 조금 더 오랜 시간을 보낼 수 있게 되기를. 나는 은퇴하기 위해 소설가가 되었다.

대출기록부

지금도 학교 도서관에서 표지 안쪽에 손바닥 크기의 대출기록부가 붙은 책을 이따금 볼 수 있다. 그런 책을 발견하면 목구멍 깊숙한 곳에서 무언가가 뭉클 솟아오른다. 내가 다니던 대학의 도서관 전산화가 이루어진 건 15년 저쪽이었던 걸로 기억한다. 그사이에 도서관이 신축 건물로 이사를 했던 터라 그 시절 도서관의 내부 풍경은 이제 떠올리기조차 힘든 먼 옛일이 되고 말았다.

전산화가 되기 전까지 책을 대출할 때는 대출기록부에 이름과 학과 등을 기재해 제출했다. 그러면 사서가 학생증 사진과 대출자의 얼굴을 대조한 뒤 날짜도장을 그 옆에 찍어줬다. 빌린 책을 가지고 돌아와 읽다가 문득 대출기록부에 적힌 이름들에 눈길이 가기도 했다. 거기에서 알 수 있는 것이란 고작 빌려갔던 사람의 이름 학과 학번 그리고 날짜뿐이었지만 신상이 낱낱이 공개된 파일을 들여다보듯 은밀한 기분이 들기도 했다. 나는 그로써 모든 걸 알게 된 듯한 기분이 들었고 그 책을 빌려 간 사람이 누구인지는 몰라도 어디선가 우연히 스친다면 알아볼 수 있을 것만 같았으며 반갑게 알은체할 수도 있을 것만 같았다. 그 책 읽어보셨죠? 이런 식으로 대화도 할 수 있을 것만 같았다. 대출기록부를 들여다보는 건 책의 내밀한 이력을 알게 되는 것과 다르지 않았다.

전공서적이라면 몇 장의 기록부로도 모자랄 만큼 대출자가 많았지만 그렇지 않은 책들은 대개 한두 장으로 충분했다. 때로는 도서관에 입고된 지 십 년이 넘었는데도 앞서 대출한 사람이 겨우 두어 명이거나 내가 첫 대출자인 경우도 있었다.

서가에 얌전히 꽂혀 있기 위해 세상에 나온 책은 없을 것이다. 책은 누군가가 조심스럽게 자신을 한 장 한 장 넘기면서 읽어주기를 바랄 거였다. 손때가 묻어 더럽혀지길 바랄 테고 누군가의 메모와 부주의하게 그은 밑줄 혹은 낙서 따위로 지저분해지는 걸 기꺼이 받아들일 거였다. 책은 더러워지기 위해 순결하게 태어났다…… 작가도 그런 존재다. 사람의 손을 타지 못한 채 낡아가는 책이란 얼마나 비장한가. 그러니까 빈칸이 많은 대출기록부를 가진 책은 찾아주는 이 없는 방에 소설을 쓴답시고 홀로 틀어박힌 지금의 나와 닮았다.

대출기록부는 내 독서 경향과 타인의 그것을 견주는 지침서이기도 했다. 내게 무척 인상적인 책이 겨우 두어 명의 손을 거쳤다면 씁쓸했다. 앞으로도 그 책은 족히 몇 년간 나와 같은 대출자가 나타나기를 고즈넉이 서가에 꽂힌 채 기다릴 것이다. 몇 년 뒤 다시 대출했는데 그사이 아무도 빌려간 흔적이 없는 책이라면 더욱 그렇다. 그럴 때면 괜히 책에 미안했다. 반대로 수많은 사람들의 손을 거쳤는데 아무런 감흥이 없는 책의 경우에도 마찬가지였다. 너덜너덜해질 때까지 끊임없이 대출과 반납을 반복하겠지만 누구의 가슴에도 들어앉지 못한다면 그 또한 얼마나 비장한가. 단 한 사람이 읽어도 그 사람의 운명을 바꿔놓는 책이 있고 수많은 사람이 읽어도 단 한 사람의 운명조차 바꾸지 못하는 책이 있다. 그런 의미로 내게 도서관은 소리 없이 역사가 새겨지는 공간이다. 가장 조용한 방식으로 가장 격렬하게 역사를 만드는 곳이 바로 그곳이다.

책은 물질이다. 아니 차라리 하나의 질료다. 독서를 통해 완성되는 질료다. 책을 읽고 난 뒤 대체 누가 그것을 한낱 활자가 박힌 종이들의 묶음이라 말할 수 있을까. 책은 속삭일 줄 안다. 책은 고함을 지를 수도 있다. 그러나 책은 홀로 속삭이지도 고함을 지르지도 않는다. 대출기록부에 새로운 이름이 기재되면 책은 그럴 준비를 한다. 읽지 못한 채 대출기한을 넘겨버린 책의 한숨을 들어본 적이 있다면 책이 그토록 부산스럽게 읽힐 준비를 한다는 사실도 믿을 수 있을 것이다. 수많은 사람들의 손을 탄다는 점에서 돈과 책은 한 부류다. 지폐에서 흔히 맡을 수 있는 구린내를 책에서는 맡을 수 없다는 게 놀라운 일이 아니다. 설령 누군가가 험하게 다루었다 해도 다른 누군가가 갈피에 끼워둔 은행잎 한 장으로 책은 금세 활기를 되찾기 때문이다. 나 역시 지폐를 골몰하며 읽은 적은 없다.

그럼에도 불구하고 내게 독서는 괴로운 행위였다. 그게 괴로운 이유는 창작이 그런 것과 같은 이유였다. 활자는 시선을 타고 거슬러온다. 눈길을 주면 읽지 않을 수 없다. 바라보는 것과 읽는 것이 일치하는 순간을 독서라고 부른다. 잠을 잘 때 눈을 감는 이유는 시선을 거두기 위해서다. 그건 누군가를 바라보는 일이 무엇보다 힘들기 때문이다. 하물며 독서란 얼마나 많은 노력을 기울여야 하는 행위던가. 오랫동안 공들여 독서한 사람이 타인의 해석에 무심한 이유는 그 때문이다. 자만해서도 오만해서도 아니다. 책과 하나가 되어서다. 그 순간의 책은 다른 누구의 것도 아닌 그이의 것이다.

나는 지금도 학교 도서관을 자주 찾는다. 이런저런 책을 빌리기 위해서인데 그곳에 가면 나도 모르게 피하게 되는 서가가 한 군데 있다. 도둑이 제 발 저리는 격이라고나 할까. 내가 한국소설이 꽂힌 서가를 피하게 된 건 소설가가 된 뒤다. 아니 내 이름이 박힌 책을 낸 뒤다. 그런 책들이 한 권씩 더해질 때마다 한국소설 서가는 점점 더 내게서 멀어졌다. 실수로 그곳을 지나게 되면 나도 모르게 움츠러들었다. 거기에 책등을 내보인 채 조용히 꽂힌 내 책이 있다면 아니나 다르랴 싶어 씁쓸했고 누군가 빌려 가 그 자리가 비었다면 지금 이 순간 내 소설을 읽는 사람이 있다는 사실에 부끄러웠다. 그러나 한편으로 나는 누군가가 내 책을 빌려 갔기를 열렬히 바랐으며 내 책을 빌려 간 이가 있다면 그이가 누구인지 몹시도 알고 싶었다.

이제 대출기록부가 없으므로 내 책을 누가 빌려 갔는지 알 도리가 없다. 한편으로는 안심이다. 몇 해 동안 두어 명만이 읽었다는 사실을 확인하게 되면 소심한 나는 얼마나 좌절할 것인가. 어느 날 나는 타인의 독서 흔적을 찾을 수 있을까 싶어 기어이 내 책을 빼들고야 말았다. 야속하리만치 깨끗했다. 만약 여러 사람의 손을 거쳤는데도 그렇다면 퍽 깔끔한 독자들이었겠지만 그럴 리가 없으므로 역시나 두어 명인 게 사실인 듯했다. 나는 살며시 내 책을 가슴에 품어보았다. 내게 신비한 능력이 있을 리 없으므로 아무런 의미도 없는 행동이었지만 한 가지만은 분명히 알 수 있었다. 독자는 익명으로 남아야 한다. 누가 공감했는지 알 수 없지만 공감한 사람이 분명 어딘가에 있다면 나는 그이가 누구인지 알고 싶다는, 그이를 한번 만나고 싶다는 열망을 포기해야 한다. 왜냐하면 우리는 언젠가 어디선가 한 번쯤은 만난 적이 있을 테니까. 세계는 우리가 만나도록 내버려두지 않으므로 만나지 않은 채 만나기 위해 책은 존재해야 한다. 거기에 다른 군더더기가 무슨 소용이랴. 오래전에도 나는 불온한 도서들의 대출기록부에 쓰인 이름들을 나지막이 호명해보는 것으로 만족하지 않았던가. 손가락으로 그 이름들을 쓸어보는 것만으로도 혼자가 아니라는 사실을 알지 않았던가. 이 더러운 세계가 이처럼 뿔뿔이 흩어진 사람들 덕분에 완벽하게 붕괴되지는 않았다는 걸, 그리하여 저마다 자신에게 주어진 일을 하기 위해 일터로 떠나듯 쓸쓸하게 책을 품고 어딘가로 돌아가는 사람들처럼 나 또한 등을 돌려 떠나야 한다는 걸 오래전에도 알았던 것만 같았다. 나는 무덤 속에 관을 내려놓듯 조심스레 책을 다시 서가에 꽂았다.

살아남아서
인간이 되어야 한다

아지즈 네신. 그를 알기 전까지는 『걸리버 여행기』로 잘 알려진 조너선 스위프트를 능가하는 풍자 소설가가 있으리라고는 생각지도 못했다. 한국전쟁에 참전했다가 전쟁이 끝난 뒤 그대로 한국에 눌러앉아 고아 소년을 입양해 살아가는 튀르키예인이 주인공인 소설을 구상하고 집필하던 무렵 나는 처음으로 아지즈 네신의 소설을 접하게 되었다. 야샤르 케말을 비롯해 오르한 파묵의 소설을 이미 읽었던 터라 튀르키예 문학이 아주 생소한 편은 아니었으나 익숙한 것도 아니었으므로 가벼운 흥미를 지닌 채 아지즈 네신을 읽었다. 그를 읽으면서 조너선 스위프트를 뛰어넘는 풍자 소설가의 발견에 흥분해야 했고 그의 소설에 펼쳐진 낯익은 풍경들에 가슴이 서늘해져버렸다. 그때부터 나는 홀로 은밀하게 아지즈 네신을 흠모했다.

그러다 지난 2011년 9월부터 이듬해 3월까지 튀르키예의 수도 앙카라에 체류하게 되었다. 작가 레지던스 프로그램을 통해. 튀르키예에 머무는 동안 여기저기 많이 돌아다녔으나 가슴 한 구석은 여전히 허전했다. 귀국을 얼마 남겨두지 않았을 때에는 정작 해야 할 일은 미뤄둔 채 허튼짓만 하다가 시간을 낭비해 버렸다는 자괴감에 빠져들었다. 그래서 나는 통역을 도와줄 한국어문학과의 한 교수와 함께 아지즈 네신이 세웠다는 이스탄불 근교의 고아원을 찾아갔다. 네신 재단이 운영하는 고아원은 고즈넉했다. 고아원 원장도 그 고아원에서 자란 사람이었다. 이스탄불에서 대학을 졸업한 뒤 직장생활을 하다가 원장직을 권유받아 시작하게 되었다고 했다. 원장의 안내를 받으며 두 동짜리 단출한 건물을 둘러보았다. 고아원 뒤로는 제법 넓은 과수원이 있었는데 거기 어딘가에 아지즈 네신이 묻혀 있었다. 무덤의 정확한 위치는 직계 가족만이 안다고 했다. 그가 아무런 표지도 남기지 못한 채 묻혀야 했던 것은 살아생전에 그가 불의와 타협하지 않는 철저한 투쟁가였기 때문이다. 그는 살만 루슈디의 소설 『악마의 시』를 튀르키예어로 번역, 출판한 일 때문에 실제로 폭탄 테러를 당하기도 했다. 튀르키예에 대한 미국의 원조를 비판하는 글을 팸플릿에 실었다가 처벌을 받는 과정에서는 웃지 못할 일이 벌어졌다. 튀르키예의 사법 당국은 그를 불법적인 출판활동으로 처벌하려 했으나 한 가지 제약이 있었다. 튀르키예 국내법에 따르면 출판활동이 성립하기 위해서는 두 명 이상이 문제가 되는 글을 읽어야 하는데 이 팸플릿은 출판과정에서 압수되었기 때문에 아무도 읽은 사람이 없는 셈이었다. 그래서 사법 당국은 첫번째 독자로 글을 쓴 당사자인 아지즈 네신을 지목했고 두번째 독자로 출판사 사장을 지목했다. 글쓴이를 최초의 독자로 지목한 셈법도 억지스럽지만 출판사 사장이 문제가 된 글을 읽어본 적이 없다고 부인했음에도 사법 당국은 인정하지 않았다. 출판사 사장은 이렇게 항변했다. 내가 만약 우리 출판사에서 출판되는 모든 책을 읽었다면 벌써 대학 교수가 되어 있을 것이오. 물론 이 항변은 받아들여지지 않았고 튀르키예인들 사이에서는 지금도 공권력의 부당한 횡포를 빗대는 표현으로 애용된다. 기록에 따르면 아지즈 네신은 숱하게 많은 필화를 겪었다. 그는 죽는 날까지 250여 차례나 재판을 받았으며 5년 6개월 동안 수감생활을 했다. 게다가 가족이 있는 이스탄불에서 쫓겨나 부르사에서 유배생활을 하기도 했다. 한마디로 그의 삶은 고난 자체였다.

그를 기억하는 튀르키예인들은 한결같이 그가 지사적 풍모를 지닌 거인이었다고 증언한다. 그는 스스로에게 엄격할 뿐만 아니라 자신의 신념을 어떤 폭력 앞에서도 포기하지 않는 의지를 지닌 사람이었다. 그러나 고아원 원장이 말하기를 고아들과 함께 있을 때의 그는 마치 인자한 할아버지처럼 부드럽고 상냥

했다고 한다. 그는 강자의 권위에 굴복하지 않는 용기를 지닌 사람이었던 동시에 약자에게 너그러운 선량한 성품을 지닌 사람이기도 했던 것이다. 그래서였는지도 모른다. 그의 소설은 부드럽게 날카롭다. 조너선 스위프트의 풍자가 인간의 욕망이 지닌 추악함을 통렬하게 공격하는 형태라면 아지즈 네신의 풍자는 웃어야 할지 울어야 할지가 모호한 경계에 놓인 반성적인 형태에 가깝다. 그래서 조너선 스위프트의 선명한 풍자가 통쾌함을 느끼게 해줄 수는 있어도 독자 스스로의 사유와 반성을 강력하게 촉발하지는 못하는 반면, 아지즈 네신의 부드러운 풍자는 독자 스스로 이 세계의 질서와 그 질서의 이면을 사유할 수 있게 해준다. 아지즈 네신이 조너선 스위프트의 풍자를 뛰어넘는 지점이 바로 여기라고 할 수 있다. 그의 풍자는 한마디로 서글프다.

이즈음에 그의 소설 한 편을 다시 떠올린다. '어느 무화과 씨의 꿈'이라는 서정적이고 아름다운 우화가 바로 그것이다. 대저택, 노동자 마을, 그리고 감옥이 맞닿는 경계에 선 담에 떨궈진 무화과 씨는 점점 자라 한 그루의 무화과나무가 되었다. 세 개의 가지를 각각 서로 다른 방향으로 뻗어가며 자란 무화과나무는 억울하게 갇힌 자들과, 한평생 굶주리며 노동에 시달리는 자들과, 그들을 통치하며 호의호식하는 지배자들을 본다. 무화과나무는 어느 쪽 벽을 무너뜨릴지 고민한다. 그때부터 딜레마에 빠진다. 어느 쪽을 무너뜨린다 해도 이 세계는 변함이 없을 것이었다. 사람들이 스스로 무너뜨리지 않는다면 설령 어떤 변화가 있다 해도 금세 과거로 되돌아갈 테니 말이다. 그래서 무화과나무는 자신이 딛고 자란 벽을 무너뜨려 그 아래 스스로 묻혀 죽는다. 무화과나무가 자신의 죽음으로 사람들에게 던진 질문은 진정으로 무화과나무가 된다는 건 과연 무엇인가였다. 무화과 씨가 자라 무화과나무가 되는 건 당연해 보이지만 어떻게 살아야 하느냐의 문제에 맞닥뜨린다면 이 당연한 일이 심각한 난제로 바뀐다. 우리가 그렇다. 우리는 인간으로 태어났고 인간으로 자랐다. 그러나 우리 모두 지금 하나의 질문 앞에 맞닥뜨렸다. 어떻게 살 것인가. 이 질문 앞에서 자연스럽게 하나의 의문이 솟았다. 우리는 정말 인간인가. 인간임이 너무나 분명하고 당연한데도 과연 인간이냐고 물을 수밖에 없는 풍자적 상황에 처한 우리가 못내 애달프다.

풍자는 삶을 이야기하는 무수한 방식 가운데 한 가지일 뿐이다. 풍자로 세상 모든 일을 설명할 수는 없다. 그러나 풍자는 세계를 변화시킬 의지를 불러일으키는 힘을 지녔다. 아지즈 네신은 자신의 풍자관을 이렇게 표현했다. "풍자는 이 세계를 웃음거리가 되는 것으로부터 구해준다." 그는 세계를 웃음거리로 만들기 위해 풍자한 것이 아니라 이 세계가 웃음거리로 전락하는 걸 막기 위해 풍자했다. 아지즈 네신은 모든 재산을 털어 네신 재단을 설립해 고아원을 운영하고 자신의 책에서 나오는 모든 인세를 네신 재단에 기부하고 세상을 떠났다. 그는 살아 있는 동안 최선을 다해 인간이 되려고 애썼다. 한평생 불의에 맞서 싸웠고 수치와 고난을 감내했다. 인간이 되기란 이처럼 힘든 일이다.

한 톨의 무화과 씨는 어떤 악조건에서도 살아남아 무화과나무가 되리라는 꿈을 지녔다. 무화과 씨는 경계에 선 담에서도 살아남았고 세월이 흘러 기어이 무화과나무로 자랐다. 그러나 꿈을 이룬 순간 스스로 무너져야 했다. 우리는 살아남았다. 살아남았으니 이제 인간이 되어야 한다.

〈정권교체 희망선언〉
국민참여재판 최후진술서

저는 〈정권교체 희망선언〉에 참여한 젊은 시인, 소설가 137명을 대표하지도 않을뿐더러 그럴 수도 없습니다. 선언에 참여한 젊은 작가들은 각자의 생각과 양심에 따라 결심했기에 이 선언이 불러일으킨 논쟁과 법적 처벌이라는 현실을 함께 감당하지 못하는 상황을 괴롭게 받아들이고 있습니다. 그이들이 괴로워하는 것은 문제가 된 한 편의 글에 강렬한 책임의식을 느끼기 때문입니다. 이 책임의식을 저는 작가정신의 발로라고 생각합니다. 마리오 바르가스 요사의 표현을 빌리자면 "작가들은 심사숙고해서 작가가 되기로 작정한 사람들"이며 "본인 스스로 작가가 되기로 작정한 사람들"입니다. 작가가 되기로 마음먹은 순간 그이들은 또한 작가에게 부여된 의무를 감당하기로 작정한 것입니다. 진정한 작가는 자신의 글 뒤로 숨는 사람이 아니라 자신의 글에 책임을 지는 사람이기에 한 편의 글이 이처럼 법적 판단에 맡겨진 오늘 이 순간을 저와 마찬가지로 절감하는 것입니다.

최후진술이라는 낱말이 주는 어감에 한동안 사로잡힌 탓에 저는 오래도록 이 글을 시작할 수 없었습니다. 최후로 말해야 할 것이 무엇인지 알 수 없었으며 최후로 진술한다 해도 그것이 곧 진정한 최후를 의미하지는 않기에 최후 이후에 도래할 무엇인가마저 이 글에 함께 담아내지 않으면 안 된다는 생각이 강박이 되었습니다. 무언가를 써야 하는데 쓸 수 없는 상황에 맞닥뜨리면 저는 헤밍웨이의 말을 떠올리게 됩니다. 파리에 머물던 시절을 돌아보며 헤밍웨이는 이렇게 말한 적이 있습니다. "때때로 새 작품을 시작하려는데 도저히 진전이 없을 때가 있다.…… 나는 일어서서 파리의 지붕들을 바라보며 생각한다. '걱정하지 마. 너는 예전에도 썼고 지금도 쓸 수 있어. 네가 할 일은 단지 진실한 문장 하나를 쓰는 거야. 네가 아는 가장 진실한 문장을 하나 써봐.' 그래서 마침내 진실한 문장 하나를 쓰고 나면 나는 거기서부터 계속 진행해나갔다."

진실한 문장. 그러니까 이 최후진술을 시작할 수 있는 진실한 하나의 문장이 무엇일지 숙고했으나 그 문장은 쉽사리 저를 찾아오지 않았습니다. 그것은 너무 많아서일 수도 있고 혹은 존재하지 않기 때문일 수도 있습니다. 그러나 이미 저는 최후진

술을 시작했으므로 헤밍웨이의 표현을 따르자면 '진실한 문장'이 이미 저를 찾아왔던 것입니다. 그 문장이 무엇인지 명백히 표현할 수 없다는 사실이 '진실한 문장'이 과연 무엇인지를 은유하는 듯합니다. 진실한 문장이란 이처럼 은폐될 수밖에 없는 것이며 결코 모습을 드러내지 않는 것이지만 우리 모두 아는 것이며 우리 가슴에 깃들었기에 굳이 말하지 않아도 타인과의 소통을 가능케 하는 신비로움을 자신의 속성으로 가지는 것이라는 사실을 어렴풋하게나마 깨닫게 됩니다.

지난해 겨울 우리가 썼던 한 편의 글에 대해 감히 말씀드리자면 그것은 137명의 젊은 시인과 소설가가 진실한 문장을 찾기 위해 고군분투한 결과입니다. 그것은 137명의 합의에 따른 공통의 언어이면서 각자의 내면에서 솟아나온 개별적이고 자유로운 목소리들의 총합이었습니다. 문학이 가장 사적이며 은밀한 목소리인 동시에 가장 공적이며 공공연한 목소리라는 모순을 내부에 품었듯이 우리가 쓴 한 편의 글 역시 137명의 다양한 목소리가 살아 숨쉬는 내밀한 문장들인 동시에 이 세계를 바라보는 작가들의 보편적인 시선이 드러난다는 점에서 모순을 품고 있기는 마찬가지입니다. 이 모순이야말로 작가의 고통입니다. 창작은 이 모순을 견뎌내는 과정이며 그렇게 해서 탄생한 문장에는 창작의 과정에서 작가들이 필연적으로 겪을 수밖에 없었던 머뭇거림과 떨림의 흔적이 남게 됩니다. 그래서 파스칼 키냐르는 문학의 본질을 '혀끝에 맴도는 이름'에 비유했으며 폴 발레리는 '소리와 의미 사이의 머뭇거림'이라고 표현했습니다. 저는 우리의 선언을 '혀끝에 맴도는 불안'이라 말하고 싶습니다. '문학과 현실의 경계에서 느끼는 공포'라고 부르고 싶습니다. 불안하고 두려웠습니다. 도처에서 죽음과 절망을 목격해야 했고 자유의 영토가 줄어드는 걸 지켜보아야 했습니다. 그래서 우리가 선언을 준비하고 실행하던 시간들, 젊은 작가들의 뜻을 모아 신문에 광고를 게재하고 이 미약한 목소리가 누군가의 가슴을 파고들어 날카로운 울림으로 살아남을 수 있을지를 가늠하며 전전긍긍하던 시간들은 한 편의 시와 한 편의 소설을 쓰기 위해 고심하며 밤을 지새우던 시간들과 다르지 않았습니다. 다시 말해 이 선언을 진행하면서 우리는 또다시 불안과 공포를 견뎌야 했습니다.

어떤 분들은 의아하게 여기실 것입니다. 자유로운 영혼이라 일컫는 작가들이 선언문을 발표했다는 사실을 작가의 본성에 위배되는 일로 받아들이기도 하실 것입니다. 만약 우리가 특정 정당 혹은 특정 후보를 지지하기 위해 한 편의 글을 썼다면 그 일은 처음부터 가능하지도 않았을 것이며 이처럼 그 선언문을 문학으로 여겨달라고 호소하지도 않았을 것입니다. 작가는 자신의 글에 책임지는 사람이기 때문입니다. 우리는 지난겨울에 발표한 글에 책임을 질 것이며 책임을 질 수 있기에 발표했습니다. 그 선언의 내용이 부정당한다면 기꺼이 그 글과 함께 몰락하겠습니다. 그러나 특정 정당 혹은 후보를 지지한 것이라는 판단에 의해서라면 몰락하지 않겠습니다. 우리는 여전히 그 글에 담긴 가치를 지지하기 때문입니다.

페르난두 페소아는 "묘사된 들판은 실제의 들판보다 푸르러야 한다"고 했습니다. 그 말은 현실을 그럴듯하게 왜곡해야 한다는 것이 아니라 작품에 묘사된 현실이 육안으로 목격한 그 것보다 생생하게 만져지고 느껴져야 한다는 의미일 것입니다. 우리의 글이 현실을 왜곡했다면 기꺼이 비난과 비판을 감수하겠습니다. 우리의 글이 참혹한 현실을 제대로 담아내지 못했다면 기꺼이 철회하겠습니다. 거기에서 우리가 발 딛고 살아가는 이 세계의 진면목을 느낄 수 없었다면 그것은 현실이 그러하지 않기 때문이 아니라 우리의 문장이 부족했기 때문일 테니까요. 가와바타 야스나리는 "문장에 쓰인 단어는 사전 속에 있을 때보다 아름다워야 한다"고 했습니다. 우리의 글이 사전에 실린 단어들처럼 생기가 없다면 언제든 내팽개치셔도 좋습니다. 문장을 이루는 낱말들은 사전이 가리키는 의미망보다 더 복잡한 관계를 가질 수밖에 없으며 이 미묘함을 글에서 느낄 수 없었다면 아마도 그건 우리가 낱말을 사적으로 소유해버린 것에 지나지 않기 때문일 테니까요. 글은 쓰이는 순간 쓰는 자의 손아귀를 벗어나기 마련입니다. 글은 작가의 창작물이지만 작가의 소유물은 아닙니다. 만인의 공유물입니다. 만인이 헐뜯어도 좋고 만인이 기꺼워해도 좋습니다. 글은 태어나자마자 그런 운명에 처해 마땅한 것이기에 만약 우리의 글이 우리의 자족적인 울타리 안에 갇혔다면 누군가가 우리에게 손가락질을 한다 해도 달갑게 받아들이겠습니다. 하지만 그런 이유가 아니라면 우리가 쓴 한 편의 글에 가해지는 어떤 처벌에도 진심으로 굴복하지는 않겠습니다.

조선 후기의 문장가 박지원은 자신의 문장론에서 이렇게 말했습니다. "여인의 고개 숙인 모습에서 그이가 부끄러워하고 있음을 보고, 턱을 괸 모습에서 그이가 원망하고 있음을 보고, 혼자 서 있는 모습에서 그이가 그리워하고 있음을 보고, 눈썹을 찡그린 모습에서 그이가 수심에 차 있음을 보고, 난간 아래 서 있는 모습을 보고 그이가 누구를 기다리고 있음을 알고, 파초 잎사귀 아래 서 있는 모습을 보고 그이가 누구를 바라보고 있음을 알아야 한다." 제가 인용한 이 글에서 '여인'을 '세계' 혹은 '한국사회'로 바꿔 읽는다 해도 의미가 통할 듯합니다. 우리는 우리가 살아가는 모국을 이해하고 느끼려 애썼고 그러한 생각과 느낌을 글을 통해 전달하려 애썼습니다. 우리는 저마다의 이유로 시인이 되었고 소설가가 되었으나 시인으로 산다는 게,

소설가로 산다는 게 무엇인지를 하나의 목소리로 말할 수 있습니다. 작가는 비밀을 발굴하는 삶을 사는 사람이 아니라 바로 여기, 지금 여기 우리 눈앞에서 벌어지는 아무렇지도 않은 일상에 깃든 비범함을 알아보는 사람, 삶의 비밀이 여기가 아닌 다른 어떤 곳에 보물처럼 숨겨진 것이 아니라 뭇사람들이 호흡하는 공기 중에 흔하게 널려 있음을 잊지 않는 사람, 진부함 속에서 낯섦을 낯선 것들 속에서 익숙함을 읽어내는 사람, 그리하여 필멸하는 인간의 삶에 불멸의 의미를 부여하는 사람임을 저는 믿어 의심치 않습니다.

"훌륭한 작가는 자기가 생각하는 것 이상을 말하지 않는다. 그리고 이 점은 대단히 중요하다. 말한다는 것은 생각하기의 표현인 것만이 아니라 생각하기의 실현이기 때문이다"라고 발터 벤야민은 말했습니다. 저는 벤야민의 이 말을 글이 쓰이는 순간 순식간에 글의 속성이 변해버리는 지점을 지적한 것이라 이해합니다. 작가적 행동은 다른 어떤 곳에 있지 않습니다. 작가는 글로써 실현합니다. 작가가 쓴 글이 작가의 행동이며 글을 통해 추구했던 무언가의 실현입니다. 우리가 썼던 한 편의 글은 이미 실현되었습니다. 거기에 젊은 시인, 소설가 137명의 생각이 표현되었고, 표현되는 순간 이루어졌습니다. 무엇을 이루었냐고 묻는다면 '진실한 문장 하나'라고 답하겠습니다.

인내심을 가지고 긴 글을 읽어주신 여러분께 감사드립니다.

—2013년 8월 27일

환멸의 기원

여느 겨울날과 다름없이 차가웠던 어느 날 문익환 목사의 부음을 들었다. 대학생이 되어 맞은 첫 겨울방학이었고 나도 곧 누군가의 선배가 된다는 생각에 가벼운 흥분과 두려움을 느끼던 시절이었다. 해가 짧고 밤이 긴 겨울에 들려오는 부음은 그것이 누구의 죽음을 알리는 것이든 상관없이 이상하리만치 계절에 어울렸다. 어쩌면 그런 계절에는 내 죽음을 알리는 부고를 받는다 해도 어깨를 한 번 으쓱하고 말 수 있을 것 같았다. 그러나 문익환 목사의 부음에는 가슴이 저렸다.

그이의 죽음이 유난히 날카롭게 가슴을 찔러왔던 건 먼발치에서 몇 번 건너다본 게 전부라 할지라도 그이가 누구보다 단단한 사람임을 한눈에 알아보았기 때문이다. 그이를 부수거나 파괴하는 일은 불가능해 보였고 그이의 그늘 아래라면 언제나 안전할 것 같았다. 그러나 밤새 몰아치던 폭풍이 지나가고 언제 그랬냐는 듯 말끔하게 갠 아침, 거리에 나섰다가 허리가 뚝 분질러진 유서 깊은 나무를 목격했을 때처럼 상실감에 사로잡혀야 했고 그해가 결코 잊을 수 없는 한 해가 될 것임을 예감해버렸다. 다시 말해 나는 무언가에 환멸을 느끼게 될 것임을 예감했다.

그즈음 나는 시를 쓰던 어느 선배의 반지하 자취방에서 더부살이라 말하기는 뭣하고 말 그대로 기생하고 있었다. 처음 서울에 올라왔을 때는 친척집에 거처를 정했으나 석 달 만에 친척이 집을 전세로 내주고 지방으로 내려가는 바람에 문학동아리 교류를 통해 알게 된 어느 문청의 자취방으로 들어가야 했다. 내가 다니던 학교에서 멀리 떨어진 곳이라 버스마저 끊긴 밤 깊은 시간이면 서너 시간을 걸어가야 할 만큼 통학이 불편했으나 월세 3만 5천 원만 내면 됐기에 나로서는 별다른 도리가 없었다. 고시원이나 독서실도 그 돈으로는 어림도 없었으며 하숙비는 독방이 아니라 두어 명이 함께 쓰는 방이라 할지라도 삼사십만 원이었기에 엄두도 내지 못했다. 그 방은 두 사람이 나란히 누우면 상대를 불쾌하게 하지 않고서는 까딱도 할 수 없을 만큼 좁았으나 둘 다 오갈 데 없는 촌놈인데다 문학한답시고 폼 잡던 녀석들이었기에 우리는 그 좁은 방에 우리가 알지 못하는 세계를 이주시킬 수 있었다. 꿈의 크기는 방의 크기와는 무관했다. 문학을 두고 이야기 나눌 수 있는 공간은 어디나 우리의 해방구였다. 그곳이 여느 해방구와 다른 점이 있다면 처음부터 해방되어야 할 대상도 해방의 주체도 없다는 것이었다. 문학은 점령하는 대신 하나가 되는 것이라 믿었고 바로 그것이 인류 역사에서 인간이 늘 포기해야 했던 열망이라고 믿었다. 때로는 나직한 목소리로 때로는 열에 들뜬 목소리로 어느 소설가의 문장을 읊조리거나 그 문장에서 도약한 삶의 이미지들을 그리고 있노라면 이 세계 전체가 부드럽게 우리를 감싸는 듯한 느낌이었다. 나는 이모가 물려준 여성용 바바리코트를 무척 좋아했는데 시집을 꽂고 다니기에 안성맞춤인 주머니가 달렸기 때문이었다. 내게 그건 단순한 주머니가 아니라 하나의 비밀의 방이었다. 키가 작은 편인 나는 그 외투가 썩 잘 어울린다고 착각했으며 주머니에 기형도나 이성복, 황지우, 신경림 등을 꽂고 다니며 서울에 온 보람마저 느꼈다. 그러나 방 주인은 1학기를 마치고 군대에 가버렸다. 그러면서 보증금도 가져가 버렸다. 나는 할 수 없이 내가 속했던 문학동아리 방으로 짐을 옮겼고 쥐가 새끼를 치는 소파에서 누군가의 토사물이 말라붙은 더러운 이불을 덮고 자야 했다. 쥐벼룩이 옮아 늘 몸이 가려웠고 얼굴을 기어다니는 바퀴벌레에 소스라치게 놀라며 잠에서 깨곤 했다. 마땅히 몸을 씻을 곳이 없어 학교 근처 대형병원의 화장실에 딸린 샤워실을 도둑고양이처럼 드나들었다. 그래도 즐거웠다. 비록 아무도 훔쳐갈 생각을 하지 않는 책들만 꽂힌 책장이었으나 깊은 밤부터 다음날 아침까지 그곳은 나만의 도서관이었다. 오랜 세월 문청들이 시선으로 어루만지고 손으로 쓰다듬었던 책들을 탐독하는 밤들은 신비롭기까지 했다. 그러니까 아마도 그때 처음으로 나는 문학을 두고 누군가와 대화하는 것만큼이나 책과 대화하는 것이 즐거울 수 있다는 사실을 깨달았던 듯하다. 그런 순간에는 이미 그 책을 읽고 지나간 사람들을 비롯해 내 뒤를 이어 그 책을 읽게 될 사람들까지 마주 대하고 있는 듯한 기분이었다. 이윽고 겨울이 되어 석유난로 하나에 의지해 밤을 견뎠으나 난로는 타오르는 날보다 꺼져 있는 날이 많았다. 세상과 싸워보기도 전에 추위에 투항해버리기 직전이었고 그 꼴을 보다못한 선배가 자신의 자취방으로 나를 몰고 갔다. 그곳은 따뜻하고 아늑했다. 선배의 누나와 여동생 그리고 남동생 둘까지 더불어 사는 그곳은 언제나 복작거렸으나 누구 하나 군식구인 내게 눈치를 주지 않았고 나는 점점 대범해져서 마치 원래 그곳이 내 방이었던 것처럼 편히 지내게 되었다. 돈 한푼 지불하지 않고서도 말이다. 그 겨울 내내 나는 한 편의 단편소설을 완성하기 위해 끙끙거렸고 어느 날 성에를 닦아내기 위해 손을 댔다가 와장창 소리를 내며 깨져버리는 유리창을 바라보듯 문익환 목사가 죽고 사라진 서울을 바라보았던 것이다. 어쩌면 그때 소설을 쓴다는 게 쓸모없는 일일지도 모른다는 의심이 처음으로 솟았던 것인지도 모른다. 그 시절의 나는 젊었기에 죽음을 사유하기보다 죽음이 불러일으키는 관념을 헤아리는 일을 더 즐겼을 테고 길을 걷다 발부리에 차인 돌멩이가 굴러가는 꼴만 보아도 문학을 떠올렸기에 그이의 부음을 듣자 너무나 당연하게도 소설의 운명 따위를 생각했을 거였다.

그로부터 한 달이 채 못 되어 나는 고려병원 장례식장에서 문상객들을 대접할 상을 날랐다. 누군가가 돈을 쥐여주면 약국으로 달려가 박카스를 사왔고 술을 달라면 냉장고에서 꺼내 가져다주었으며 잠시 틈이 나면 웃는 건지 우는 건지 모를 목소리로 이야기를 나누는 가난한 작가들을 노려보았다. 김남주 시인의 영결식은 경기대에서 치러졌고 나는 문학동아리 사람들과 함께 비탈에 앉아 무릎에 이마를 대고 한 시대가 소리 없이 무너지는 광경을 보았다. 나는 그이의 시 「가엾은 리얼리스트」를 퍽 좋아했던 터라 시인의 죽음 앞에서도 눈물조차 흘리지 못하는 스스로를 두고 그 시의 한 구절처럼 '나는 어쩔 수 없는 놈인가'라고 읊조릴 수밖에 없었다. 시인이 되기를 열망하던 한 친구는 내 옆에서 오열했고 이 세계를 증오하지 않기 위해 문학을 하던 한 친구는 말이 없었다. 내 마음은 그 사이에서 갈팡질팡했다. 한 사람의 시인이 시인인 동시에 전사일 수도 있었던 시대는 김남주 시인을 마지막으로 사라졌고 시인도 못

되고 더더군다나 전사가 될 수도 없었던 우리는 인정하고 싶지 않으나 인정하지 않을 수 없는 환멸을 느낄 수밖에 없었다. 오랜 세월이 흐른 지금 다시 살펴보아도 환멸의 정체는 모호하다. 그러나 그때부터 문학에 대한 신념은 흔들렸고 나는 여전히 흔들리는 중이다. 그 시절의 문우들 가운데 대부분은 문학을 떠났으며 문학을 떠났다는 사실을 그다지 아쉬워하지 않았다. 여기, 지금 내가 문학을 하고 있는 이 자리는 그 시절의 문우들과 함께 있어야 하는 자리이건만 그들은 나만 홀로 남겨둔 채 뿔뿔이 흩어져버렸다. 그들이 떠날 수밖에 없는 이유를 잘 알았기에 그 이유가 여전히 나를 뒤흔들었기에 나는 그들을 미워하지 않았다. 그들은 한 번도 입 밖으로 소리 내어 말하지 않았으나 홀로 남은 내게 무슨 말을 하고 싶었는지는 알 수 있었다. 문학은 더이상 가망이 없다는 말일 것이다.

문학은 가망이 없었다. 그해 봄 나는 금호동의 철거현장을 몇 번 찾아갔다. 철거민들이 골리앗이라 부르지만 사실은 허약하고 초라하기 짝이 없는 조악한 철골구조물에 지나지 않는 철탑에 오른 메마르고 강파른 얼굴의 사내를 보았다. 철탑 아래서 또래들과 어울려 노는 사내의 아이도 보았고 수심이 가득한 얼굴로 허공을 올려다보는 사내의 아내도 보았다. 그 사내가 석유를 제 몸에 끼얹고 불을 질러 죽은 날에도 분명히 무언가를 보았다. 전경들이 봉쇄한 현장 주변을 서성거리다 발걸음을 돌렸을 때 시를 쓰던 친구는 그 자리에서 구토를 했고 나는 내 두 손을 들여다보았다. 아무것도 할 수 없었다. 단 한 편의 소설조차 완성할 수 없는 손이었으며 단 한 사람의 목숨마저 구원할 수 없는 손이었다. 모든 소설은 무언가의 일부분이다. 소설은 홀로 존재하지 않으며 이 세계의 일부로만 존재한다. 그러기에 모든 소설은 미완이며 완성이야말로 소설의 죽음이다. 하지만 그때 나는 간절히 바라고 바랐다. 소설의 죽음을. 소설을 쓰기로 마음먹은 자가 소설의 죽음을 바라는 것이야말로 일 년 내내 농토를 부린 농민이 미처 수확도 하지 않은 농토에 불을 지를 때의 심정과 다르지 않을 것이다. 그러나 재로 뒤덮인 농토를 서성이며 겨울을 보낸 농민이 곡우에 이르면 다시 못자리를 만들 듯이 소설가는 폐허가 된 소설 앞에서 다시 소설을 시작해야 했다. 그러므로 처음부터 문학은 가망이 없었던 것이 아니라 내가 가망이 없는 녀석이었던 거다. 문학은 언제나 가망이 없었을 따름이며 문학을 죽음 직전에서 일으켜세우는 건 언제나 인간의 몫이다. 나의 환멸은 뿌리가 깊다. 어쩌면 그해를 지나쳐 더 머나먼 과거로 거슬러올라가야 할지도 모른다. 어쩌면 문학이 무언지 모르던 시절까지 혹은 문학이 생겨나기 전에까지 가야 할지도 모른다. 그러나 문학이 없는 그곳에 이르면 아마도 누군가는 기어이 그곳에서 문학을 만들어내고야 말 것이다. 그들은 어딘가에 묵새기고 앉아 문학을 이야기할 것이며 설령 벽도 천장도 없는 벌판 한가운데라 할지라도 혹은 오로지 별과 달만이 머리 위에 빛나고 있을지라도 그 별과 달을 쓰기 위해 기꺼이 고독해질 것이다. 그리고 아마 알게 될 것이다.

문학이란 문학에 환멸을 느낀 자가 가까스로 참고 견디며 하는 일임을.

대학 시절

—1990년대 메모

1992년 12월이었다. 마지막 학력고사였다. 학력고사를 치르기 며칠 전에 대선이 있었고 민자당의 김영삼이 당선했다. 학력고사를 치르던 날 새벽에는 상계동의 큰이모집을 빠져나와 지하철을 탔다. 혜화역을 앞두고 지하철이 십 분 가까이 정차하는 바람에 두려움에 떨어야 했다. 이러다 오늘 학력고사 치르는 학생들 재수생 되는 거 아냐, 라고 농담한 사람이 밉지 않았다. 그가 구사한 깔끔한 서울 말씨 때문이었다. 그해 말 합격자 발표가 났다. 명단에 내 이름이 있었다. 이듬해인 1993년 2월, 서울에 올라왔다. 고향집에서 떠날 때 어머니가 찐 감자를 싸주었다. 나는 완행열차의 승강장에 앉아 찐 감자를 먹어보려 노력했다. 원래 찐 감자를 좋아하지 않았다. 아마 그때 내 표정은 에밀 졸라의 소설에 등장하는 파리의 여공이 지었을 법한 표정이었을 거다. 모처럼 휴일을 맞아 파리 시내에서 남자친구를 만났는데 그 녀석이 감자를 먹자고 하자 여공은 차분하게 경악했다. 우린 공장에서 맨날 감자 먹거든. 나도 서대전역에서 가락국수를 먹었거나 천안역을 지날 즈음 호두과자를 사먹었더라면 인생이 달라졌을지도 모른다. 서울역 광장에 선 채 촌놈들이 흔히 그러듯이 대우빌딩과 연세빌딩을 경탄의 눈으로 올려다보았다. 서부역, 만리동 고개 쪽과 남대문시장을 연결하는 고가를 지나는 차들의 차창마다 빛이 산란했다. 방학동의 작은이모집을 찾아갔다. 내가 서울에서 대학을 다니는 동안 머물게 된 최초의 거처였다. 그날 밤 깨끗한 양변기에 수치스럽게도 감자똥을 퍼질렀다. 1993년이었고 아직 겨울의 끝자락이었다.

작은이모는 내게 대학생이 된 기념으로 당신이 입던 바바리코트를 주었다. 여성용 코트라 단추가 왼쪽에 있었다. 신경이 쓰이지는 않았다. 키가 작아서 맵시가 나지 않는 게 억울할 뿐이었다. 양쪽에 커다란 주머니가 달린 게 무척 마음에 들었다. 그 주머니에는 시집만이 아니라 소설책도 꽂을 수 있었다. 그래도 시집이 어울렸다. 시집을 꽂으면 손가락 한 마디쯤 주머니 밖으로 삐져나왔다. 누가 봐도 시집임을 알 수 있었다. 기형도, 이성복, 황지우, 신경림 등이 그렇게 내 주머니에 들어왔다. 문학동아리 문을 두드렸다. 시와 사랑의 한솥밥 동국문학회. 와,

유치하다! 그래도 두드렸다. 80년대 학번인 여자 선배 두 명이 석유난로 앞에 앉아 담배를 피우고 있었다. 두 선배 모두 이빨이 누렜다. 캐비닛 위에는 전경의 헬멧과 방패가 있었는데 코트 주머니의 시집처럼 더러운 동아리 방 풍경과 썩 잘 어울렸다. 두 선배는 딱히 자랑할 게 없었는지 여기에서 청와대가 보인다고 했다. 정말 보였다. 난 감탄했고 두 선배는 다시 담배를 피웠다. 무얼 더 자랑해야 할지 고민하는 듯했다. 이윽고 두 선배는 우리 동아리는 대단한 동아리라고 말했다. 시인과 소설가가 여럿 나왔다는 의미는 아니었다. 작년엔지 재작년엔지 난로 옆에서 잠을 잔 사람이 있었는데 이불에 불이 붙어 소방차가 여섯 대씩이나 왔다고 했다. 일곱 대였을지도 모른다고 했다. 내 고향 소방서에는 그렇게 많은 소방차가 없었으므로 나는 고개를 주억거렸다. 그 바람에 바로 옆에 있던 컴퓨터연구회의 컴퓨터들이 다 망가져서 천만 원가량의 손실을 입혔다고 했다. 안 그래도 사이가 좋지 않았는데 이젠 서로 앙숙이 되었다고 했다. 참, 그러고 보니 불낸 녀석의 고향이 고창이야. 넌 정읍이라고 했지? 잘됐네. 뭐가 잘됐다는 건지 알 수 없었지만 나는 무조건 고개를 끄덕이고 동아리에 가입했다. 나는 책장에 꽂힌 책들을 눈으로 더듬어보았다. 문학동아리답게 책은 많았지만 훔쳐가고 싶은 책은 한 권도 없었다. 시집이나 소설책보다 사회과학 서적이 더 많았다. 그 책장에 읽을 만한 책이 꽂히게 된 건 조금 시간이 지난 뒤였다. 한 선배가 당시 누구나 알아주던 창비 영업 부장의 마수에 걸려 창비 영인본을 덜컥 구매했다. 등록금이 130만 원이던 시절이었는데 선배가 구입한 창비 영인본은 아마 50만 원에 육박했을 거다. 선배는 식구들에게 맞아죽기 싫어서 증거물인 책을 동아리 방에 기증 혹은 은닉했다. 훗날 동아리 방에 기거하던 시절 나는 밤마다 창비 영인본을 한 권씩 꺼내 읽었다. 물론 소설만 골라 읽었다. 문학동아리 소설분과 모임에서 처음으로 읽은 책은 마르케스의 『백 년 동안의 고독』과 고리키의 『어머니』였고 국문과 소설분과 모임에서 처음으로 읽은 책은 존 스타인벡의 『분노의 포도』였다. 고독과 어머니와 분노. 분노하는 어머니의 고독. 백 년 동안의 분노. 고독한 포도. 선배가 후배를 괴롭히고 싶을 때 세미나 작품으로 선정하기 딱 좋은 소설이지만 때로는 누군가의 세계관을 여지없이 뒤틀어버릴 수도 있었다. 운좋게 혹은 운 나쁘게 내 세계관은 그때 다시 태어났다.

그해 5월 작은이모집을 나와야 했다. 이모부의 전근으로 이모네 식구는 대전으로 이사 갔다. 나는 문학동아리 교류를 통해 알게 된 숭실대 학생의 자취방으로 들어갔다. 둘이 누우면 밤새 꼼짝도 할 수 없는 작은 방이었다. 리어카에 싣고 온 내 책들은 책상 밑에 쌓아두었다. 공과금을 포함해 월세가 7만 원이었다. 나는 3만 5천 원을 내기로 했다. 방 주인은 나와 학번이 같았고 김천 출신이었다. 덩치가 좋고 얼굴이 새까맸다. 방금 소가 끄는 쟁기를 몰다 왔다 해도 믿을 수 있을 정도였다. 내가 어떻게 보이는지는 궁금하지 않았다. 녀석은 시를 쓰고 싶어했는데 시 쓸 시간은 별로 없어 보였다. 우리는 주말마다 공사판에 가서 잡부로 일했다. 돈을 손에 쥐면 짜장면과 짬뽕을 시켜 소주를 마셨다. 그 작은 방에 숭실대 문학동아리 사람들이 한 번씩은 들렀다 갔다. 포개져서 자도 밖으로 머리와 발이 삐져나가 방문을 닫을 수가 없었다. 5월 18일이었다. 신촌 연세대에서 전두환 노태우 체포 결사대 발족식이 열렸다. 집회가 끝난 뒤 교문 밖으로 진출했다. 처음 겪는 가두시위였고 사실 더럽게 무서웠다. 1학년은 뒤쪽으로 가라는 말이 들려왔다. 나는 뒤쪽으로 갔다. 안심했다. 그러고 나니 내가 맨 앞이었다. 내 앞에 섰던 녀석들도 다 1학년이었던 모양이다. 전경한테 얻어맞았다. 누군가 뒤에서 떠미는 바람에 혼자 전경 대열 앞에 내동댕이쳐지기도 했다. 방패에 정강이를 찍혔는데 지금도 그 흉터가 역력하다. 물론 이듬해에는 전경의 방패에 얼굴을 찍혀서 앞니 아래쪽이 부러졌는데 평소에는 티가 나지 않지만 사진만 찍으면 흉하게 보여서 내 사진 중에는 환하게 웃는 사진이 없다. 그해 가을 방 주인은 입대했다. 나는 짐을 챙겨 그곳을 나왔다. 갈 곳이 없었으므로 내가 속한 문학동아리 방을 거처로 삼았다. 푹 꺼진 소파에 누워 수십 명의 토사물 흔적이 남은 이불을 덮고 잤다. 새벽마다 얼굴을 기어다니는 바퀴벌레 탓에 잠에서 깨어났다. 그러면 아련하게 저 아래 충무로쯤에서 술 취한 누군가가 부르는 노랫소리가 들려왔다. 일주일이 지나자 온몸이 가려웠다. 소파를 복도에 내놓고 털었다. 생쥐가 다섯 마리쯤 나왔다. 고등학교 친구가 찾아온 날엔 밤이 깊도록 술을 마시다 술이 다 떨어져 밖으로 나가려 했으나 경비 아저씨가 문을 열어주지 않았다. 우리는 우리와 비슷한 상황을 오래전부터 겪은 선배들이 애용한 밧줄을 타고 내려가기로 했다. 추락하지는 않았지만 주르륵 미끄러져 손바닥이 전부 까져서 술잔을 쥘 수가 없었다. 어느덧 겨울이 되었고 겨울 캠퍼스는 황량했다. 석유 살 돈이 없어 감기에 걸렸다. 작년엔지 재작년엔지 불을 냈다는 문학회 선배가 나를 자취방으로 데려갔다. 선배를 비롯해 선배의 누나, 여동생, 남동생 또 남동생이 더불어 사는 반지하방이었다. 이듬해 1월 말까지는 얹혀살았다. 밥도 잘 먹었다. 살도 올랐다. 감기는 모르고 지냈다. 사람 냄새를 느끼며 겨울을 건넜다. 어쩌면 이 모든 걸 예상했는지도 모른다. 내게 잘됐다고 말해주었던 이빨이 누렇던 두 선배들 말이다. 방세를 치른 기억은 없는데 대가를 치른 적은 있다. 내게 남은 몇 안 되는 책 가운데 하나였던 어떤 소설책을 선배가 괴력을 발휘해 반으로 뚝 분질러서 불질러버렸다. 우리 문학의 미래를 여기에 걸어서는 안 된다는 비장한 말과 함께. 우리는 조세희, 윤흥길, 황석영, 오정희를 비롯해 방현석, 공지영, 김인숙, 정도상, 임철우, 김남일 등과 그즈음에 떠오르던 신경숙, 은희경, 윤대녕, 성석제 등을 탐독했다. 국문과든 문학회든 대체적으로 문학의 윤리에 민감했고 선비풍과 투사풍의 태도에 매료되기 일쑤였다. 시 합평회 자리에서는 후배의 시를 라이터로 태우는 선배도 있었다. 뒤풀이 자리에서 그 선배가 후배에게 얻어맞는 경우도 있었다. 쌀 수입개방으로 어수선했고 선배나 나나 농촌 출신인 건 매한가지였고 그 일에 유독 분노했던 것도 똑같았다. 2월 한 달 동안은 친구의 아버지가 하청을 받아 짓던 김제 우체국 건물 공사장에서 살았다. 1994년 3월. 다시 동아리 방으로 기어들어갔다. 그해 4월 한총련은 쌀 수입개방 국회비준 저지를 위한 동맹휴업에 들어갔다. 여의도광장에서 고향집 뒷집에 사는 당숙을 만났다. 당숙은 다른 농민들처럼 관광버스 그늘 아래 앉아 결혼식 하객들처럼 술만 마시다 정읍으로 돌아갔다. 노래만 불러서 목이 쉰 채 돌아갔다.

1994년 여름은 무더웠다. 나는 여전히 내 방이 없었다. 김일성 주석 조문과 관련해서 대학가가 어수선했다. 학교 앞에서 술을 마시다 불려가기 일쑤였다. 밤새 후문에 앉아 파이를 쥔 채 졸았다. 누군가가 장난으로 전경이다! 외쳤고 화들짝 놀라

깨어보면 꽃병이 저만치서 데굴데굴 구르고 있었다. 전국대학생 문학연합 사무실이 있던 한양대 학생회관 옥상에서 반년을 살았다. 옆방에 밴드부가 있었다. 밤새 드럼을 두드리는 미친 학생이 있어서 죽을 맛이었다. 학사경고를 두 번 받았던 터라 선배들이 휴학을 종용했다. 세 번 연속 학사경고를 받으면 제적당하기 때문이었다. 휴학을 하고 공사판을 전전했다. 나도 그곳에서는 여느 잡부들처럼 말을 더듬게 되었다. 훗날 마포 서부지원 앞을 지날 때면 내가 지었다고 너스레를 떨었다. 그러다 한번은 결국 서부지원에서 즉심선고를 받았다. 선후배들이 벌금을 들고 찾아와 두부와 빵을 건네주었다. 나는 뒤돌아서 서부지원을 가리키며 내가 지었다고 말했다. 그렇게 말하고 나니 정말 내가 다 지은 것만 같았고 괜스레 쓸쓸해졌다. 왜 건설노동자들이 기껏해야 시멘트나 철근을 날랐을 뿐인 빌딩인데 그 빌딩의 주인이라도 되듯 애정이 담긴 눈길로 바라보는지 알 것 같은 기분이었다. 나는 방이 없어서 자유로웠고 외로웠다. 자유에는 고독이 따른다는 은유인 것만 같았다. 고독은 자유로운 자만이 누릴 수 있는 권리라는 은유 같기도 했다. 제주도가 고향인 국문과 선배의 자취방이 있던 독립문에서 반년을 살았다. 창문이 없어서 대낮에도 굴속처럼 컴컴했다. 언제 눈을 떠도 꼭 한밤중인 것만 같았다. 동기들과 화곡동 문간방과 옥탑방에서 일년을 살았다. 편의점에서 파는 삼천 원짜리 국산 양주를 마시고 부엌 바닥에 마신 것보다 많은 걸 토해내길 반복했다. 먹은 것도 별로 없는데 이 많은 게 우리 뱃속에 있었단 말이야! 우리는 유물론을 먹은 만큼 싸는 거라고 이해했기 때문에 유물론의 진실성을 의심하지 않을 수 없었다. 연세대에서 열린 집회에 참가했다. 몹시도 추운 날이었다. 연희교차로 근처에서 백골단에게 죽어라 얻어맞았다. 추운 날 맞으면 따뜻한 날 맞은 것보다 두 배는 더 아팠다. 자취방에 돌아와 텔레비전을 켜니 특별법 제정 속보가 떴다. 해가 바뀌었고 1996년 벽두에 전두환이 제 집 앞 골목에 나와 성명서를 낭독했다. 우리는 국산 양주 대신 소주를 마셨다. 한 시대가 저물어간다는 기분이 들었다. 그해 3월이었다. 연세대 학생 노수석씨가 을지로 인쇄골목에서 죽었다. 그날은 봄비가 내렸다. 인쇄골목은 빗물이 내를 이루어 발목까지 잠겼다. 나는 인쇄골목 입구에 선 채 비에 젖었다. 실감이 나지 않았다. 국립의료원은 봉쇄되었다. 학교로 돌아가 시를 썼다. 아무렇게나 썼다. 누군가 살해당했는데 살인자는 없었다. 장애인 노동자가 인천 앞바다에 시체로 떠올랐고 노조 위원장이던 간호사가 자살했다. 철거민이 자살했고 대학생이 분신자살했다. 사람들은 1991년이 재현되는 것 같다며 몸서리를 쳤다. 텔레비전을 켜기가 두려웠고 신문을 펼치기가 무서웠다. 도처에 죽음이 있었고 도처에 죽음만 있었다. 내가 목격한 가장 앙상한 플롯이었다. 그해 8월 수천 명의 학생들이 연세대에 고립되었다. 단전, 단수에 수만 명의 병력을 동원한 진압. 헬기가 새떼처럼 날아올랐다.

1997년 9월 마장동에서 정형사로 일하는 사촌형들의 옥탑방을 찾았다가 잠복중이던 보안수사대에 체포되었다. 장안동 대공분실에 끌려갔다. 싸대기를 좀 맞았다. 아는 대로 불었더니 더는 때리지 않았다. 검찰에 송치되어 서울구치소로 이송되었다. 동부경찰서 유치장에 있는 동안 아무도 면회를 오지 않았다. 내가 구속된 걸 모르는 거였다. 서울구치소로 이송된 뒤에도 마찬가지였다. 나는 담당 검사를 보조하던 계장에게 전화 한 통만 쓸 수 있게 해달라고 부탁했다. 어느 날 그가 내게 전화기를 건네주었다. 나는 고향집 번호를 꾹꾹 눌렀다. 그리운 어머니의 목소리였다. 어머니. 그러자 어머니가 버럭 화를 냈다. 너 시방 어디냐! 나는 머뭇거렸다. 얼마 전에 형사 댕겨갔다. 자수만 하면 선처해준디야. 얼렁 자수해라! 나는 사정을 알아챘다. 잘 지내니 걱정 말라는 말을 하고 싶었는데 내 말도 자꾸만 엇나갔다. 야 이놈아 얼렁 자수혀! 자수고 뭐고 이미 구속이 되었다니깐요. 그러니깐 자수혀! 그게 아니라……. 에미 애비 죽는 꼴 보고 싶냐! 얼렁 자수혀! 이렇게 자수하라는 말만 듣다가 통화는 끝나버렸다. 집행유예로 나오기 전까지 석 달 가까이 혼거방에서 잡범들과 지냈다. 몇몇의 항소이유서, 반성문 등을 대신 써주었다. 국문과 맞네! 이게 내가 가장 많이 들은 말이었다. 환갑을 넘긴 노인은 간통죄로 들어왔는데 노인의 부탁대로 '아아 어찌하여 그녀가 한순간 여자로 보였단 말입니까'라는 문장을 다섯 번 반복했다. 노인은 여섯 번이 아니어서 불안해하는 듯했다. 3년형을 선고받은 친구가 비둘기를 보냈다. 감옥 안에서 몰래 사람의 손을 거쳐 전달되는 편지였다. 친구는 항소를 포기한 이유, 그러니까 실형 3년을 살기로 마음먹은 이유를 편지지 넉 장에 앞뒤로 빽빽하게 적어 보냈다. 실형 3년이면 대신 군대는 면제였다. 나도 친구를 따라 해볼까 잠깐 생각했지만 생각만으로도 진저리가 쳐졌다. 이듬해 5월 입대했다. 철원에 있던 부대였다. 훈련병 시절에 기무사 요원이 찾아왔다. 그는 나와 이야기를 나누는 내내 발톱을 깎았다. 저 무심해 보이는 듯한 태도가 어떤 계산 아래 이루어지는 것임을 알 수 있었다. 어디로 갈래? 묻기에 휴전선으로 보내주세요, 했다. 왜? 하고 묻기에 전 글을 쓰려는 사람입니다. 분단을 온몸으로 느끼고 싶어요. 그는 내게 좆까! 라고 했으나 정말 휴전선으로 보내줬다. 내무반에서 허리를 꼿꼿이 세우고 앉은 채 텔레비전을 통해 평양 땅을 밟는 김대중 대통령을 보았다. 막사 뒤 화장실에 들어가 조금 울었다. 군 생활을 하는 내내 오십여 편의 시를 외웠다. 행군을 하거나 수색을 하거나 야전훈련을 하거나 내무반 청소를 하거나 아무때고 외운 시들을 입속에서 굴렸다. 혀가 단단해지는 기분이었다. 근처가 고향인 후배가 연초에 면회를 왔다. 신춘문예 당선작이 실린 신문들과 한강의 『검은 사슴』을 주고 갔다. 화장실에 숨어서 다 읽었다. 병장 때 휴가를 나갔는데 고향집 외양간에서 두엄을 치우다가 쇠스랑을 밟아 부러뜨리면서 발등을 심하게 다쳤다. 복귀하던 날 부대에서 트럭이 오길 기다리는 동안 문방구에 들러 원고지를 샀다. 그날을 잊을 수가 없다. 원고지를 샀던 그날. 앞으로 어떻게 살지를 스스로 다짐했던 그날. 최초였던 그날. 전방의 소읍은 쓸쓸했고 어둑한 허공에서 박쥐가 낮게 날았다. 나는 세계와 분리된 기분이었고 그 느낌이 두렵지 않았다. 복귀한 뒤로 열외가 되어 습작이지만 단편소설을 두 편 썼다. 2000년 7월에 제대했다. 복학한 뒤 동아리 방에서 전년도에 총학생회장을 맡은 터라 수배상태였던 후배와 함께 살았다. 어느 날 눈을 떠보니 후배가 없었다. 후배는 중부경찰서에 있었다. 혼자 광화문으로 간 후배는 길거리에서 구호를 외치다 체포되었다. 이해할 수 있었다. 수배생활을 할 때는 간절하게 체포되기를 바라게 된다. 뒤에서 발소리만 들려도 문이 바람에 덜컹거릴 뿐인데도 두렵고 서러우니까. 후배는 그렇게 대가를 치르며 지난 시절을 청산하고 싶어했다. 복학생이었지만 여전히 방이 없었다. 여기저기서 쪽잠을 자는 내가 한심했던지 국문과 후배들이 자취방으로 데려갔다. 졸업할 때까지 거기에 빌붙어 살았다. 2001년 가을이었다. 생일이었다. 후배들과 술 마시고 팔정도 앞 코끼리에 올라탔다. 자정 즈음이었다. 즐거웠다. 정각원 옆에는 범종이 있었다. 생일 기념으로 범종을 쳤다. 경비원들이 쫓아왔다. 비탈길을 달려 도망쳤다. 겨우 따돌리고 동국관 앞에서 숨을 헐떡이다 귀를 기울여보니 여전히 은은하게 종소리가 들려왔다. 까닭 없이 슬펐다. 종소리. 단 한 번의 타종이었을 뿐인데 종소리는 사라지지 않았다. 오래도록 여운을 남기며 울렸다. 지금도 그 소리가 들린다. 신기가 있는 후배가 있었다. 내 운이 삼십대 후반부터 트인다고 했다. 나직하지만 무시무시한 말투 때문에 믿지 않을 수 없었다. 운 트이면 두 배로 갚을 테니까 돈 좀 빌려달라고 했더니 나와 인연을 끊으려고 하는 것 같았다. 그해 말 신춘문예에 응모했으나 다 떨어졌다. 이듬해 2월 졸업을 하루 앞둔 날 잡지사에서 연락이 왔다. 당선이라고. 고향집에 전화를 걸었다. 아버지에게 등단했다고 말했다. 축하한다. 그리고 아버지는 근엄한 목소리로 물었다. 월급은 얼마냐?

저녁을 바라보며

대학 시절 충무로 골목에 '하얀집'이라는 상호의 단골술집이 있었다. 가격이 저렴하고 천장이 낮아 아늑하며 무엇보다 문학을 좋아하는 주인이 있었다. 대낮에 들어서도 낮술 마시는 패거리가 두어 테이블쯤은 꼭 있던 그곳에서 나 역시 처음으로 낮술을 마셨다. 거기에서는 목청이 터져라 노래를 불러도 뭐라는 사람 하나 없었고 외려 흥이 오르면 누구든 노래하는 이의 가락에 장단을 맞추어 기꺼이 동행하기도 했다. 가두시위가 있던 날이면 최루 가스를 잔뜩 묻히고 들어온 사람들로 그득해 여기저기서 재채기를 하고 눈물을 찍어내고 콧물을 들이켰으며 감정이 북받친 누군가가 벌떡 일어나 시를 읊으면 모두 숨죽여 기다렸다가 박수를 쳐주었다. 첫 소설집을 낸 뒤 찾아갔던 날에도 한참 어린 후배들이 내가 그 시절에 그랬던 것처럼 낮술을 마시고 있었다. 그러니까 서로를 위로하기 위해 자신이 아는 가장 다정한 낱말을 골라가며 서글픈 얼굴로 술잔을 기울이고 있었다. 주인은 신문에서 기사를 보았다며 첫 책 출간을 축하해줬다. 나는 가방에서 책이 든 봉투를 꺼내 수줍어하며 건넸고 그이는 첫 장을 펼쳐 서투른 필체의 내 서명을 손바닥으로 쓸어보았다. 오래전 외상장부에 이름과 외상값을 기재하고 외상값을 갚기는커녕 새로운 외상이 늘어가도 타박 않던 그이의 고왔던 손등도 내 어머니만큼이나 주름졌으나 그이의 손바닥이 쓸고 지나자 초라했던 내 이름이 한 방울 술이 떨어진 활자처럼 도드라졌다. 세월이 더 흘러 선배들과 그 술집을 다시 찾았을 때는 아직 햇살이 골목에 내려앉던 대낮이었으나 낮술 마시는 후배들은 더이상 볼 수 없었다. 술집 내부의 풍경은 이십 년 가까이 지나도록 변한 게 별로 없건만 우리는 서름서름한 그곳에서 평소보다 빨리 취해 해가 저물기도 전에 일어나야 했다. 주인이 바뀌었을 뿐인데 오랜 추억이 서린 술집이 순식간에 낯선 곳으로 변해버렸음을 인정하기 싫어서였고 인정하지 않을 수 없어서였다. 우리는 어깨에 내려앉은 식은 햇살을 털어내며 골목을 빠져나갔다. 그 술집에 서린 추억은 그이와 함께가 아니고서는 생기를 잃고 마는 추억이었음을 곱씹었고 이런 방식으로 우리의 남은 추억들도 사위어가게 될 것임을 예감했다.

그리고 어느 날 낮술에 취해 잠들었다가 일어나 앉아 눈 비비던 저녁. 나는 방금 갓 태어난 존재인 것만 같은데 해가 저물고 저녁이 정수리까지 차오른 걸 보며 얼마나 서글퍼했던가. 모든 게 이미 늦어버린 저녁에 태어난 듯해 당혹하고 사랑하던 이와 약속했던 일을 저버린 듯해 상심하여 눈 비비던 손등을 멈춘 채 그 손등에 스며드는 눈물이 왜 소주처럼 맑고 투명할 수밖에 없는지를 헤아리던 어느 날.

4부

슬픔과 고통으로 구겨진 사람

기억이 우리를 본다

슬픔과 고통으로 한번 구겨진 사람은 제아무리 반듯이 펴놓는다 해도 은박지가 그러하듯 흔적이 남기 마련이다. 나는 초등학생이었던 어느 해를 기억한다. 나른한 휴일 오후였고 태양은 맹금류처럼 서쪽 하늘로 느리게 활강하는 중이었다. 마을회관 앞에서 놀던 내게 동네 어른 가운데 누군가가 달려와 아버지의 사고 소식을 전했다. 탈곡기에 손이 빨려들어가 오른손 집게손가락이 절단되었다고 했다. 그 말을 전하던 동네 어른의 말투는 안도와 경악을 오갔는데, 아직 어린아이였던 나로서는 아버지의 오른손목이 뭉텅 잘려나가지 않아 다행이라는 건지 집게손가락이 잘려나간 것만으로도 억장이 무너질 만큼 슬픈 일이라는 건지 헤아리기가 쉽지 않았다. 집으로 돌아간 나는 마루 끝에 앉아 노을이 물든 서쪽 하늘을 바라보았다. 땅거미가 내리고 여기저기서 저녁밥 짓는 연기가 솟아올랐다. 병원에 간 아버지와 어머니는 돌아올 기미가 보이지 않았고 나는 어둠이 번져오는 광경을 지켜보면서 난생처음 어떤 방식으로 세상이 어두워지는가를 알게 된 듯한 기분이었다. 소가 울어댔고 개가 낑낑거렸다. 쇠죽을 쑤어 외양간 여물통에 부어주고 개밥그릇에 사료를 부어주었다. 할머니의 상을 치른 지 삼 년이 되지 않았기에 마루 한 귀퉁이에는 상청이 마련되어 있었다. 어머니가 아침저녁으로 할머니 영정사진 앞에 밥과 국을 올렸던 걸 떠올린 나는 부엌의 큰 솥을 부신 뒤 쌀을 안치고 아궁이에 불을 지폈다. 설익은 밥 한 그릇과 김치 한 보시기를 상식으로 올리고 나니 더는 할 일이 없었다. 그러자 마당을 채운 어둠이 내게 와락 덤벼드는 것 같았고 주위의 모든 사물들이 숨을 죽인 채 터뜨리는 비명이 귓가를 맴도는 것 같았다. 자정 즈음 아버지와 어머니가 돌아왔으나 우리 세 식구 가운데 누구도 울음을 터뜨리지는 않았다. 그건 아마 이 슬픔도 언젠가는 잊힐 것이니 굳이 반추하여 견고한 기억으로 남길 필요가 없음을 본능적으로 깨달았기 때문인지도 모른다.

그러나 세월이 흘러서도 나는 그날 밤 느꼈던 쓸쓸함과 두려움을 되풀이해서 겪어야 했고 그 때문에 기억은 견고해졌다. 그런 순간은 언제나 불현듯 찾아왔다. 이를테면 어느 날 무심코 집안 구석에 버려진 낡은 목장갑을 발견했을 때처럼. 그 목장갑에도 집게손가락이 없었다. 그러면 집게손가락 없는 목장갑을 끼고 다니던 아버지가 떠오르기 마련이었고 뒤이어 여지없이 그날 밤 홀로 마루 끝에 앉아 부모를 기다리던 어린 나를 보기 마련이었다. 아마 한쪽 팔을 잃은 누군가를 안다면 그이의 한쪽 소매가 없는 셔츠를 볼 때마다 이와 비슷한 기분이 들 것이다. 그후로 나는 농기구를 챙겨 새벽길을 나서는 아버지의 뒷모습마저 예사롭게 볼 수 없었고 아버지의 등에 새겨진 침묵을 해석하려 애써야 했다. 아버지는 이전과 분명히 다른 존재였으나 어떻게 달라졌는지 분명히 알 수 없다는 사실이 나는 괴로웠다. 스웨덴의 시인 토마스 트란스트뢰메르는 그의 시 「기억이 나를 본다」에서 이처럼 문득 찾아오는 기억을 '눈 뜨고 나를 따라오는 기억'이라고 불렀다. 내가 눈을 감아도 기억은 눈을 뜬 채 나를 따라온다. 아버지 역시 그랬던 것이리라.

한번 지나간 순간은 재현할 수 없지만 앞에 놓인 무수한 시간들 안에서 그 순간은 수많은 변형태로 돌연 되살아나기 마련이다. 세월호 참사를 비롯해 참혹한 순간을 겪어야 했던 이들에게 이제 떼 그만 쓰고 일상으로 돌아가라 말하는 자들은 정녕 알지 못한단 말인가. 그이들에게는 돌아가야 할 일상이 더 이상 없다는 사실을. 한번 구겨진 그이들은 아무리 반듯이 펴도 잔금 하나 없던 매끈한 은박지로 되돌아갈 수 없다는 사실을. 그이들이 앞으로 살아가면서 참혹했던 순간의 변주에 불과

한 영원히 고통스러운 순간을 매번 맞닥뜨리게 될 거라는 사실을. 책을 읽다 '세월'이라는 단어만 보아도 문득 오열하게 되리라는 사실을 정녕 모른단 말인가.

늙은 농민

오래전 내 꿈은 농민이었다. 이십대 후반까지만 해도 누군가가 내게 꿈이 뭐냐 물으면 농민이 되는 것이라고 답했다. 농민의 삶이 얼마나 각다분한지 몰라서 그랬던 건 아니다. 농촌을 전원으로 착각했던 것도 아니다. 어느 모로 따져보아도 농민이 된다는 건 그럴듯한 일이 아니었다. 그렇지만 꿈이란 게 어디 논리적이기만 할 수 있겠는가. 더구나 내가 이렇게 대답했을 때 사람들의 반응도 대체로 부정적이었다. 농촌에서 살면 희망이 없다는 단순하지만 지극히 현실적인 충고를 들은 건 셀 수도 없을 정도였다.

소설가가 된 뒤로는 새로운 형태의 충고를 듣기도 했다. 농촌을 배경으로 삼은 단편소설을 몇 편 발표했더니 나를 잘 아는 어떤 분이 조심스럽게 진심을 담아 말하기를 농촌작가로 한번 인식되면 앞으로 소설 못 쓴다, 농촌소설 쓰다가는 소설가 인생도 끝장이라고 했다. 다 옳은 말이다. 그렇지만 다시 한번 말하자면 꿈이란 게 어디 논리적이기만 할 수 있겠는가. 나는 오랜 세월 농민이 되기를 열망해왔고 그 열망은 단숨에 만들어진 것이 아니었다. 어둠이 채 가시지 않은 이른 새벽 눈을 비비며 나서야 하는 길은 얼마나 고되었던가. 이슬이 맺힌 풀들을 헤치며 걷노라면 바짓가랑이가 축축이 젖기 마련이었고 웃자란 풀들의 날 선 이파리에 베이고 긁혀 팔뚝에는 자잘한 상처가 생기기 마련이었다.

그러나 고개를 들면 해 뜨기 직전에만 불어오던 바람이 구름을 몰아가고 어둠이 걷히며 하늘이 열리는 걸 볼 수 있었고 검푸른 허공을 가르며 나는 새들을 볼 수 있었다. 밤새 숨죽여 흐르던 시냇물이 수런대고 그 위로 물안개보다 짙은 밥 짓는 연기가 흘러갔다. 그 길에서 나와 처지가 비슷한 조무래기들을 만났고 벌써 바지게 가득 꼴을 쟁여 집으로 돌아가는 노인과 인사를 나누었다. 나는 그 노인처럼 늙고 싶었다. 결정적으로 농민이 되고 싶다는 열망을 더이상 내비치지 않게 된 건 이십대 후반에 고향의 농민회 형님들과 술자리를 가지고 나서였다. 그이들은 내 말을 농담으로 치부하고 깔깔대다가 진심임을 알게 되자 정색을 하며 무섭게 으르렁거렸다. 거의 협박 수준이었다. 나는 나대로 내 의지를 떠보려는 것이라고 생각해서 뻗댔는데 결국 울상이 되어 두 손을 들어야 했다. 억울하기까지 했다. 농민이 되고 싶다는 꿈을 다른 누구도 아닌 농민에게 비난받았다는 사실 때문이었다.

그 일이 있고 얼마 뒤 갑오농민전쟁 사료를 찾다가 농민군을 학살했던 일본군의 기록을 보게 되었다. 내가 해독할 수 있는 건 일본군이 체포하거나 살해한 농민군의 신상명세뿐이었는데 신문기사문처럼 이름 옆에 나이가 병기되어 있었다. 기이하게도 십대나 이십대는 거의 없었고 삼십대가 조금, 나머지는 사오십대였다. 지금보다 평균수명이 한참 낮았던 걸 고려해본다면 대체로 중장년을 넘어 노년이라 해도 좋을 법한 사람들이었다. 문득 깨달았다. 왜 젊은이들이라고 해서 죽창을 들고 나서고 싶지 않았으랴. 할아버지와 아버지와 삼촌의 뒤를 따르고 싶지 않았으랴. 그이들을 가로막은 건 다른 누구도 아닌 바로 할아버지와 아버지와 삼촌이었으리라. 너희들은 젊으니까. 너희들은 살아야 하니까. 더러는 다리를 분질러서라도 주저앉혀 놓았으리라. 그리고 그이들은 다시는 돌아올 수 없는 길을 떠났던 것이다.

그제야 협박을 해서라도, 말이 통하지 않으면 주먹다짐을 해서라도 농민 따위는 되지도 말고 생각도 말라고 윽박질렀던 형님들의 서글픈 진심이 손에 만져지는 듯했다. 당신들은 여전히 농민이면서도 말이다.

그리고 지금 한 농민이, 한 생을 바쳐 간신히 칠십에 이른 한 늙은 농민이 사경을 헤매고 있다. 경찰이 쏜 물대포에 맞아 쓰러지고 피 흘려 죽음의 문턱을 넘나들고 있다. 그이를 쓰러뜨릴 수 있는 건 오직 저 하늘과 땅뿐이라는 사실을 모르는 자들이 감히 그이를 넘어뜨리고 피 흘리게 했다. 부디 일어나시라. 바지게 가득 꼴을 쟁이고 아침이 내려앉은 길을 걸어 집으로 돌아가시라.

경계에 선 사람들

손님이 하나도 없는 매장 앞을 지나다가 느닷없이 슬픔에 사로잡힌 나는 왜 이런 광경을 보면 매번 슬퍼지는지를 생각해보았다. 그러다 뜻밖에도 삼십 년 전쯤의 기억을 불러내게 되었다. 그때 아버지는 농사를 작파하고 경운기 운전대 대신 일 톤 트럭의 운전대를 잡았다. 트럭 행상을 시작한 건데 두어 달이 채 못 되어 품목을 바꾸는 바람에 우리집 헛간과 마루에는 팔지 못하고 남은 잡화들이 쌓여갔다. 실패에 실패를 거듭하던 아버지는 이번에는 정말 장사가 잘될 거라며 서울의 공장에 주문서를 보내 한 트럭 분량의 운동화를 도매로 구입했다. 마침 그날 오일장이 열리는 곳은 고창 읍내였고 주말이었던 터라 아버지가 행상을 시작한 뒤 처음으로 아버지를 돕기 위해 조수석에 올랐다. 우리는 시장 상인들의 텃세를 피해 시장 입구에서도 한참 떨어진 곳에 자리를 잡았다. 공장에서 흘러나온 폐수가 흐르는 하수도 위에 짝퉁 나이키, 아식스, 프로스펙스 운동화를 늘어놓았다. 하수도에서 피어오르는 냄새에 구역질이 나고 머리가 아파 절로 인상이 구겨졌는데 우리는 이걸 노련한 장사꾼들처럼, 그러니까 이처럼 좋은 물건을 헐값에 팔러 나와 속이 상해 죽겠다는 표정으로 보이게 하려고 애썼다. 검수과정에서 불량판정을 받아 떨이로 내놓은 운동화였는지 아니면 말 그대로 그냥 짝퉁이었는지는 잘 모르겠지만 정품의 절반 가격이었던 터라 지나는 사람들의 이목을 제법 끌어들일 수 있었다. 그렇지만 결국 우리는 하루종일 인상을 쓰고 견뎠음에도 불구하고 겨우 세 켤레를 팔았을 뿐이었다. 허리가 굽은 노부인이 손주가 좋아하겠다며 아동화 한 켤레를 사갔고 내 또래의 비쩍 마르고 새까만 사내아이가 거의 울 듯한 표정으로 프로스펙스 운동화 한 켤레를 사갔다. 해가 이울어 파장을 고심할 때 아버지 또래의 사내가 스무 켤레쯤을 신어본 뒤 나이키 운동화를 한 켤레 사갔다. 운동화를 거두어 트럭에 싣고 떠나려 할 때 마지막으로 운동화를 사갔던 사내가 돌아와서는 물러주라 했다. 아버지는 군말 없이 운동화를 받아들고 돈을 돌려주었다. 아마도 그때부터였을 것이다. 장사에 재능이 없는 아버지. 운동화 보고 가세요, 라는 말밖에는 하지 못했던 아버지. 워낙 말주변도 없고 사근사근한 성격도 못 되었던지라 새삼스럽지는 않았으나 무기력한 아버지를 보면서 슬픔과 분노를 느꼈고 그 감정이 잠복했다가(잠복했던 이유는 어쨌든 아버지가 트럭 행상으로 식구를 먹여 살렸으므로) 그때를 떠올리게 하는 장면을 만나면 불쑥 되살아나는 게 아닐까 싶었다. 결국 우리는 두 켤레를 팔았던 셈이고 내가 알기로 6천 원쯤을 벌었다. 동네 이웃집에 놉으로 가서 하루종일 논일을 거들면 만오천 원을 벌 수 있었는데 경운기 몰던 손으로 트럭을 몰고 논두렁에 앉아 새참을 먹는 대신 구멍가게에서 사온 빵과 우유로 끼니를 때우며 대지와 하늘이 아니고서는 한 번도 허리를 굽힌 적 없는 당신이 지나는 모든 사람들에게 굽실거리면서도 하루 품팔이만도 못한 품삯을 쥔 채 캄캄한 국도를 달려갈 때 어떤 심정이었을지를 헤아리게 된 순간부터였을 것이다. 고창 읍내에서 고향 집까지 가면서 내가 보았던 건 캄캄한 어둠뿐이었다. 전조등이 비춘 만큼만이 열려 있었고 우리가 지나가면 그 공간 역시 어둠에 잠겼다. 끝도 없는 어둠 속을 헤치고 나가면서 아버지의 삶의 한복판을 가로지르는 기분이었다. 차갑고 어둡고 막막한 삶. 그래서인지 나는 지금도 오가는 사람조차 드문 어느 골목 초입에 결코 팔릴 것 같지 않은 물건을 늘어놓은 노점상 앞을 지날 때거나 퇴직금으로 장사를 시작한 게 분명해 보이는 중년의 부부가 자신들의 가게 구석에 시름에 잠겨 멍하니 앉은 걸 보게 되면 그이들이 서 있는 경계, 그이들이 잘할 수 있는 일과 잘할 수는 없지만 살기 위해서 해야만 하는 일의 경계라고 할 수 있는 그 날 선 자리에 발바닥을 베이지 않고 부디 오래오래 서 있기를 바라게 되는 것이다.

헛것들을 사랑함

젊은 시절의 사르트르는 이미지를 만들어내는 능력 즉 상상력에 각별한 의미를 부여했다. 그의 표현을 따르자면 이미지는 '무엇인가에 대한 의식'이다. 그러나 말년의 사르트르는 젊은 시절의 주장을 부정하는데 그가 문제삼았던 것은 이른바 이미지의 '본질적 빈곤성'이었다. 사르트르의 생각을 따라가다보면 젊은 시절의 그와 말년의 그가 이토록 다른 주장을 했다는 사실이 당혹스러울 수밖에 없으나 곰곰이 생각해보면 이 주장 앞에서 가장 당황했던 이는 사르트르 자신이 아니었을까 싶다. 그렇게 느낀 이유는 이미지란 본질적으로 빈곤할 수밖에 없다는 그의 생각이 만약 누군가를 서글프게 할 수 있다면 그런 생각을 해낸 당사자일 수밖에 없다고 여겨서이다.

어느 날 새벽이었다. 거실에 가보니 건조대가 눈에 들어왔다.

거기에는 이제 익숙해져서 내 아이의 것임을 한눈에 알 수 있는 옷가지가 걸려 있었다. 곰과 나비와 꽃이 프린트된 작고 앙증맞은 옷들을 보고 있노라니 이상하게도 비애에 사로잡히게 되었다. 정말 비애라고밖에는 표현할 수 없는 감정이었는데 나와 같은 상황이라면 누구나 그처럼 느낄 수 있음을 잘 알지만 그런 사실을 안다고 해서 진정이 되는 것도 아니었다. 눈앞에 있는 저 문을 열고 들어가기만 하면 아이가 제 엄마 옆에 잠들어 있을 테니 언제든 그 매끄러운 이마에 입을 맞출 수도 있고 손안에 쏙 들어오는 발을 어루만질 수도 있으며 귀를 가까이 대고 쌕쌕대는 숨소리를 들을 수도 있으련만 그립고 애달프고 서러우며 이미 상실해버린 듯한 기분이었다. 건조대에 걸린 양말이며 손수건이며 쫄바지며 셔츠며 그 모든 것들이 유품처럼 느껴졌고 정말로 그것들이 내게 유품처럼 말을 걸고 유품처럼 증언하여 실체를 곁에 두고도 실체에 다가서지는 못한 채 실체를 연상시키는 이미지들에만 강렬하게 얽매일 수밖에 없는 나를 비난하는 것 같기도 했다. 이처럼 실체가 아닌 이미지, 다시 말해 헛것을 사랑하는 게 어쩌면 나의 본성일 거라는 생각마저 드는 거였다. 사르트르의 말처럼 이미지는 본질적으로 빈곤하다. 내가 아이의 사진을 어루만진다고 해서 아이의 두 볼을 직접 어루만지는 것과 같을 수는 없으며 아이의 옷가지에 밴 체취를 맡는다 해도 아이의 정수리에 코를 파묻고 체취를 맡을 때와 같을 수는 없다. 그럼에도 불구하고 아이가 아닌 아이와 관련된 이미지에 사로잡히는 건 내가 소심해서일 수도 있고 이미지와 같은 헛것에만 마음이 기우는 못난 녀석이라서 그럴 수도 있으며 진짜 사랑이 뭔지 모르는 미성숙한 사람이라서 그럴지도 모른다.

그러다 문득 이런 의문이 들었다. 정말로 오랜 세월이 흘러(어쩌면 그리 오랜 세월이 아닐 수도 있다) 아이가 자라 내 곁을 떠나가면, 학업이나 일, 결혼 등으로 왕래하기 힘든 먼 곳에 자리를 잡거나 독립을 하게 되면, 혹은 내가 이 세상을 떠나야 하는 순간이 온다면 그때 나는 무엇으로 아이를 실감할 수 있을까. 아이와 더불어 보냈던 시간들을 재현할 수는 없을 테니 그 세월 동안 만들어온 아이에 대한 이미지 말고는 없지 않을까. 세상의 모든 부모들이 아이를 곁에 두고도 현관에 널브러진 운동화와 수저통에 꽂힌 작은 숟가락과 핸드폰에 저장된 사진 등을 보면서 아이를 실감하는 이유는 언젠가 헤어져야 하는 순간이 왔을 때, 어쩌면 다시 만날 수도 없고 볼 수도 없는 상황에 처하게 되었을 때, 마치 곁에 두고 지내는 것처럼 아이의 숨결마저 느끼는 것처럼 아이의 사소한 몸짓마저 눈앞에 보고 있는 것처럼 한숨과 웃음을 듣는 것처럼 한 번도 내 곁에서 너를 떠나보낸 적이 없는 것처럼 그리하여 언제까지나 네가 기쁘거나 슬프거나 외롭거나 비참하거나 어떤 순간이든 네 곁에 내가 있고 내 곁에 네가 있음을 스스로 확신하기 위해 연습하는 거라고 여겨서는 안 될까. 이별은 필연일 테니.

귀가

어린이집에 다니는 아이는 종종 다쳐서 돌아왔다. 첫날부터 야산으로 나들이를 갔다가 밤송이에 손바닥을 찔려 돌아왔는데 이런 일에 능숙한 어린이집 선생님이 핀셋과 바늘로 가시 대부분을 뽑아주었다. 그렇다 해도 눈으로 보기 어려운 작은 가시 두어 개는 피부과에서 처치를 받아야 했다. 덩굴에 쓸려 자잘한 상처를 안고 돌아오는 날도 있었고 때로는 우리 아이가 다른 아이를 넘어뜨려 그 아이의 치료에 필요한 소소한 약품들을 사주어야 하는 날도 있었다. 다행히 가슴이 철렁 내려앉을 만큼 크게 다친 적은 없지만 지난가을의 일은 아직도 생생하다. 가족들과 어울려 야외음악회에 간 날이었다. 잔디밭에 자리를 깔고 앉아 음악회를 관람하는데 아이는 신이 나서 내 등과 머리에 올라타고 박수를 치고 노래를 따라 불렀다. 두 손목을 잡고 얼러주는데 아이가 갑자기 팔이 아프다며 얼굴을 찌푸렸다. 아이는 왼손으로 오른손목을 살짝 붙잡고 있었다. 아무래도 오른손목에 문제가 생긴 듯했다. 하필이면 그 자리를 모기에 물려 손목이 부은 건지 모기 물린 자국이라 그런 건지 가늠하기가 어려웠다. 건드리면 아프다고는 했으나 울거나 떼를 쓰지는 않아서 괜찮으려니 했는데 집에 도착해 두어 시간이 지나도 똑같은 자세로 손목을 어루만지기에 안 되겠다 싶어 병원으로 향했다. 병원을 옮겨다니는 우여곡절 끝에 아이가 손목을 다친 게 아니라는 걸 알게 되었다. 오른쪽 팔꿈치가 탈골한 거였다. 의사는 아이의 팔을 붙잡고 간단하게 팔꿈치 뼈를 맞춰주었다. 아이에게 물으니 괜찮다고 했다. 이제 아프지 않다고 했다. 인대 손상이나 골절과 같은 심각한 상태가 아니어서 마음이 놓였고 방금까지도 얼굴을 찌푸렸던 아이가 환하게 웃어 안심이 되었다. 그러나 그날 이후로 나는 아이의 그 손 모양이 눈에 어른거렸다. 오른손을 달래기 위해 왼손을 살풋 얹은 듯한 모양새였고 아이에게는 그것이야말로 다른 무엇보다 위로가 되어주는 것 같았다. 오른손을 달래는 왼손. 스스로를 달래는 아이. 거기에는 비장하다고도 할 법한 무언가가 있었는데 결국 자신을 위로할 수 있는 최선의 혹은 최소의 방법은 자신에게 기대는 것임을, 우리가 살아가며 겪는 고통과 불안을 견디는 일이 우리 자신에게 속한다는 걸, 설령 부모라 해도 그다음일 수밖에 없다는 걸 보여주는 듯했다. 돌아보니 나도 어린 시절에 무던히도 다쳐서 집에 돌아갔다. 손바닥, 무릎, 정강이가 까져서 돌아가기 일쑤였고 십여 마리 벌에 쏘여 돌아가 부모를 깜짝 놀라게 한 적도 있었다. 나이를 먹을수록 그런 일은 드물어졌고 어른이 되어서는 그런 일은 거의 없게 되었다. 대신 마음을 다쳐 돌아오는 일이 잦아졌다. 다리를 다쳐 절뚝거리며 돌아오지는 않게 되었으나 마음을 다쳐 마음을 절뚝거리며 집으로 돌아오는 저녁이면 몸은 멀쩡하지만 나처럼 마음을 다친 채 집으로 돌아가는 사람들이 눈에 보인다. 퇴근 시간 무렵의 길거리에서 귀가를 서두르는 사람들, 지하철이나 버스에서 피곤한 얼굴로 차창에 비친 자기 얼굴을 보거나 멍하니 창밖을 내다보는 사람들. 오른손을 달래기 위해 왼손을 살풋 얹을 힘조차 없어 보이는 사람들. 아이 역시 나이를 먹을수록 몸을 다쳐 집으로 돌아오는 일은 점점 드물어질 테고 대신 마음을 다쳐 돌아오는 저녁이 많아지리라. 몸이 멀쩡해도 마음이 아프다는 걸 짐작은 할 수 있겠지만 마음을 어떻게 다쳤는지에 대해서는 말하지 않을 것이므로 결국 마음을 치유하는 일도 전적으로 아이에게 속하고 말 것이다. 아이는 혼자 고통과 불안을 감내해야 하고 이 모든 걸 홀로 감당해야 할 것이다. 그러다보면 아이도 알게 되겠지. 같은 방향으로 걷거나 스쳐지나가는 사람들을 비롯해 같은 지하철이나 버스를 탄 사람들 모두 저마다의 고통과 불안을 안고 견디는 중임을. 타인의 오른손에 나의 왼손을 살풋 얹어 서로에게 기대는 일의 아름다움도.

내면과 풍경

소설에서 풍경 묘사는 언제나 심리적인 것일 수밖에 없다. 누군가의 시선에 포착된 풍경은 그 시선에 의해 새로이 부각되거나 부식되기 때문이다. 바람 한 점 없이 맑은 날 바다 앞에 선 이가 고요하고 잔잔한 바다를 가리켜 사납게 으르렁거린다 말한다 해도, 이와 반대로 폭풍우가 치는 날 바다 앞에 선 이가 숨막힐 듯 고요하다 말한다 해도 기꺼이 공감할 수 있는 이유는 그이가 보는 바다가 그이의 내면이 그려낸 풍경임을 인정하는 데 있을 것이다. 풍경은 내면의 연장이며 형상을 부여받은 내면이다. 풍경과 내면은 구분하기 힘들 만큼 뒤엉켜 선명하게 그려지는 경우도 있고 완벽하게 무관한 것처럼 암시적으로 그려지는 경우도 있다. 전자의 유명한 예 가운데 하나는 플로베르가 『보바리 부인』에서 에마의 내면을 묘사하는 장면이다. "그

녀의 삶은 마치 햇빛받이 창이 북쪽으로 나 있는 지붕 밑 골방처럼 냉랭했고 소리 없는 거미와도 같은 권태가 그녀의 마음 구석구석의 그늘 속에 거미줄을 치고 있었다"에서 에마의 내면은 골방의 거미줄 그 자체라고 할 수 있다. 후자의 유명한 예 가운데 하나는 헤밍웨이의 단편 「흰 코끼리 같은 언덕」의 다음과 같은 문장이다. "강 건너 저멀리에 산들이 있었다. 구름 한 점이 그림자를 드리우며 곡식밭을 가로질러 지나고 있었고 아가씨는 나무 사이로 강을 바라보고 있었다." 강 건너의 산, 구름 한 점이 떠가는 곡식밭, 나무 사이로 보이는 강 등은 인물의 시선과는 무관해 보이는 순수하게 객관적인 풍경으로 비치지만 두 인물의 대화 도중 한 인물의 시선에 포착된 이 무심한 풍경이야말로 시선을 보낸 이의 내면이기도 하다. 상대방을 회피하기 위한 의도적인 머뭇거림이자 부드러운 질책이며 잠시 상대방을 잊어버린 자기몰입이기도 하다. 플로베르와 헤밍웨이는 풍경과 내면을 긴밀하게 엮었느냐 아니냐 하는 스타일의 차이는 있지만 풍경이 내면의 연장이며 형상을 부여받은 내면이라는 태도를 취한다는 점에서는 동일하다고 할 수 있다.

겨울비가 내리던 날이었다. 그날은 하루종일 스산하기 이를 데 없었다. 나는 창가에 선 채 목탄화로 그린 듯한 바깥 풍경을 보고 있었다. 이 쓸쓸하고 막막한 풍경이야말로 어린 시절부터 내가 무척 좋아하던 풍경이었다. 해가 질 무렵 갑자기 사위가 어두워지면서 광야에 내던져진 기분이 들던 시간들, 차갑지는 않으나 질감이 느껴지는 근육질의 바람이 쉴새없이 불어오던 시간들, 장막이라도 쳐버린 듯 새까맣게 내리던 눈과 비의 시간들, 불길하게 새떼가 날아오르고 먹장구름이 순식간에 하늘을 점령해버리던……. 그 시간들처럼 사위가 온통 잿빛으로 물들고 습한 공기를 호흡하며 불안에 떨어야 했던 그날 하루는 정말로 스산하기 짝이 없었다. 비 내리는 어둑어둑한 세상 풍경에 마음이 끌리는 건 풍경이 내면의 반영이기 때문이며 나의 황량한 내면이 지금 내 눈앞에 펼쳐진다는 기이함과 그 풍경이 생각처럼 추하기는커녕 아름답기까지 하다는 데서 오는 위로와 안도 때문일 것이다. 그러다 문득 이 풍경이 나의 내면만은 아닐 것이라는 생각이 들었다. 세상의 모든 것들은 누군가의 내면이기도 하지 않던가. 그렇다면 지금 내가 보고 있는 이 쓸쓸한 풍경은 누구의 내면일까. 창가에 바투 붙어 커튼을 살짝 젖혀 밖을 내다보는 당신의 내면이 아니던가. 우산을 쓰고 가다 잠시 걸음을 멈추고 고개를 비스듬히 젖혀 하늘을 올려다보는 당신의 내면이 아니던가. 버스 차창에 이마를 대고 우울한 눈으로 바깥을 내다보는 당신의 내면이 아니던가. 저기 광화문광장의 촛불도 누군가의 내면일 것이며 이런 아름다운 풍경을 만들어낼 수 있는 마음을 가진 이라면 그게 누구든 미래와 희망에 대해 이야기 나누고 싶다. 그 풍경은 내가 만들어낸 것은 아니지만 내 안으로 들어와버렸고 내면의 일부가 되었다. 그러므로 내면은 풍경의 연장이며 의미를 부여받은 풍경이기도 하다.

가난해서 운 게 아니에요

오래전 내가 대학생이었을 때다. 어느 문학 강좌에서 교수가 학생들에게 물었다. 어머니의 부음을 듣고 세 딸이 달려왔다. 그중 누가 가장 서글프게 울까. 학생들은 저마다의 이유를 들어 큰딸을 작은딸을 막내를 꼽았다. 그때 나는 딴생각이 있어서 대답하지 않았다. 교수는 고개를 저었다. 세 딸 가운데 가장 쉽게 우는 이는 큰딸도 작은딸도 막내도 아니다. 그럼 누구인가요? 학생들이 묻자 교수는 그중 가장 가난한 이라고 답했다. 가장 가난한 이가 가장 쉽게 운다. 퍽 인상적이었던 터라 이후로도 나는 이 장면을 복기하곤 했다. 그럴 때마다 고개가 끄덕여졌다. 애정의 유무나 깊이와는 무관하게 어머니의 초상을 비빌 언덕 삼아 마음 놓고 울 수 있으려면 얼마나 한이 쌓여야 하는지를 헤아리지 않을 수 없어서였다. 그런 생각에는 순결하고 비참한 삶의 진실, 다시 말해 겉으로 보이는 것과 달리 누군가를 깊은 울음으로 인도하는 슬픔이 그 자신의 존재의 형식에서 비롯될 수 있다는 진실이 담긴 것만 같았다.

이 진실 때문에 나는 오랫동안 불편했다. 그 장면을 복기할 때마다 목에 걸린 가시와 같은 또다른 장면들을 떠올리지 않을 수 없어서였다. 중학생이었을 때 가까운 친척 어르신이 돌아가셨다. 솔밭에서 갈퀴질을 하다 쓰러져 사경을 헤매던 당신을 보았던 터라 내게는 가장 구체적이고 생생한 기억 가운데 하나다. 타지에 사는 어르신의 피붙이들이 달려왔다. 과묵한 아들들의 조용한 곡소리야 그러려니 했으나 딸의 울음은 듣는 이의 심금을 울리는 구석이 있었다. 동네 사람들은 입을 모아 역시 딸자식밖에 없다며 눈가의 눈물을 찍어냈는데 큰며느리가 상가에 도착하자 삽시간에 분위기가 바뀌었다. 돌아가신 어르신은 욕쟁이 할머니로 유명짜했고 큰며느리는 천하제일의 '백여시' '불여시' '구미호'로 일컬어지는 분이었다. 이 두 거인이 서로를 노려보면 볕 좋은 겨울날 떨어질락 말락 간당거리는 팔뚝만한 고드름 밑에 선 것처럼 지켜보는 사람이 다 조마조마해졌다. 하늘 아래 둘도 없는 앙숙이었고 비록 큰며느리가 타지에 살아 일 년에 몇 번 모습을 드러내는 게 고작이었음에도 동네 사람들은 이웃하여 사는 것처럼 일쑤 큰며느리의 언행을 화제에 올리곤 했던 거였다. 어쩌면 모두들 큰며느리의 분탕질을 기대했는지도 모른다. 그렇지 않고서야 큰며느리가 시어머니의 영정을 부여잡고 숨이 넘어가도록 통곡을 하고 가슴을 치고 머리를 쥐어뜯고 땅바닥을 구르고 기어이 피를 흘릴 때까지 입을 딱 벌린 채 아무 말도 못했을 리가 없을 테니 말이다. 큰며느리의 절망적인 통곡에 비하자면 심금을 울리던 딸의 울음쯤이야 아무것도 아니었다. 큰며느리의 통곡에는 까맣게 잊었던 고통스러운 기억마저도 불러들이는 힘이 있었다. 이제 정신을 차린 동네 사람들은 입을 모아 큰며느리의 효심을 칭송했다. 이로써 사태는 완전하게 정리가 되었다. 초상집의 승자는 큰며느리였고 길이길이 효부로 회자될 운명이었다. 그리고 나는 그이들의 눈을 잊을 수 없다. 절규하는 큰며느리가 불러일으킨 당혹, 순수에 가까운 몸부림이 불러일으킨 슬픔, 둘 사이가 어떠했느냐를 넘어 과연 인간이란 이처럼 외롭고 쓸쓸하며 불쌍한 존재가 아니냐는 깨달음이 번져가던 눈동자들. 원망을 담아 하늘을 우러르던 큰며느리의 눈까지도. 사실을 말하자면 가장 가난한 이가 가장 서럽게 운다는 해석에 동감했던 이유는 아마도 내가 가난해서였고 언제든 핑계만 생기면 울고 싶었기 때문이리라. 동시에 완벽하게 공감하지 못한 이유는 서른 해 가까이 그 장면을 떠올리면서 어쩌면 큰며느리가 그토록 섧게 울었던 건 이제 결코 화해할 수 없다는 절망, 서로를 바라보며 따뜻하게 미소 지을 단 한 순간을 영영 잃어버렸다는 상실감 역시 하나의 이유일 수 있다고 믿게 되었기 때문이다. 널브러진 갈퀴 옆에 곱게 쓰러져 있던 어르신을 등에 업은 막내아들이 고무신이 벗겨진지도 모른 채 맨발로 울면서 달려가던 장면이 떠올라서인지도 모른다.

달을 그리워함

망월望月이라는 단어에는 두 가지 의미가 있는데, 그중 하나는 '달을 바라본다'이고 다른 하나는 '보름달'이다. 망望에 담긴 뜻 가운데 '그리워하다'를 염두에 두면 '달을 그리워함'이라고 새겨 읽을 수도 있다. 마지막으로 망월 묘역에 다녀온 지 십 수 년이 흘렀는데 그날의 기억은 어제 일처럼 생생해서 그처럼 오랜 세월이 흘렀다는 사실이 믿어지지 않는다. 이른바 아이엠에프 사태가 터졌던 1997년 초겨울이었다. 이듬해 입대 예정이었던 나는 고향집에 머물면서 아침마다 휑한 들판을 거닐었고 발아래서 부서지는 단단한 서릿발들을 나 자신처럼 느끼며 정체 모를 슬픔에 사로잡혀 있었다. 여느 날과 다름없이 산책 삼아 집을 나섰다가 버스에 올랐는데 서너 차례 버스를 갈아타고 내려보니 어느덧 망월 묘역이었다. 정오가 가까운 시간이었으나 태양의 온기를 느낄 수는 없었다. 차가운 바람이 끊임없이 묘역을 휩쓸고 지나갔다. 그곳을 찾은 이는 나 말고는 아무도 없었다. 오래된 무덤들 사이로 난 길을 따라 걸으며 묘비에 새겨진 이름을 눈으로 더듬었다. 그리고 한 이름 앞에 오랫동안 서 있을 수밖에 없었다. 김준배였다. 잘 알지는 못해도 두어 번 본 적 있던 이가 그 아래 묻혔다는 사실이 실감나지 않았다. 한총련 투쟁국장이었던 그는 그해 9월 15일 경찰의 체포를 피해 아파트 13층에서 외벽을 타고 내려오다 추락사했다. 추락으로 인한 심장파열이 사인이었다. 오랫동안 그런 줄만 알았다. 덧붙이자면, 세월이 흘러 2002년에야 의문사진상규명위원회가 몇 가지 새로운 사실을 밝혀냈다. 그가 생각처럼 높은 층이 아닌 겨우 3층 정도의 높이에서 추락했다는 사실과 추락한 그를 경찰이 짓밟고 몽둥이로 폭행했다는 사실을 말이다. 그로부터 13년이 더 흘렀으나 다른 많은 일들처럼 진상은 밝혀지지 않았다. 폭행으로 심장이 파열될 수도 있다는 걸 우리가 안다 해도 말이다. 여전히 바람은 차가웠고 여전히 묘역에는 나 혼자였다. 망월 묘역에서 광주 시내를 오가는 버스는 드물었고 이제 떠나야 할 시간이었다. 버스를 기다리는 동안 매점 앞에 앉아 소주 한 병을 마셨다. 그러다 누군가를 보았다. 검은색 모직코트를 입은 키가 크고 마른 여자였는데 잠깐 집 앞 슈퍼에라도 다니러 나온 것처럼 부드럽게 걸으며 묘역을 빠져나오더니 버스정류장에 섰다. 묘역을 거니는 다른 사람이 있다는 걸 전혀 몰랐던 이유가 그 걸음걸이에 있지 않을까 싶을 정도였다. 잠깐의 시간이 흐른 뒤 비로소 그이가 누구인지 깨달았다. 죽은 이의 연인이었다. 그해 2월 광주대에서 열린 문학행사에 참가했을 때 그이를 보았던 기억이 났다. 어떤 후배가 그이를 가리키며 나지막이 '저 언니랑 준배 오빠가 연인이에요'라고 했는데 그때 후배의 목소리는 푸른 하늘을 가리키며 '참 푸르죠?'라고 말하는 사람의 목소리처럼 경탄으로 가득했다는 기억도 났다. 그 목소리만으로도 나는 두 사람이 어떤 방식으로 서로를 사랑하는지 짐작할 수 있었고 그런 사랑은 따로 설명이 필요하지 않다는 것도 알 수 있었다. 나는 그이와 같은 버스에 탈 수 없었으므로 하릴없이 매점 앞에 앉아 다음 버스가 올 때까지 두어 병의 소주를 더 마셔야 했다. 두 달 전에 죽은 연인의 무덤을 찾은 스물 서넛밖에 안 된 그이를 상상하기 싫어서였고 행여라도 나를 알아볼까봐 두려워서였다. 수십 걸음 떨어진 이쪽에는 심장이 파열된 젊은이가 주검으로 누워 있었고 수십 걸음 떨어진 저쪽에는 심장이 파열된 젊은이의 살아남은 연인이 버스를 기다리고 있었다. 나는 이 도저한 거리감이 앞으로 끝없이 반복될 악몽의 하나임을 알 수 있었다. 이윽고 도착한 버스에 오른 그이는 결국 버스와 함께 사라졌다. 버스의 뒤꽁무니를 눈으로 좇으며 내가 해야 했으나 하지 못한 일들, 이를테면 무언의 눈길이라든가, 한 마디의 위로라든가, 한 방울의 눈물이라든가, 그런 사소한 일을 용감하게 해내지 못했기에 언제까지나 그리움만 품은 채 다시는 쉬이 망월 묘역을 찾아오지 못하리라는 것도 알 수 있었다. 그리고 정말 나는 여태 찾아가지 못하고 있다.

당신은 어디서 왔을까

소설을 읽는 특별한 방법이란 없다. 내키는 대로 즐기며 읽으면 된다. 그러나 소설가를 꿈꾸는 누군가가 물을 때면 소설가처럼 읽어야 한다고 대답한다. 소설가처럼 읽는다는 건 그 소설을 쓴 소설가가 어떻게 고군분투했는지를 읽어낼 줄 알아야 한다는 뜻이다. 나는 소설가 공선옥의 오랜 독자다. 몇 해 전 출간된 그의 장편소설 『그 노래는 어디서 왔을까』를 읽었을 때 이전까지 그가 머뭇거렸던 어떤 지점을 이번에는 사뿐히 통과했다는 사실을 깨달았다. 물론 그런 변화는 사소하다. 하지만 그리 눈에 띄지도 않는 이 사소한 변화가 사실은 심오한 변화다. 누구나 알아볼 수 있는 '거대한 전환'이 사실은 아무것도 변하지 않았음을 가리기 위한 눈속임이기 쉽듯이 눈치채기 힘든 사소한 변화야말로 그 밑바닥에서 거대한 전환이 이루어졌음을 암시하는 경우가 많다. 그는 흔히 광주의 작가로 기억된다. 그의 문학적 이력과 삶의 이력 모두 광주민중항쟁에 탯줄을 두기 때문인 듯하다. 이 소설 역시 광주 이야기다. 그가 광주에 천착하는 방식에는 남다른 점이 있다. 직접적으로 말하자면 그의 모든 소설에는 광주의 그림자가 드리워 있으며 그는 지금까지 단 한 번도 학살자들을 용서한 적이 없다. 그가 광주를 다루었거나 다루지 않았거나 그의 모든 소설에는 차분한 분노가 흐른다. 어쩌면 그는 글쓰기를 통해 상처를 치유해왔다기보다 혹시라도 누군가 자신의 슬픔과 분노와 상처를 빼앗아가기라도 할까봐 두려워하며 곱씹어온 것인지도 모른다. 그는 많은 이들이 시효가 지나버린 슬픔이라 치부하는 광주를 여태도 홀로 생생한 아픔으로 간직한 거의 유일한 소설가이기도 하다. 그런 그가 『그 노래는 어디서 왔을까』에서는 기묘한 방식으로 이전까지의 자신을 수정하고 있다. 이 소설의 제목에서 '노래'는 다른 낱말로 대체할 수 있다. 슬픔을 넣어도 되고 희망을 넣어도 된다. 혹은 화해나 용서를 넣어도 된다. 궁극적으로 이 소설은 '그 용서는 어디서 왔을까'라는 질문으로 되돌아간다. 그럼으로써 이 소설은 용서하되 결코 용서하지 않는, 양립이 불가능해 보이는 두 정서를 동시에 품는다. 이전까지 단 한 번도 용서한 적이 없던 그가 최초로 용서했다. 그러나 마찬가지로 여전히 용서하지는 않았다. 그가 이 소설에서 새로이 통과한 지점이 바로 여기다. 그의 소설을 읽으면서 이런 사소하지만 중요한 변화를 깨달았을 때 나는 전율을 느껴야 했다. 비유하자면 부드럽고 차가운 손이 내 심장을 움켜쥐는 듯했다. 그의 고통을 느낄 수 있었다. 단 한 번도 용서하지 않았던 그가 최초로 용서했으나 또한 결코 용서하지 않았음을 이처럼 절묘하게 보여줄 수 있게 되기까지 얼마나 어둡고 긴 통로를 홀로 걸어야 했을까. 한 편의 아름다운 소설은 태생부터 참혹한 법이다. 이 소설이 돌풍을 일으켰다는 소문도 듣지 못했고 그가 어디선가 한몫 잡았다는 풍문도 듣지 못했으므로 그는 여전히 가난한 소설가로 살아가고 있으리라. 그러니까 그는 아주 잘살고 있을 것이다.

나이 마흔에 이르러 처음으로 딸을 얻었다. 며칠 전 딸이 태어나던 날 내 손바닥으로 두 개의 의지가 지나갔다. 처음에는 산통을 겪던 아내의 손이었다. 내 손을 꼭 쥔 아내의 손에는 적의에 가까운 절실함이 있었다. 나는 그걸 가난한 소설가의 아내가 보여줄 수 있는 호의적인 원망이라고 받아들였다. 그리고 딸의 손이 찾아왔다. 간호사가 목욕을 시켜주는 동안 딸의 두 손을 잡은 나는 손을 타고 전해지는 의지를 느꼈으나 무어라고 화답해야 하는지는 알지 못했다. 하필이면 소설가의 딸로 찾아온 이 아이의 운명에 미리부터 사과하고 싶은 심정이었으나 어쩌면 이 아이야말로 소설가는 기꺼이 가난해야 함을 잊지 말라는 유서 깊은 계시일 거라는 뜬금없는 생각이 들었다. 그리하여 분명히 그런 대답을 기대하며 나와 아내를 찾아왔을 이 작은 아이에게 아빠는 여전히 가난한 소설가이지만 아직은 고군분투할 세월이 남았다고 속삭여주었던 거다. 아이가 언젠가 나의 고군분투를 읽어주리라는 사소한 희망을 품고서.

투수를 노려보지 않는 타자

스포츠를 좋아하는 편은 아니지만 최근 야구 경기를 즐겨 보았다. 야구를 보면서 문외한으로서 느낀 게 있는데 뛰어난 타자들에게는 적어도 하나의 공통점이 있는 것 같다. 그런 타자들은 스탠딩 삼진을 당하더라도 절대 투수를 노려보지 않는다. 야구를 해보지 않아 잘은 모르겠지만 타석에 선 채로 삼진을 당하면 기분이 무척 복잡할 듯하다. 그래서인지 스탠딩 삼진을 당한 타자들은 보통 선수 대기석으로 돌아가면서 자기도 모르게 투수 쪽을 한 번 본다. 물론 그들이 삼진을 당했다는 이유로 투수에게 원한을 품었으리라고 생각하지는 않는다. 본능적인 일별이라고나 할까. 사람이니까 두고 보자 식의 생각이 들 수도 있는 법이다. 그런데 특이하게도 몇몇 타자들, 특히 뛰어난 타자들은 그런 일을 겪어도 투수 쪽을 바라보거나 투수를 노려보지는 않는다. 또한 그런 타자들은 공에 맞았을 경우에도 아파서 인상을 쓰고 입모양으로 보아 욕설도 하는 게 분명하지만 투수를 노려보지는 않는다. 물론 스탠딩 삼진을 당하거나 공에 맞았을 때 투수를 노려보는 타자들 중에도 타율이 높은 수위 타자들이 있다. 그러니까 내가 말하고 싶은 건 타율과 같은 성적에 대해서가 아니다. 나는 결코 투수를 노려보지 않는 타자에게서 자신에게 몰두한다는 게 무엇인지를 어렴풋하게나마 느낀다. 그런 타자들은 야구란 상대와의 싸움이 아니라 자신과의 싸움이라고 말해주는 것 같다. 투수의 경우를 생각해보면 자신이 던진 공이 타자에게 얻어맞아 홈런이 되었다고 해서 타자를 노려보는 경우란 거의 없다. 맞는 순간 홈런임을 직감하면서 발끝으로 바닥을 툭툭 차거나 잠시 주저앉기는 한다. 아마도 투수라는 포지션 자체가 그들로 하여금 어떤 공을 던져야 하는지에만 몰두하게 하는 듯하다. 투수는 자신이 어떤 공을 던지든 타자를 상대하는 게 아니라 자신을 상대하는 것임을 어쩔 수 없이 잘 아는 것만 같다. 그럼에도 가장 서글픈 포지션은 포수인 것 같다. 포수는 자신이 받아야 할 공이 상대편 타자에게 얻어맞아 홈런이나 안타가 되었을 때 거의 예외 없이 공만 바라본다. 실투를 했다고 해서 투수를 노려보지도 않고 그 공을 때려 홈런을 만들었다고 해서 혹은 안타를 만들었다고 해서 타자를 노려보지도 않는다. 포수는 서글픈 눈길로 날아가는 공을 뒤쫓을 뿐이다. 포수의 그런 태도에는 저 날아가는 공을 집 나간 자식처럼, 할 수만 있다면 뒤쫓아서 안전하게 자신의 미트에 넣고 싶다는 열망 같은 게 엿보인다. 특히 타자가 때린 공이 포수 머리 위쪽으로 솟아오르는 파울볼이 되었을 때 마스크를 벗어던지며 공의 낙하지점을 찾아 포구할 때의 표정에는 타자를 아웃시켰다는 희열감이 아니라 말 그대로 집 나간 자식을 자기 품에 안았다는 안도감이 역력하다. 포수라는 포지션은 아예 야구 자체라고 할 수 있을 듯하다. 물론 상징적으로 그렇다는 말이다. 야구는 혼자 하는 경기가 아니니까. 어쨌든 포수는 다른 무엇에도 신경쓰지 않는다. 신경쓸 겨를도 없다. 오로지 공에만, 자신의 일에만 몰두한다. 야구만 그렇지는 않을 것이다. 어떤 일이든 그 일의 본질에는 서글픈 무언가가 있다. 글쓰기에도 그런 구석이 있다. 한 편의 글은 글쓴이의 손을 떠나는 순간 결코 회수할 수 없는 영역으로 달아나버리기 마련이다. 그렇게 되면 좋으나 싫으나 공만 보는 포수처럼 글의 운명을 지켜보는 수밖에 별다른 도리가 없다. 그 글의 운명이 글쓴이의 마음에 흡족할 수도 있고 그렇지 않을 수도 있지만 한번 떠나버린 글은 여간해서는 되찾을 수가 없다. 그런 경우에 맞닥뜨리게 되는 뒤늦은 후회란 대부분의 경우 이런 것이리라. 왜 나는 글을 쓰는 순간 글 자체에만 몰두하지 못했을까. 왜 나는 이 사랑에 최선을 다하지 않았을까. 왜 나는 당신을 사랑하고도 당신을 아프게 했을까. 왜 나는 당신을 사랑하면서도 당신을 떠나야 했을까. 결코 투수를 노려보지 않는 타자. 다른 누구도 탓하지 않고 스스로를 아프게 돌아볼 수 있으려면 얼마나 당신에게 몰두해야 하는가.

하지 않은 일

겨울밤이면 고드름을 씹어 먹던 열두어 살 무렵의 내가 떠오른다. 어머니와 아버지가 윗방을 쓰고 내가 아랫방을 쓰던 시절이었으니 그 무렵이 맞을 것이다. 그날 내가 정확히 무슨 잘못을 저질렀는지는 기억하지 못한다. 어머니가 화를 낼 만한 짓을 해서 야단을 맞았고 저녁밥을 먹지 않겠다고 투정을 부리다 아버지에게 회초리로 맞았다는 것만 기억할 뿐이다. 내 방으로 쓰던 아랫방에 누워서도 잠이 오지 않아 달아오른 얼굴이나 식혀보려 마당에 나섰다. 어두운 마당을 서성거리다 빨랫줄에 걸린 옷가지들을 보았다. 꽝꽝 얼었으나 손으로 비틀면 마른 명태처럼 쩍쩍 소리를 내며 구부러졌다. 소매 끝에 매달린 작은 고드름을 툭 떼어내 어둠 속으로 던지면 얼어붙은 마당 위를 구르는 맑고 경쾌한 소리가 들려왔다. 나는 빨랫줄 이쪽 끝에서 저쪽 끝까지 옷가지들에 매달린 고드름을 전부 따서 어둠 속으로 던졌다. 그중 몇 개는 입에 넣고 씹어 먹기도 했다. 딱딱하게 굳은 옷가지들의 근육을 풀어주듯 구부리고 문지른 뒤 한결 부드러워진 거기에 얼굴을 대고 숨을 들이쉬었다. 새물냄새가 나던 그 옷가지에는 어머니 혹은 아버지의 체취도 조금쯤은 남아 있는 듯했다. 머리끝까지 솟았던 열기가 사라지자 몸이 으스스 떨렸다. 그리고 어머니의 목소리가 들려왔다. 느이 아버지가 너 미워서 그런 게 아녀. 소리 없이 마당가에 섰던 어머니는 마치 내 물음에 답해주기라도 한다는 듯이 그 말을 툭 내던진 뒤 한밤중에 당신이 늘 하던 일, 아궁이에서 불이 삐쳐 나오지는 않았는지 집에서 기르는 가축들이 얼어죽지는 않았는지 등을 살피고 뒷간에 들렀다가 방으로 돌아갔다. 물론 어머니의 그 말에 마음이 풀렸다고 한다면 거짓일 테다. 미워서 그런 게 아니면 뭔데? 이런 반발이 왜 생기지 않았겠는가. 그리고 얼마 전 촛불집회에서 아내는 내게 미안하다고 말했다. 나는 무슨 말이냐고 되물었다. 지난 대통령선거 때 나는 정권교체를 바라는 젊은 시인 소설가 137인 선언으로 선관위에 고발당해 재판을 받았다. 그때 아내는 지금의 딸아이를 임신중이어서 몸과 마음이 힘든 상태였다. 아내는 그때 나를 껴안아주지 못해 미안하다고 했다. 아내의 말을 듣자 순식간에 삼십여 년 저쪽의 일이 떠올랐다. 나는 아무 말도 하지 않았건만 어머니는 내가 어떤 말을 듣고 싶었는지 잘 알았다. 억울했던 나는 당장에는 그 말을 귀에 담지 않았겠지만 시간이 흐를수록 그 말에서 위안을 찾았을 테고 겨울날 옷가지들이 빨랫줄에 걸린 채로 낮과 밤을 보내다 어느 결에 다 말라 곱게 개켜져 옷장 속에 들어가게 되듯 나의 상심도 스르르 녹아 사라졌을 것이다. 아버지가 직접 그런 말을 해주었더라면 더 좋았겠지만 아버지야 워낙 그런 속내를 드러내지 않는 사람이니 어쩔 수 없다 치고 어머니마저 아무 말도 해주지 않았더라면 나는 아마 오래도록 속을 끓였을 것이다. 나는 아내에게 말했다. 당신은 잘못한 게 아무것도 없노라고. 나는 상처받지 않았노라고. 그런데도 내게 미안하다고 말해주어 고맙다고.

대체로 우리는 우리가 했던 일 때문에 상처를 주고받는 경우보다 하지 않았던 일 때문에 상처를 주고받는 경우가 더 많다. 실수로 그랬든 고의로 그랬든 이미 저질러진 일이 두 사람의 관계를 영영 회복 불가능할 만큼 악화시키지는 않는다. 오히려 하지 않은 일 때문에 그렇게 될 수는 있다. 그러니까 미안하다고 아직 말하지 않았다면 지금 당장 해야 한다. 마찬가지로 사랑한다고 말하지 않았다면 지금 당장 해야 한다. 위로가 필요한 사람이 있다면 지금 당장 손을 내밀어야 한다.

기억의 크기

누구나 한 번쯤 오랜 세월이 흐른 뒤 과거의 장소를 찾았을 때 그곳이 기억에 남은 장소와는 달라 놀란 적이 있을 것이다. 내가 처음으로 그런 느낌을 받았던 건 성인이 되어 투표하러 고향을 찾았을 때였다. 투표장은 내가 다닌 초등학교에 마련되었는데 기억에 남은 것과 달리 운동장이 퍽 작아 놀라지 않을 수 없었다. 어린 시절에는 광활하다 할 만큼 컸던 것만 같은데 나이를 먹고 다시 보니 작고 평범한 운동장일 뿐이었다. 세월을 실감하는 순간이었다. 그뒤 때때로 이와 비슷한 경험을 하게 되었고 그럴 때마다 새삼스럽기는 했으나 놀랍지는 않았다. 기억과 실재의 차이를 자연스레 인정하게 되어서였던 듯하다. 그리고 며칠 전 사십여 년 동안 기억에만 있었던 장소를 찾게 되었다. 오랜만에 방문한 부모님과 더불어 사십여 년 전 당신들이 살았던 셋집을 찾은 거였다. 그 시절 당신들은 세 살짜리 아들 하나를 슬하에 둔 삼십대의 젊은 부부였고 셋집 주인은 사십대의 부부였다. 부모님은 그 시절을 가장 찬란했던 순간처럼 회상하곤 했던 터라 나는 언제든 기회가 되면 그 옛집을 더불어 찾아가고 싶었다. 물론 그 집을 단번에 찾은 건 아니었다. 우선은 당신들의 기억에 남은 마을 이름에 의지해 그런 이름을 지닌 마을을 찾아간 뒤 마을 회관에 들렀다. 다행히 그곳에서 당신들보다 나이 든 노인 한 분이 셋집 주인의 이름을 기억해주었고 그곳에서 멀지 않은 다른 마을이라는 것도 일러주었다. 그곳을 찾아가다 들른 삼거리 슈퍼 주인은 더 자세하게 알려주었고 그러고는 별로 헤매지 않고 그 집을 찾아갈 수 있었다. 당신들은 옛 마을에 들어서자 기억이 났던 모양인지 바로 여기라며 장담했지만 나는 그럴 수 없었다. 무척 어린 시절에 살던 곳이어서 내 기억에는 몇 가지 인상으로만 남았던 터라 사십여 년 만에 찾은 그곳이 낯설기만 했다. 내가 지닌 몇 가지 인상이라는 것도 초라하기 짝이 없어서 그 집이 무척 크고 대문이 높고 마당이 그윽했다는 것 정도에 지나지 않았다. 마침내 옛집에 이르렀다. 기억에 남은 것과는 다르리라 짐작은 했지만 달라도 너무 달라서 마음속으로 놀라지 않을 수 없었다. 전형적인 'ㅁ'자 구조의 집이라는 건 기억과 같았지만 작아도 너무 작았다.

대문 양쪽으로 문간방이 달리고 집채가 작은 마당을 둘러싼 형태였는데 마당도 두어 평에 지나지 않아 햇빛이 겨우 들 만큼 조붓했다. 노인은 돌아가신 지 조금 되었고 노부인이 살아 계시는 터라 부모님은 노부인과 한참이나 이야기를 나누고 돌아나왔다. 나오기 전에 우리가 머물렀던 대문 오른쪽 문간방을 들여다보았다. 층이 진 두 칸짜리 방이었는데 손바닥만한 창이 하나 달렸을 뿐이어서 대낮인데도 어두컴컴했다. 그러니까 사십여 년 전 그 방에서 삼십대의 하사관과 그의 아내 그리고 그들의 세 살짜리 아들이 꿈을 꾸며 잠들곤 했던 거였다. 노부인은 다시 찾아오겠다는 사람은 많았지만 정말로 찾아온 사람은 없다며 눈시울을 붉혔고 마당으로 내려앉은 한줌 햇살 속에서 어린 시절의 내가 웃고 있는 게 보였다. 그 집을 다녀온 뒤 한동안 나는 이런 의문에 사로잡혔다. 기억에 남은 집과 실제로 찾은 집이 그처럼 달랐던 이유는 무엇일까. 다섯 살인 딸아이는 이즈음 사물의 크기를 가늠할 때 아빠인 나를 기준으로 삼는다. 커다란 차가 지나가면 아빠보다 크다 하며 놀라고 무언가를 설명할 때도 아빠보다 크거나 작다, 아빠보다 힘이 세거나 약하다 식이다. 아마도 그러했으리라. 기억의 집은 집으로만 구성되지는 않을 것이다. 어떤 장소나 사물을 실제보다 크고 아름답고 멋지게 기억하는 이유는 그곳에 깃든 정서가 그러했기 때문일 것이다. 그곳에서 꿈을 꾸며 살았고 부모의 보호를 받으며 자랐기 때문일 것이다. 누군가의 사랑을 받았던 곳이기에 기억 속에서 그곳은 언제나 아름다울 수밖에 없을 테다. 가난하고 고된 시간이라 할지라도 사랑만 있다면 그곳이 어디이든 장엄한 기억으로 남게 될 것이다. 무엇을 기억하든 실제로 기억하는 건 사람과 사랑뿐임을 뒤늦게 깨닫는다.

오래 두고 읽다

가을이어서인지 읽을 만한 소설을 추천해달라는 말을 종종 듣는다. 그런 말을 들으면 머릿속이 하얘지면서 더듬거리기 일쑤이고 생각은 갈팡질팡하다가 끝내는 읽을 만한 소설이란 과연 무엇인가, 라는 쓸모없는 질문에 사로잡히고 만다. 한 사람의 독자로서 소설가가 여느 독자와 다른 점이 있다면 아마도 소설가의 눈으로 소설을 읽는 것이라고 할 수 있을 듯하다. 그건 순수한 독자의 눈으로 읽는 동시에 찬탄과 질투가 뒤섞인 감정을 오가며 동업자의 눈으로 읽는다는 뜻이기도 하다. 내가 생각하는 좋은 소설 혹은 읽을 만한 소설이란 찬탄과 질투를 불러일으키는 데서 그치지 않고 내게 영감을 불어넣어주는 소설을 뜻한다. 글을 쓰다 힘에 부쳐 포기하고 싶은 순간이거나 기원이 불분명한 절망감에 빠져 아예 글을 쓸 수 없는 무기

력한 상태일 때 나를 일으켜세워주고 다시 손에 펜을 쥘 수 있는 용기를 주는 소설을 만나는 것보다 행복한 일은 없다. 그리고 소설가는 언제든 그런 절망적인 상황에 빠져들 수 있으므로 우연찮게 좋은 소설을 만나게 되기를 바라기보다는 그럴 때마다 펴들고 읽을 수 있는 소설이 있어야 한다. 나는 단편소설을 쓰다가 난관에 부딪히면 안톤 체호프를 펼쳐든다. 그의 소설에는 기이한 점이 있다. 그의 소설은 교과서적이라 해도 될 만큼 진부한 면을 지녔는데 막상 그의 소설 세계 전체를 아우르는 해석의 기준을 세우려 하면 손가락 사이로 빠져나가는 미꾸라지처럼 순식간에 도망쳐버린다. 그의 소설을 읽고 나면 말쑥한 정장 차림의 나이 지긋한 사내가 단거리 경주 선수처럼 쏜살같이 달려 사라져가는 뒷모습을 보는 듯한 기분이 든다. 이윽고 그의 소설이 남긴 잔상이 어른거리며 다시 소설을 쓸 용기를 얻게 된다. 물론 체호프만이 전부는 아니다. 장편소설을 쓸 때에는 플로베르와 도스토옙스키를 뒤적거리고 마음이 외로울 때는 정약용과 박지원을 들춘다. 그리고 내 삶이 어딘가에 가로막혀 쓸쓸해질 때면 내 고향과 부모님을, 지금까지 내가 견디고 살아냈던 시간들을 돌아본다. 두어 해 전 고향에 내려가 오랜만에 부모님과 외식을 했다. 부모님은 내 어린 시절의 허물을 하나둘 꺼내어 놀리는 재미를 누렸는데 무슨 이야기 끝에 초등학생 시절 아버지와 단둘이 서울 나들이를 다녀왔던 일이 화제에 올랐다. 고향으로 돌아오는 밤기차였다. 오줌이 마려웠던 나는 혼자 화장실에 가기가 무서워 아버지의 손을 잡았다. 우리가 탔던 객차에는 화장실이 없었는지 아버지는 나를 이끌고 앞쪽으로 나가 문을 열었는데 그 앞에 기관차의 커다란 뒤통수가 버티고 있었다. 나는 한 손으로는 여전히 아버지의 손을 잡고 불편한 자세로 기관차와 객차 사이 어둠 속으로 오줌을 누다가 천둥 같은 기차의 경적에 놀라 만세를 부르고 말았으며 하마터면 저 아래로 미끄러져 떨어질 뻔했다. 그 일은 내게 깊은 인상을 남겼고 나는 언젠가 단편소설을 쓸 때 그때의 이미지를 변주해 부모와 자식 간에 생겨나는 살의를 묘사하기도 했다. 정말 나는 그때 미치도록 무서웠고 나를 지켜주기는커녕 외려 나를 위험에 처하게 했던 아버지에게 깊은 원망을 지니게 되었다. 아버지가 기억하는 그 일은 내가 경적에 놀라 두 팔을 번쩍 든 것까지는 똑같았다. 그다음부터는 서로의 기억이 엇갈렸는데, 그때 내가 두 손을 번쩍 들었다가 당신이 입에 물었던 담배를 치는 바람에 손등을 데었고 아버지는 집에 돌아와 생각에 생각을 거듭하다가 이튿날 바로 담배를 끊었다는 거였다. 생각해보니 그즈음에 정말로 아버지는 금연을 했고 여태까지도 금연 중이다. 나는 아버지에게 왜 그 말씀을 여태 하지 않았냐고 묻는 대신 내 기억을 반박하고 수정해줄 당신이 있음을 조용히 속으로 감사했다. 앞으로도 얼마나 더 새로운 사실을 발견하게 될지 알 수 없으나 결국 내가 늘 곁에 두고 오래도록 펼쳐보아야 할 책은 나 자신이며 언젠가 내가 다시 쓸쓸하고 고달플 때 펼쳐볼 나는 지금의 나일 것이므로 지금 이 순간 쓰는 막막한 내 삶도 애틋해지리라.

예의

말주변이 없어 사람들과의 소통에 어려움을 느끼는 터라 나는 말 잘하는 사람들이 언제나 부러웠다. 그런 이들을 흉내도 내보았지만 그이들의 재미난 이야기도 내가 옮겨서 하면 별 재미가 없는 듯했고 외려 의도와는 다르게 받아들여져 난처해진 경우가 더 많았다. 대체 말 잘하는 이들의 비결이 무엇일까 곰곰이 생각하다 겨우 찾아낸 게 하나 있다. 이게 정말 비결인지는 모르겠으나 어쨌든 말 잘하는 이들은 대체로 남의 말에도 귀를 잘 기울였다. 이문구 선생은 어느 산문에서 이런 이야기를 한 적이 있다. 낙향해 살던 선생은 어느 날 시내로 장을 보러 나갔다가 맘에 쏙 드는 생선을 보았으나 혼자서 사먹기에는 분에 넘치는 반찬거리인지라 값도 묻지 못한 채 머뭇거렸다. 한 노부인이 생선장수 함지박 앞에 서더니 다짜고짜 넙치를 손에 들고 '월매나 헌다?'라고 물었다. 생선장수는 만 원은 받아야 하지만 마수걸이니 팔천 원만 달라고 했다. 노부인은 넙치를 던지듯이 놓으면서 '팔천 원이라구 이름 붙였남' 하고 불퉁거렸다. 그때부터 생선장수와 노부인 사이에 흥정이 시작되는 거였다. 소설가 한창훈도 이런 이야기를 들려준 적이 있다. 고추를 좀 사려고 여수항 근처를 기웃거리던 그는 때깔 좋은 고추를 늘어놓은 노점상을 발견하곤 주인사내에게 얼마냐고 물었다. 그해 고추 작황이 좋지 않아 웬만하지는 않으리라 짐작은 했으나 듣기에 귀가 아플 만큼 비쌌던지라 그도 고춧값이 뭐 이리 비싸냐고 투덜댔다. 그 말에 주인사내는 기분이 좋다 나쁘다 식의 말 대신 '그러게 말이오, 사람 고춧값은 싸디 싼디'라고 하는 거였다. 주인사내의 신세한탄인지 뭔지는 잘 모르겠으나 그런 말을 듣게 되면 고추를 두어 근쯤 팔아주고 싶은 생각이 드는 것도 자연스러운 인정일 테다. 그 소설가들의 문장이 일상에서 길어올린 평범한 언어임에도 싱싱하고 눈부실 수 있는 이유는 아마도 그이들이 남의 말에 무심하기는커녕 외려 사소한 한마디에 담긴 진정을 헤아릴 줄 알았기 때문이리라. 그러기에 말 잘하는 이들은 그냥 말을 잘하는 이들이 아니라 분주하고 각다분한 일상을 견디는 사람들에게 귀기울일 줄 아는 이들이려니 싶은 것이다. 그에 견줄 만한 나만의 언어와 문장이 없다는 건 곧 내가 그이들만큼 남의 말에 주의를 기울이지 못한 탓이 아닐 수가 없다. 그럼에도 늘 이처럼 새해 벽두가 되어 올해를 어찌 살아갈지 생각하다보면 나를 사로잡았던 지난날의 한 풍경으로 되돌아가곤 한다. 대학 졸업을 한 학기 앞둔 여름이었다. 가망도 없는 소설을 계속 써야 할지 아니면 다른 학생들을 본받아 취업 준비를 해야 할지 작정하지 못했던 나는 고향집 대문을 나서는 것으로 도보여행을 떠났다. 더러 가스 배달차며 우유 배달차며 지나가는 승용차도 얻어 타며 일정을 맞췄는데 해남에서 강진으로 갈 때는 버스를 탔다. 승객이라곤 나 말고 강진읍내로 가는 아낙 두엇뿐인 버스가 어느 정류장에 섰다. 버스 기사가 뒤돌아보며 마을 쪽에서 할머니 한 분이 오고 있으니 기다려도 되겠냐기에 다들 그러자고 했다. 마을은 정류장에서 이삼백 미터쯤 안쪽으로 쑥 들어간 곳이었고 거기에서 허리가 심하게 굽은 노부인 한 분이 무서운 속도로 달려오는 게 보였다. 아무리 기다려도 노부인은 좀처럼 버스가 있는 곳으로 다가오지 못했고 오 분쯤 지난 뒤에야 왜 그런지 알게 되었다. 노부인은 두 팔을 단거리 선수처럼 앞뒤로 흔들기는 했으나 두 다리는 아주 느릿느릿 떼었던 거다. 멀리서 보기에는 마구 달려오는 것처럼 보일 수밖에 없었다. 다시 오 분이 지나 숨을 헐떡이며 버스에 오른 노부인은 미안하고 고맙다는 의미의 말을 연거푸 했다. 잠시나마 짜증이 치솟기도 했던 스스로가 열없어서 나야말로 그이에게 미안하고 고맙다는 말을 하고 싶어졌다. 두 팔을 힘차게 흔들던 그이가 오래오래 내 가슴에 남아 사람과 세계에 대한 예의가 무엇인지를 매번 일깨워줄 것임을 알아서였다.

가슴속 폐허

내가 사는 지역은 아직 개발이 되지 않아 버려지다시피 한 공터가 제법 많다. 개발이 이루어진 택지라 해도 드문드문 공터가 있고 상업지의 경우 건물이 들어섰다 해도 빈 점포가 많아 차라리 없느니만 못할 만큼 을씨년스러운 경우도 있다. 공터는 관리가 되지 않기 때문에 오래지 않아 쓰레기가 쌓여 악취를 풍기게 되고 그러면 민원이 들어가서인지 당장 뭔가를 짓지 않는다 해도 울타리를 둘러 사람들의 출입을 막게 된다. 그런 울타리에 경작금지, 출입금지 등의 경고문구가 붙은 걸 볼 수 있는데 그에 아랑곳하지 않고 감탄이 절로 나올 만큼 섬세하게 이랑을 내어 밭을 갈아먹는 이가 꼭 몇씩은 있기 마련이다. 심지어 옥수수나 콩 따위로 부룩까지 치며 알뜰하게 가꾸는 손길에서 오래도록 이어져 내려온 혈통 같은 게 느껴지기도 한다.

그처럼 작은 밭에서 무성해지는 채소들을 보고 있노라면 원래 거기가 논과 밭이었음을 기억해주길 바라는 수런거림이 들리는 것도 같다. 그럼에도 불구하고 공터는 무엇보다 폐허에 가깝다. 불법 경작자와 공무원들 사이의 숨바꼭질, 울타리를 넘어와 새로이 쌓여가는 쓰레기들, 그곳을 지나치는 사람들의 무심한 시선들, 무엇이 될지 스스로도 알 수 없어 잔뜩 웅크리고 있는 듯한 공터 자체의 침울한 분위기가 뒤엉켜서 그렇다. 폐허란 문명의 결과다. 자연 상태 그대로인 곳을 폐허라 부르지는 않는다. 폐허라는 이름이 붙은 곳은 반드시 문명이 있던 곳이며 그런 점에서 볼 때 조금 과장한다면 모든 도시는 자기 내부에 폐허라는 미래를 품고 있는 셈이다. 폐허가 되기 위해 세워지는 도시는 없겠지만 폐허라는 운명을 영원히 피해갈 수 있는 도시도 없을 것이다. 공터는 아직 무엇으로도 채워지지 않은 상태이므로 폐허보다는 무엇이든 될 수 있다는 가능성에 가까워야 하지만 거기에서 무엇이 실현되든 언젠가 다시 그 공터로 되돌아올 수밖에 없으리라는 예언처럼 느껴지기까지 한다. 적어도 내 눈에는 그렇게 보이고 그곳을 볼 때마다 마음이 불편한 것은 나 역시 언젠가 그처럼 폐허가 되고 말 거라는 막연한 두려움 때문이기도 하다.

내가 종종 다니는 식당 옆에도 그런 공터가 있다. 식당에서 밥을 먹고 나오면 철제 울타리 옆에 서서 담배를 한 대씩 피우면서 그처럼 불편한 마음으로 나의 폐허를 연상시키는 공터를 멍하니 바라보곤 했다. 그곳 역시 일반적으로 공터가 겪는 변화를 겪는 중이었다. 그러던 어느 날이었다. 여느 때처럼 무심히 공터를 바라보다 내게 다가오는 파문을 지켜보면서, 방금 그 파문을 일으킨 바람이 나를 맴돌아 사라지는 걸 느끼면서, 차분히 허리를 굽혔다가 흔들거리며 몸을 곧추세우는 개망초들을 보면서 사람의 발길이 닿지 않는 저 공터는 내버려두면 이처럼 개망초가 무성한데, 아무리 지천에 흔한 개망초라 해도 작고 하얀 꽃들이 몸살이라도 앓듯 흐드러지게 피어나 온통 꽃밭을 이루는데 왜 사람은 내버려두면 폐허가 되고 마는지에 대해 생각하게 되었다. 나는 마른세수를 한 뒤 뜻밖의 꽃밭을 가만히 바라보았다. 그 폐허를 가꾼 건 불법 경작자도 아니었고 나와 같은 구경꾼도 아니었다. 비와 바람과 햇살이었다. 사람을 키우는 비와 바람과 햇살은 무엇일까를 헤아리다가 나도 모르게 찔끔 눈물을 흘리고 말았다. 폐허라고만 여겼던 그 공터에 비와 바람과 햇살이 다녀갔듯이 사람의 가슴에 다녀간 것들, 내가 알지 못한 사이에 나를 다녀간 모든 이들, 지금까지 나를 키워왔음에도 불구하고 내가 알지 못했던 그이들이 순식간에 그리워졌다. 언젠가 저 공터는 무참히 갈아엎어져 옛 흔적을 찾아볼 수 없게 될 것이고 그 자리에 얼마나 높은 건물이 들어서든 이 기억은 언제까지고 사람의 빈 가슴은 꽃밭이 되어야 하며 거기에 꽃씨를 뿌리는 일이야말로 사람이 해야 할 일임을 증언하게 될 것이다.

환대

지금은 보기 힘든 풍경 가운데 하나가 등짐을 지고 이 마을 저 마을 다니며 싸구려 잡화를 팔던 행상이다. 행상이 모두 사라졌다고 할 수는 없겠지만 자기 덩치의 두 배는 되는 등짐을 지고 집집마다 돌아다니며 학비를 벌던 앳된 대학생들은 이제 없는 듯하다. 내 기억으로는 그런 대학생들이 내 고향 마을 같은 촌구석까지 찾아다니며 행상을 하던 것도 서너 해가 절정이었다. 정말 대학생이어서 그랬는지 처음 잡화 행상을 보았던 것도 방학중이었던 무더운 여름날이었다. 바지게보다 커다란 등짐을 지고 성큼 마당으로 들어서던 모습이 지금도 눈에 선하다. 그날은 어른이 없었던 터라 등짐 행상은 아무것도 팔지 못하고 돌아갔는데 주로 플라스틱으로 만든 잡화들—빨래집게, 옷걸이, 바구니, 바가지, 파리채 등등을 교묘하게 쌓고 엮고 매

단 것도 인상적이었지만 무엇보다 그 행상이 어느 집의 늙수그레한 가장이 아니라 앳된 대학생이라는 사실 자체가 이채로울 수밖에 없었다. 마을에 겨우 한 명쯤 있을까 말까 할 만큼 대학생이 귀한 시절이었다. 그로부터 며칠 지나지 않아 동네 아주머니들이 모인 밤마실 자리에서 놀라운 이야기를 얻어들었다. 내가 보았던 바로 그 대학생 행상들 중에 잡놈들이 있다는 거였다. 아무도 없는 집에서 돈 될 만한 걸 훔쳐가는 좀도둑 같은 녀석도 있고 대학생 행세를 하는 가짜도 있다는 거였다. 아주머니들은 한결같이 몹쓸 놈들, 썩을 놈들, 호랭이 물어갈 놈들 어쩌구 하며 탄식을 했고 그러면서 한 번씩 나를 힐끔거리기도 했는데 장차 저 녀석도 자라 그런 잡놈이 될 기미가 있는지 탐색이라도 하는 것 같아 괜히 열없고 섬뜩하기도 한 거였다. 나는 속으로 대학생 행상의 정체를 내 손으로 까발린 뒤 내게 씌워진 혐의에서 벗어나겠다고 다짐했다. 얼마 뒤 여전히 무더운 한낮에 대학생 행상이 마당에 들어섰다. 그날은 어머니가 있었던 터라 나는 속으로 쾌재를 불렀다. 어머니가 종종 내게 그러듯이 그 가짜 대학생에게 부지깽이를 휘두를 거라 기대했다. 그런데 어머니는 이 더운 날 무슨 고생이냐며 차가운 물을 한 그릇 가져다주고 마당을 가로지른 빨랫줄에 남아도는 게 빨래집게였는데도 그걸 한 줄이나 사주고는 보냈다. 나는 그 행상이 뭐라도 집어가지 않을까 감시하며 눈을 부릅뜬 채 어머니의 이 모든 배신행위를 지켜보았다. 대학생 행상이 가고 난 뒤 나는 어머니를 힐난했다. 대학생 아닐 수도 있다면서? 그러자 어머니는 흔흔히 웃으며 말했다. 대학생 아니면 어떠냐? 이 더운 날 땀 뻘뻘 흘리면서 한 푼이라도 벌어보겠다고 등짐 지고 다니는 젊은인데……. 여전히 입이 댓 발 나왔던 나는 마을 들머리 정자에 갔다가 거기에서 쉬고 있는 대학생 행상을 보았다. 그이는 환히 웃으며 몇 살이냐, 몇 학년이냐, 방학숙제는 하고 있냐 시시콜콜 묻고는 안녕하세요를 영어로 해봐라, 근의 공식을 말해봐라 등등 내가 대답할 수 없는 질문까지 하더니 앞날이 캄캄해도 용기를 잃으면 안 된다는 식의 조언을 하며 알사탕 하나를 쥐여주고 떠나갔다. 어려운 질문 때문이 아니라 내가 그이를 환대하지 않았음에도 그이가 너무나 따뜻하고 다정하게 말해주어서 내 얼굴이 달아올랐다. 낯선 사람의 환대를 받았음에도 내 마음은 불편했다. 그처럼 환대받을 자격이 없다고 자책해서였으리라. 물론 그이가 어머니의 환대를 기억하고 내게 살갑게 굴었는지도 모른다. 대학생 행상을 의심의 눈초리로 바라보는 시선들을 모르지 않았을 테고 가끔은 정말 냉대도 당해보았을 테고 모욕도 받았겠지. 그이에게 건네진 한 대접의 냉수는 그냥 냉수가 아니라 그 모든 의심과 편견을 넘어선 이해와 공감이 담긴 환대의 한 형식이었을 테고 어쩌면 그이 역시 마음이 불편했을지도 모른다. 데리다가 언급했던 절대적 환대가 말처럼 쉬우리라 믿지는 않는다. 그러나 적어도 한 가지만은 분명하지 않을까. 환대하지 않는 사람 역시 어디에서도 누구에게도 환대받지 못한다는 것.

품을 앗다

내 고향 마을은 어린 시절에도 그리 규모가 크지 않아 스무 가구 남짓의 작은 마을이었는데 지금은 그 품이 줄어들어 겨우 열 집 정도인데다 한 집에 노인 한둘이 남았을 뿐이다. 아마 오래지 않아 마을이 사라진다 해도 이상하지 않을 것이며 내 고향 마을처럼 끝내 사라지게 될 마을도 적지 않을 것이다. 옛 마을과 사람들이 점점 사라지는 것과 마찬가지로 그이들에게는 당연했으나 지금 시대에는 걸맞지 않아 사라지는 풍습도 있다. 그 가운데 하나가 품앗이가 아닐까 싶다. 가을이 깊어 수확이 한창인 시기가 되면 이른 아침부터 황금빛으로 가득한 들로 낫을 든 품앗이 일꾼들이 모여들었고 해 질 무렵이면 그 너른 들판에 벼 그루터기만이 남아 홍건히 고이는 석양빛 속에서 자맥질하는 걸 볼 수 있었다. 그럴 때마다 나는 들판을 가득 채웠던 벼를 거두고 그 자리에 고요를 되돌려놓은 사람의 힘과 한 사람 한 사람의 수고가 모여 이처럼 경이로운 일이 가능해지는 이치를 실감할 수밖에 없었다. 그러나 품앗이에는 지금의 시각으로 볼 때 불합리한 점도 있었다. 누군가 품을 지면 조만간 그 집에서는 품을 갚아야 했으나 사정이 있어서 꼭 필요로 할 때 품을 돌려줄 수 없는 경우도 있었고 앗아둔 품이 어른 셋인데 돌아온 품이 어른 하나에 아이 둘일 수도 있었다. 제공하는 노동력과 돌려받는 노동력이 반드시 일치하지만은 않았던 이 불합리해 보이는 교환이 가능했던 이유를 생각해보지 않을 수 없다. 어느 집이나 그러했지만 품앗이로 추수를 하는 날이면 일꾼 대접으로 분주하기 마련이었다. 정육점에서 돼지고기를 넉넉히 끊어와 장독에서 꺼낸 묵은지와 함께 지지거나 찌개를 끓이고 양조장에서 막걸리를 받아오고 새참으로 내어갈 국수를 삶고 고명으로 얹을 달걀을 부치거나 애호박을 삶는 등 부엌 문턱이 닳도록 드나들어야 했으며 이 집 저 집에서 교자상, 멍석, 천막 등을 빌려와 밥상자리를 마련해야 했다. 하루 일이 끝나면 정말 잔치가 벌어졌는데 품앗이 일꾼들만 모여 저녁을 먹는 게 아니라 그이들의 식구라면 누구든 노인부터 조무래기들까지 불러와 방이란 방은 물론이고 마당까지 그들먹하게 채웠다. 대체로 품앗이는 한 마을에서 이뤄지기 때문에 마을 사람 대부분이 함께 저녁을 먹는 셈이었다. 그러므로 솜씨가 좋은 품앗이 일꾼만이 일꾼인 건 아니었다. 직접 낫질을 한 사람만이 일꾼인 것도 아니었다. 일손이 서투른 사람이어도 괜찮았다. 함께 땀을 흘린 것으로 충분했다. 일에 직접 뛰어들지 않은 사람이어도 괜찮았다. 품앗이 일꾼이 비운 자리를 채우기 위해 너나없이 다른 날보다 부지런해야 했으므로 애나 어른이나 여자나 남자나 모두가 그 하루 동안 서로의 품을 나눈 셈이며 그이들은 그 사실을 누구보다 잘 알았던 것이다. 사람의 힘이란, 노동력이란 본래 대등한 것임을, 돈으로 환산할 수 없는 귀중한 것임을. 이 가치관이 지금 우리의 시각에는 불합리해 보이겠지만 하루의 고된 노동을 마친 뒤 흥겹게 잔치라도 치르듯 모두를 한자리에 모일 수 있게끔 했던 가치관이기도 했다. 물론 마냥 즐거운 자리만은 아니었으리라. 풍년이든 흉년이든 추곡가를 걱정해야 했고 농협에 진 빚이며 이런저런 빚을 에우고 남은 돈으로 감당해야 할 겨우살이가 이미 닥치기라도 한 듯 으스스한 심사를 감추지 못했으니 말이다. 담배 한 모금과 술 한 잔에 저녁이 깊었고 밤이 아주 이슥해지기 전에 그이들은 다음 날의 노동을 위해 엉덩이를 털고 일어났다. 그러면서 서로의 어깨를 두드려주었고 안녕을 기원하는 말들을 품에 안고 헤어졌다. 최저임금 인상을 두고 불평하는 분들에게 묻고 싶다. 사람의 힘을, 노동력을 착취하지 않고서는 이윤을 낼 수 없다면 파산해도 괜찮지 않을는지. 그런 일자리는 사라져도 괜찮지 않을는지. 품을 앗는 이들에게서 품을 빼앗는 자들이 아니라 사람을 착취하지 않고서도 함께 살아가는 방법을 찾아낼 새로운 사람들이 태어날 것이라 믿어도 좋지 않을는지. 언젠가 우리가 그러했던 것처럼.

사람과 사연

내가 처음 발을 디뎠던 시절에도 서울은 천만이었다. 한마디로 어딜 가나 사람, 사람이었다. 그리고 도시에 살면서 가장 곤혹스러웠던 건 도시인들이 보여준 사람에 대한 태도였다. 물론 그보다 앞서 혼란스러웠던 사소한 일들은 헤아릴 수 없을 만큼 많았다. 학교 근처 식당의 물가는 다른 지역에 비해 저렴한 편이라 김치찌개, 된장찌개 등이 삼사천 원쯤이었다. 거기에 밥 한 공기를 추가하려면 천 원을 더 내야 했는데 나는 이 셈법이 도무지 이해가 되지 않았다. 밥 한 톨이라도 흘렸다간 보릿고개부터 시작해 박통시절을 지나 신토불이에 이르기까지 지겹게 훈계를 들어야 했던 나로서는 찌개 값의 8할은 밥값이라 생각할 수밖에 없었고 밥 한 공기를 추가하려면 이삼천 원쯤을 더 지불해야 마땅하다고 여겼던 거다. 내가 보기에 밥 한 공기가 천

원이라는 건 정말 헐값이었고 그렇게 헐값에 먹어도 좋을 만큼 쌀밥 한 그릇이 대수롭지 않은 양식이라는 점을 납득하고 인정하기가 쉽지 않았다. 더는 그런 사실들에 혼란스러워하지 않게 되었으나 그때나 지금이나 여전히 나를 헷갈리게 하는 건 어느 시인의 표현을 빌리자면 '인간이 너무 흔해'와 같은 방식으로 사람을 이해하는 태도였다. 물론 이런 시구가 하나의 수사라는 걸 모르지는 않았으나 선뜻 마음이 열리는 수사도 아니었다. 아무리 서울이 넓다 해도 천만이라는 사람이 모여 사는 곳이다보니 어디에서나 사람과 마주치지 않을 수 없었고 어쩌면 그런 환경에서 견뎌야 하는 이들에게 서울보다 지겨운 곳도 없을 것이다. 그처럼 많은 사람과 더불어 살아가는데 단 한 명과도 진정한 관계를 맺기 어렵고 외롭다면 그곳이야말로 지옥일 테니까. 나는 그 지옥이 싫지 않았다. 사람이 그냥 무서울 때도 있고 관계 맺기와 소통의 어려움 탓에 무서울 때도 있었다. 내색은 하지 않아도 나를 늑대처럼 경계하고 무서워하는 사람이 있다는 것도 알았다. 그러나 그 모든 게 사람의 일이었다. 소통이 불가능해도 기적처럼 소통이 이뤄지는 짧은 순간이 없지 않을 테고 절망이 만연해도 희망이 전멸하지는 않을 테니까. 나는 모래알처럼 많은 사람들 속에 또하나의 모래알로 섞여들고 싶었고 그들과 사연을 만들고 싶었다. 사연이란, 적어도 내게 사연이란 삶의 요체였다. 고향마을은 오래전부터 쇠락해가는 중이었고 내가 떠나올 무렵에는 이미 반쯤 부서진 곳이었다. 이내가 끼고 땅거미가 드리우면 밤보다 먼저 침묵이 찾아왔고 기나긴 밤을 지키는 건 바람 소리뿐이었다. 사람들은 자신이 태어난 땅을 떠나 어딘가를 헤매는 중이었고 그 땅에서 새로운 사람들이 태어나는 일도 드물었다. 하루하루가 천년 전에도 그랬던 것처럼 되풀이되었다. 사람마저 어제의 그 사람이 내일의 그 사람일 거였다. 그러나 어느 이슥한 밤, 누군가의 방에 모여 소일거리를 하며 이야기를 나누는 시간이면 그이들은 내가 전혀 알지 못한 낯선 사람들이 되곤 했다. 그이들의 가슴 바닥에 쟁여졌던 사연들이 풀려나와 이야기의 그물이 만들어졌고 침침한 백열등으로는 결코 그러할 수 없을 만큼 빛나는 존재가 되었다. 그이들은 상심과 회한과 그리움만을 그물에 남겨둔 채 그물을 빠져나가는 물처럼 캄캄한 마당을 흘러 저마다의 집으로 돌아갔고 아마도 내가 알던 그 사람으로 되돌아와 잠자리에 누울 거였다. 사연을 지닌 존재들. 나이를 먹어가는 게 아니라 사연을 쌓아가던 사람들. 사람이 떠난 자리를 기억하고 그 빈자리에 이야기를 채워넣어 세계를 무한히 확장하며 살던 사람들. 그런 이유로 내게 서울은, 천만이 북적이며 사는 서울은 천만의 사연이 어우러져 천만 배로 확장된 공간이며 가능성이었다. 사람이 흔할수록 사연은 깊어지고 내밀해진다. 사람이 흔할수록 사연이 확장시킬 영토는 무한에 가까워지며 이 작은 지구에 우주 전체를 이주시킬 수 있게 된다. 사람이 흔하다니. 저 아무렇지도 않아 보이는 사람이 어떤 사연을 지녔는지 알고도 흔하다 말할 수 있을까. 진정으로 흔한 것이야말로 사람이 흔하다고 말하는 태도가 아닐까.

배타적인 슬픔

오래된 글쓰기 습관 가운데 하나는 초고를 탈고한 뒤라면 그때가 아침이든 낮이든 저녁이든 상관없이 술을 한잔 마시는 거다. 그 이유는 내가 방금 쓴 글을 잊어버리기 위해서다. 그로부터 하루나 이틀이 지난 뒤 원고를 다시 들여다보며 퇴고를 한다. 겨우 하루이틀 만에 다른 사람이 쓴 글을 보듯 내가 쓴 글을 보기란 쉽지 않지만 술을 한잔 마시면서 글에 대한 생각을 지워버렸던 게 퍽 도움이 되었던 것도 사실이다. 물론 술 마실 핑계에 불과하다는 힐난도 들어봤고 나도 어느 정도는 인정한다. 다른 소설가들의 좀더 고상한 습관을 배우지 못해 스스로도 아쉽지만 징크스에 민감한 운동선수처럼 이 습관을 지키지 못하면 글을 제대로 마무리할 수 없을 것 같은 불안 탓에 나로서도 어쩔 수 없는 노릇이다. 얼마 전 어느 토요일 새벽이었다. 소설 초고를 탈고한 뒤 집을 나섰다. 우리 가족이 세 들어 사는 동네는 아파트 단지가 즐비한 데 비해 상가구역이 협소해서 주말 새벽인데도 마땅히 술 한잔 마실 곳이 없었다. 나는 자전거를 타고 이 킬로미터쯤 떨어진 번화한 지역을 찾아가야 했다. 그곳에 가려면 사차선 도로를 따라 가파른 오르막을 지나고 길지 않은 터널도 지나야 한다. 반대로 생각하면 돌아오는 길은 조금 더 수월한 편이라고도 할 수 있었다. 어쨌든 나는 성업중인 한 술집에서 고픈 배도 채우고 술도 한잔 마셨다. 토요일 새벽이라 술집에는 사람들이 그득했고 저마다의 기쁨 슬픔 고민 희망 등을 동석한 사람들과 나누면서 술잔을 기울였다. 그 틈에 홀로 앉아 자작하는 내 꼴이 아마도 처량하게 보였던지 내 부실한 안주를 걱정하며 자신들의 안주를 나눠주는 사람들도 있었다. 토요일 새벽, 술꾼 아닌 술꾼들로 가득한 술집에 앉아본 적 있다면 누구라도 고개를 끄덕일 법한 그 소리들—젓가락질하는 소리, 술잔 부딪는 소리, 술 따르는 소리, 권하고 말리고 받아들이며 실랑이하는 소리, 호언장담과 내가 너 사랑하는 거 알지 식의 고백 투 목소리, 웃다 울다 울다 웃다 하는 종잡을 수 없는 웃음과 울음들. 사실 내가 기꺼워 마다않는 이 소리들에 둘러싸여 홀로 술잔을 기울이는 일은 적어도 내게는 흥겹고 즐거운 일이며 방금까지도 곤두섰던 신경을 느슨하게 풀어주는 음악을 듣는 것과 같은 거였다. 집으로 돌아가는 길도 즐거웠다. 취기가 올라 한결 느슨해진 상태로 자전거를 타고 지나다니는 차는커녕 사람 하나 없고 야트막한 산으로 둘러싸인 길을 가면 그 새벽을 완벽하게 혼자 소유한 것 같은 기분이 들기 때문이었다. 그러다 저 앞에 걸어가는 한 사람을 보았다. 그의 양복은 후줄근해 보였는데 작은 키에 헐렁한 양복이라 더 그랬던 것 같다. 오십대로 여겨지는 그 사내는 너무나 흔한 가죽 서류 가방을 든 채 비틀거리긴 했지만 부단히 앞으로 걸었고 비명을 지르는 줄만 알았는데 가까이 가서 들어보니 그저 악을 쓰며 노래를 부르는 것일 뿐이었다. 술집에서 보았던 사내 같았고 술집에서는 느끼지 못했던 감정을 느낄 수 있었다. 그의 노래는 서글펐다. 그의 노래는 무척이나 배타적이었다. 자신의 감정에 온전히 몰두한 사람만이 들려줄 수 있는 노래였다. 누군가의 남편이고 누군가의 아버지일 그는 바로 이 순간을 위해 술을 마신 게 아니었을까. 술을 마시는 순간에도 그를 떠나지 않던 걱정들에서 순수하게 풀려난 찰나의 순간. 그가 유일하게 그 자신일 수 있는 시간. 아무 부끄러움 없이 사랑하는 노래를 음정 박자 틀려가며 목청이 터져라 부를 수 있는, 그에게 허용된 아주 짧은 순간. 집으로 돌아가는 그 새벽. 나는 감히 그를 지나쳐가지 못하고 그와 거리를 둔 채 페달을 천천히 밟아가며 그의 구슬픈 노래를 들었다. 고독해질 권리를 누리는 그를 손톱만큼이라도 방해하고 싶지 않았으므로.

청년 노동자

외아들로 자란 터라 아버지의 사촌누이 그러니까 내게는 당고모 되는 분의 자녀들인 재종형제만 찾아와도 반갑고 살가웠다. 재종형제는 촌수로 따지자면 육촌인지라 가깝다고 하기는 어려웠으나 두루 제사며 명절을 함께 치러 친형제나 사촌 못지않게 가깝게 느껴졌다. 그도 그런 재종형제 가운데 한 명이었다. 후미진 산골에 살던 나는 방학을 맞으면 도시에 살던 재종형제들이 내려오기를 기다렸다. 내 또래였던 그는 도시에서 자란 녀석이란 마땅히 그러해야 한다는 듯 피부도 하얗고 키도 크고 말투에도 사투리의 흔적이 전혀 없었다. 처음 그를 알게 되었던 초등학생 무렵 나는 그에게 가진 호기심만큼의 질투심도 지니고 있었다. 발등부터 장딴지까지 손등부터 이마까지 새까맸던 나와는 달라도 한참 달랐으니 말이다. 아마도 그런 질투심 탓이었겠지만 나는 그에게 좀 으스대고 싶었다. 도시에서 나고 자란 녀석이 감히 따라 할 수 없을 것 같은 일들, 이를테면 알몸으로 웅덩이에 풍덩 뛰어들어 온몸에 거머리를 달고 나와서는 귀찮다는 듯 한 마리 한 마리 떼어낸다거나 참나무를 더듬어 집게벌레를 잡아 보여준다거나 하는 식으로 녀석이 깜짝 놀랄 일들을 감행해서 골탕을 먹이고 싶었다. 하지만 그는 내가 호기롭게 보여준 모든 일들에 겁을 먹거나 진저리를 치는 대신 즐거워했다. 그는 시골에서 마주치는 소소한 일들에 호기심을 보였고 내가 하는 일이라면 무엇이든 따라 하며 숨죽인 채 감탄했다. 돌이켜보니 내가 경탄했던 그의 매력이란 바로 내가 지겨워하고 심상해하던 지극히 평범한 일상들을 신비롭고 경이로운 일인 것처럼 대하던 그의 태도였던 듯하다. 그렇게 우리는 가까워졌고 해마다 방학이 되면 만날 날을 기다리게 되었다. 그러다 중학생이었던 어느 해 여름방학을 맞아 시골을 찾아온 그와 시냇가에 갔다. 그즈음의 우리는 눈빛만으로도 통하는 게 있어서 내가 족대를 집어들자 그가 양동이를 들고 따라나선 거였다. 우리는 시냇가에서 슬리퍼 신은 발을 내려다보며 잠시 머뭇거렸다. 장맛비 그친 뒤의 시내는 물살이 제법 거셌던지라 그대로 들어가면 슬리퍼를 잃어버릴 수도 있었다. 시내에 맨발로 들어가지 말라는 어른들의 당부가 떠오르긴 했지만 무시하기로 했다. 우리는 족대를 들고 맨발로 성큼성큼 시내로 들어섰다. 차가운 시냇물이 발목부터 무릎까지 휘감아올라와서는 혓바닥처럼 장딴지를 간질였다. 우리는 기운차게 첨벙거리며 수초가 자란 곳들을 향해 족대를 밀고나갔다. 이윽고 그가 짤막한 신음을 냈다. 나는 절룩이는 그를 부축해 시냇가로 빠져나왔다. 그의 발바닥에서 피가 아슴아슴 배어나왔다. 깨진 농약병 조각에 발바닥을 베인 듯했다. 나는 퍼뜩 겁이 났다. 도시에서 내려온 육촌형제를 무람없이 다치게 한 죄로 어른들에게 단단히 혼날 것 같아서였다. 내가 이처럼 비겁한 생각에 잠겨 안절부절못하는 동안 그는 별일 아니라는 듯 어깨를 으쓱했다. 그리고 이런 눈빛으로 나를 보는 거였다. '너는 매일 이런 일을 겪으면서 아무렇지도 않은 거지? 그러니 나도 괜찮아.' 나는 눈물이 핑 돌았다. 그가 몰랐던 게 하나 있는데 평소의 나라면 결코 맨발로 시내에 들어가지는 않았으리라는 거였다. 나는 원래 겁쟁이니까. 그는 가끔 고개를 돌려 미소 띤 얼굴로 나를 보면서 절룩이며 걸어갔다. 그후 그는 시골에 거의 내려오지 않았다. 고등학생이 되어서는 저마다 바빠서, 대학생이 되어서도 마찬가지로 저마다 바빠서 우리는 간신히 어른들이 나누는 말을 통해 서로의 안부를 짐작할 뿐이었다. 그리고 어느 날 부고를 들었다. 갓 스물을 넘긴 그가 등록금을 벌겠다며 하수도를 매설하는 공사에 잡부로 갔다가 구덩이에 매몰되어 죽었다. 그 당시 일당 삼만 원. 그로부터 이십여 년이 흘렀지만 여전히 아름다운 청년들이 인간적인 대접도 받지 못한 채 오늘도 어딘가에서 죽어간다.

문체와 민주주의

문체에 관해 널리 퍼진 오해 가운데 하나는 뷔퐁의 다음과 같은 말, 문체는 곧 개성이다, 라는 금언을 글자 그대로 받아들여 생겨난 듯하다. 문체는 작가의 독특한 개성의 표현인 동시에 작가 그 자신이라 해도 무방하다는 인식이 일견 타당해 보일지 몰라도 이것이 곧 작가 자신을 작품에 드러내야 한다는 의미로 읽혀서는 안 된다. 유머러스하고 시니컬한 문체를 구사하는 소설가와 관련된 일화가 하나 있다. 그이가 소설가로 활동하기 시작할 무렵 문단의 다른 많은 작가들도 대체 이처럼 흥미진진한 소설을 쓰는 작가는 어떤 사람인지 퍽 궁금해하지 않을 수 없었다. 드디어 어떤 자리에 그이가 모습을 드러냈고 작가들이 주변에 몰려들었다. 그리고 모두들 이제 그이가 어떤 방식으로 좌중을 웃겨줄 것인지를 기대하며 가벼운 흥분에 사로잡혔다. 이윽고 하나둘 실망의 한숨을 내쉬었다. 직접 만나보니 기대만큼 재미있는 사람이 아니어서였다. 그러니까 작가들마저 어떤 소설가의 문체가 곧 그 사람의 개성의 표현이라는 그릇된 믿음을 지녔던 거다. 문체는 작가와 불가분의 관계를 맺지만 다른 한편으로 작가와는 무관한 독립체라고 할 수 있다. 문체는 단어 하나 구두점 하나까지 아울러서야 형성되는 작품의 형식적 요소의 총체인 동시에 문체를 통하지 않고서는 어떤 의미도 구조화될 수 없다는 점에서 볼 때 내용적 요소의 총체이기도 하다. 그러므로 문체라는 개념은 형식과 내용이라는 이분법을 동원하지 않고서도 어떤 작품을 기술적으로 분석하는 틀을 유지할 수 있는 유용한 개념이라고 할 수 있다. 문체에 관해 좀더 정확하게 정의를 내리고자 한다면, 문체는 작가의 개성의 표현인 동시에 작가와는 무관한, 작품이 스스로 발언하는 것이라고 덧붙여야 한다. 예를 들어 주제 사라마구의 문체는 무척 독특해서 웬만한 독자라면 작가의 이름을 가려놓아도 그의 작품임을 눈치챌 수 있다. 아예 그의 문체를 두고 '사라마기아노 스타일'이라 부를 정도인데 대체로 그의 문체는 마침표를 아끼고 쉼표로 문장과 문장을 이어가며 대화를 분리하지 않고 문장에 섞어버리는 만연체로 요약할 수 있다. 물론 이런 문체가 주제 사라마구만의 것은 아니다. 이미 그에 앞서 가브리엘 가르시아 마르케스가 『족장의 가을』이라는 소설에서 마치 사라마구 문체의 탄

생을 예견이라도 하듯 훌륭하게 구사한 적이 있다. 이 두 소설가가 자신들의 작품에서 이와 같은 문체를 구사한 건 개성의 표현이라는 이유도 있었겠으나 마르케스의 경우 독재자의 삶을 그런 방식이 아니고서는 표현할 수 없다는 인식 때문이었다고 할 수 있으며 사라마구의 경우 이런 문체를 통해 견고하고 요지부동인 세계에서 절망적인 상황에 내몰린 인간의 의지를 종교적 열정보다 숭고하게 드러내주는 효과를 지닌다고 할 수 있다. 사라마구 소설의 인물들은 끈질기게 사유해서 장엄하게 자기 인식에 도달한다. 그리고 문체가 바로 이런 의미를 가능하게 해준다.

소설은 여전히 인간의 형식이다. 소설의 문체가 소설의 특징이듯이, 다시 말해 인간의 특징이듯이 우리 시대의 민주주의는 우리가 지금 이 순간 만들어낸 우리의 문체이며 우리에서 비롯되었으나 우리와는 무관한 것이다. 그것이 우리와 무관한 이유는 스스로의 원리로 작동하기 때문인데, 진정한 민주주의는 설령 우리가 나태와 실수로 극악한 인물을 통치자의 자리에 올려놓았다 하더라도 그 인물이 자신의 개성과 악덕을 발휘할 수 없도록 제어하는 힘을 지닐 수 있어야 한다. 민주주의 역시 문체처럼 단어 하나 구두점 하나까지 아울러서야 형성되고 의미화될 수 있는 일상과 삶의 총체이기 때문이다. 만약 대통령 한 사람의 악덕에 의해 사회가 흔들린다면 그건 대통령을 좋은 인물로 대체해서 해결할 수 있는 문제가 아니다. 민주주의의 위기다. 새로운 문체가 필요하다.

침묵을 상상하는 이유

내가 쓴 단편소설 가운데 한 편을 러시아어로 번역하는 학생들과 만날 기회가 있었다. 그 자리에는 한국어문학을 공부하는 러시아 학생 대여섯을 비롯해 한국인 학생도 두엇 있었고 번역을 지도하는 교수도 있었다. 이런저런 이야기들이 오간 뒤에 러시아 학생 가운데 한 명이 이 소설의 주인공인 노부부는 왜 서로 대화를 하지 않느냐고 물었다. 각자의 고통과 슬픔을 가장 가까운 사이인 부부끼리도 나누지 않는 이유가 무어냐는 질문이었다. 나는 좀 당황했다. 내가 곧바로 대답을 못하자 한국인 학생들이 대신 대답을 해줬다. 한국의 문화적 풍토에서는 특히 이 소설의 주인공과 비슷한 세대의 부부들은 대체로 대화를 하지 않는다고 설명해줬으나 질문을 던진 학생뿐만 아니라 러시아 학생들 모두가 고개를 갸웃 기울이며 이해할 수 없다는 표정을 지었다. 나는 그 이유를 설명하는 대신 질문을 던진 학생에게 되물었다. 그렇다면 학생의 부모님은 사소한 일이든 중요한 일이든 늘 대화를 나누는지, 학생 또한 부모와 그런 식으로 대화를 나누는지 물었더니 조금도 망설이지 않으면서 그렇다고 대답하는 거였다. 학생은 그처럼 대화를 나누는 게 지극히 당연한 일이며 자신은 행복하다고 덧붙였다. 물론 나는 안톤 체호프의 여러 작품을 예로 들며 설령 아무리 많은 대화를 나눈다 해도 반드시 행복한 것은 아님을, 반대로 전혀 대화를 나누지 않는다 해도 서로를 이해하지 못하는 게 아님을 말할 수도 있었으나 그렇게 말하지 않은 이유는 그 학생이 진실을 말한다고 믿어서였다. 다만 그 진실이 어떤 시련에 부딪혀 새로운 의미로 다가오는 순간을 겪지 않았을 뿐이라고 믿어서였다. 어차피 사람이라면 누구나 겪게 될 그 쓸쓸함을 애써 강요할 필요는 없으니 말이다.

아모스 오즈의 소설 「친구 사이」는 열일곱 살 딸을 둔 쉰 살쯤의 홀아비에 대한 이야기다. 아직은 어린 딸이 아버지뻘인 사내와 동거를 시작하자 주인공은 번민에 휩싸인다. 딸이 선택한 남자는 공교롭게도 그의 친구였다. 그와 친구는 사사건건 의견의 대립은 있었으나 상대방의 성품에 경외심을 품기도 한 미묘한 관계이다. 친구로는 훌륭한 인물일지 몰라도 아버지 입장에서라면 받아들이기 힘든 사람이기도 하다. 서른 살 남짓의 나이 차도 그러려니와 소문난 바람둥이이기도 한 친구, 그 친구와 동거를 선택한 딸. 그는 딸의 속내를 알 수 없어 괴롭다. 이 소설의 기묘한 점 가운데 하나는 이처럼 소설의 인물들이 처한 상황을 자세히 묘사하고 그런 상황에서 인물들이 느낄 수밖에 없는 갈등을 구체적으로 보여주는데도 불구하고 독자 입장에서 주인공의 속내를 비롯해 딸의 속내까지 아무것도 알 수 없다는 데 있다. 그는 비 오는 어느 날 밤 기어이 딸을 만나러 간다. 그와 친구 사이에 핵심을 피한 대화만이 오가고 뒤늦게 딸이 말한다. '안녕하세요, 아빠.' 그러자 그가 답한다. '너를 집에 데려가려고 왔다?' 단호하게 말하지는 못하고 물음표를 붙여 소심하게 말할 수밖에 없는 아버지. 이 소설은 끝까지 인물들이 왜 그런 행동을 하는지에 대해 말해주지 않는다. 독자는 소설이 펼쳐 보인 상황 속에 스스로를 몰아넣어야 하고 아버지와 딸이 왜 그렇게밖에 말하지 못하고 행동하지 못하는지를 스스로 판단해야 한다. 끊임없이 들리는 빗소리와 그 빗물이 배수구로 흘러드는 소리와 히터의 내관을 따라 등유가 보글거리는 소리 등등을 그들과 함께 들으면서 그들이 지금 이 순간 느낄 수밖에 없음에도 결코 말하지 않는 무언가를 스스로 상상해야 한다. 이러한 몰두가 감동적인 이유는 소설에서 묘사된 아버지와 딸만 그런 것이 아니라 우리 모두 대체로 이와 비슷한 경험을 하며 살아가기 때문이다. 러시아 학생의 질문을 되새겨본다.

이 소설의 주인공인 노부부는 서로를 사랑하는 것처럼 보이는데 왜 각자의 고통과 슬픔을 대화를 통해 풀려고 하지 않는 거죠. 사실을 말하자면 나는 학생의 질문을 받고 혼란스러웠다. 어쩌면 그 이유를 알고 싶어서 소설을 썼는지도 모른다는 서글픈 대답을 갈무리한 채, 너무나 사랑해서 증오하는 능력을 잃어버린, 내가 아는 모든 이들을 떠올려보았다.

이야기하기 위해 살다

희망과 낙관의 상관관계는 생각처럼 간단하지가 않다. 어떤 절망적인 상황에서도 절대적으로 희망을 고수할 수 있으려면 낙관적이어야 하고 그냥 그런 수준에서가 아니라 필사적으로 낙관할 수 있어야 한다. 그러므로 낙관할 수만 있다면 희망을 품고 살 수 있다는 식의 말은 희망과 낙관의 상관관계를 지나치게 단순화했다고 볼 수 있다. 내가 지금 '절대적으로'와 '필사적으로'라는 수식어로 의미를 드러내려 했던 시도마저 단순하게 여겨지는 이유는 진정한 희망이란 이처럼 찡그린 얼굴을 떠올리게 하는 수식어 너머에 존재한다고 믿기 때문이다. 새해가 밝아버렸다. 차마 새해가 밝았다고는 쓸 수가 없다. 이런 식으로 지난해가 과거가 되기를 원치 않았으나 새해는 밝아버렸고 나는 우울하게도 프리모 레비를 떠올린다. 더 정확하게 말하자면 그의 다음과 같은 문장을 떠올린다. "새벽이 배신자처럼 우리를 덮쳤다. 새로운 태양은 우리를 파멸시키려는 적들과 결탁이라도 한 것 같았다."(『이것이 인간인가』) 약력에 따르면 프리모 레비는 토리노 대학 화학과를 졸업한 화학자였다. 무솔리니에 저항해 빨치산 활동을 하던 그는 1943년 체포되어 이듬해 아우슈비츠 수용소로 이송되었다. 평균 생존 기간이 3개월이라던 그곳에서 11개월을 보낸 뒤 연합군에 의해 풀려났다. 그는 수용소의 경험을 소설로 썼고 1987년 자살로 추정되는 죽음을 맞이했다. 그가 아우슈비츠 수용소에서 살아남은 것도 특별한 일이지만 그보다 특별한 건 그의 소설들이 온화하다는 점이다. 그리고 이 온화함은 그가 소설에서 그려낸 낙관적인 인물들에 상당히 의거한다. 구타, 굶주림, 모욕, 죽음의 공포가 일상적임에도 빛을 잃지 않는 낙관적인 인물을 그려낼 수 있다는 건 정말 특별하다고 하지 않을 수 없다. 그의 인터뷰를 읽어보면 당시의 독자들 가운데 소설의 온화함을 '불온하지 않음'과 동일시하여 비판했던 이들이 많았던 듯하다. 이런 비판이 부당하다고 여기는 이유는 낙관적인 인물들이 나치즘에 의해 어떻게 파괴되어가는지를 보여준 그의 시도가 그렇지 않은 경우보다 훨씬 더 문학적이고 미학적인 데 있다. 더불어 프리모 레비에 따르면 수용소에 있던 사람들이 악착같이 살아남으려 애썼던 가장 큰 이유는 다른 사람들에게 자신들이 겪은 일을 이야기해주기 위해서였다고 한다. 이야기하기 위해 살아남았다는 순진하고도 낙관적인 이 증언이야말로 실제로 나를 전율시킨다. 수용소를 관리하던 이들, 수용소장부터 경비병이나 하급 관리자에 이르기까지 그 누구도 수용소에 대해 증언하지 않을 것이며 이야기하지 않을 것이기 때문이다. 결국 수용소에서 살아남은 사람들만이 수용소의 진실을 말해줄 수 있다. 프리모 레비의 통찰은 그 자신에게만 유효한 것이 아니라 이야기하기를 삶의 근원적 목표로 삼은 소설가들이 왜, 어떻게 태어났는지를 말해주는 것만 같다. 어떤 의미에서 보자면 나 또한 거대한 수용소에 산다. 내가 사는 수용소에는 눈에 보이는 울타리가 없으나 누구도 빠져나가지 못한다. 모욕을 당하고 심지어 죽임을 당하지만 합법으로 위장하여 이루어지기 때문에 저항하기조차 쉽지 않다. 수용소의 역사는 내가 아는 것과 다른 방식으로 기술되고 역사를 기술하려는 자들은 이를 위해 아무렇지도 않게 야합하고 왜곡한다. 행인지 불행인지 아직까지 나는 살아 있다. 만약 앞으로도 살아남을 수 있다면 나 역시 누군가에게 내가 겪은 이 일들을 들려주게 될 것이다. 살아남아 이야기할 수 있으려면 살아남을 수 있다는 희망을 지녀야 하고 그런 희망을 품을 수 있으려면 낙관해야 한다. 비관하지 않는 것으로 만족해서는 안 되며 절대적이고 필사적으로 낙관해야 한다. 새해가 밝아버렸다. 며칠 전만 해도 올해는 미래였는데 현재가 되어버렸다. 미래는 불가피하다. 반드시 맞닥뜨리게 된다. 그 때 내가 여전히 살아남았는데도 누군가에게 들려줄 이야기가 없다면 얼마나 쓸쓸하랴.

불혹의 작가들

한국 단편소설은 세계의 단편문학과 비교할 때 눈에 띄는 특징을 지녔다. 그 특징 가운데 하나는 대체로 분량이 길다는 점이다. 신춘문예를 비롯해 문예지의 신인상 응모 요강을 살펴보면 20세기 초중반에는 단편소설 분량이 원고지 60매 내외였는데 이즈음은 대부분 80매 내외 혹은 100매 내외까지도 이른다. 세월이 흐르면서 단편소설의 길이가 조금씩 늘어난 현실을 반영한 것이다. 길이가 늘어나면서 달라진 건 작품의 밀도이다. 한마디로 더 단단해졌다. 60매 내외의 소설이 100매 내외까지 늘어났다면 밀도가 옅어지고 긴장이 느슨해져야 하는데 그와는 반대로 한국의 단편소설은 그 어느 때보다 정제되고 꽉 짜인 형태를 보여준다. 이를테면 남정현의 소설을 비롯해 조세희, 윤흥길 그리고 오정희, 이문구의 소설 등은 빈틈이 없어 어떤 문장이든 한 문장만 삭제해도 소설 전체가 흔들릴 만큼 문장들 사이의 인력이 강하다. 그들의 공통점은 문장에 군더더기가 없다는 점인데 기이하게도 이 잘 벼리어진 문장들이야말로 어떤 문장들보다 더 독자의 적극적인 독해를 요구한다. 한국의 단편소설은 세계의 단편문학이 가지 않은 길을 걸어왔다. 단편 고유의 색깔이라 할 수 있는 찰나의 순간, 이른바 삶의 결정적인 시기라 할 수 있는 한순간을 의미심장하게 제시하는 방식을 넘어 장편소설에서나 가능할 법한 이 세계의 총체성을 환기시키는 영역에까지 이르렀다. 외국의 단편 가운데에도 한국 단편소설과 유사한 형태를 지닌 작품을 찾아볼 수는 있으나 한국의 단편소설만큼 이런 형태가 보편적으로 광범위하게 수용되고 발전된 예는 드문 듯하다. 다시 말해 한국의 단편소설에는 장편소설에서나 그려질 법한 유장한 인간의 사연이 짓이겨지고 으깨어지고 부서진 채로 멍이 들고 깨져 피 흘리는 채로 담겨 있다. 그 때문인지 보통의 독자라고 할 수 있는 주변의 지인들에게 한국 단편이 세계의 단편과 비교할 때 재미가 덜하고 어렵다는 불평을 이따금 듣는다. 맞는 말이다. 내가 느끼기에도 그렇다. 이런 경우에 내가 언급할 수 있는 건 윌리엄 포크너의 일화뿐이다. 누군가가 윌리엄 포크너에게 당신 소설은 한 번 두 번 세 번 읽어도 이해할 수 없노라고 독자들이 불평하는데 이를 어떻게 생각하느냐고 묻자 윌리엄 포크너는 조심스럽지만 단호하게 되묻는다. 네 번 읽으면 안 되겠습니까.

올해 11월 18일은 한국작가회의가 창립 40주년을 맞는 날이다. 1974년 같은 날 당시의 젊은 작가들은 상상력을 봉쇄시킨 기성의 문학과 질서를 비판하며 자유실천문인협의회를 결성했다. 이 고색창연한 이름에서 시작해 민족문학작가회의를 거쳐 한국작가회의로 불혹을 맞게 된 그이들은 한국 현대사의 한복판을 걸어왔다. 그이들은 대체로 재미없는 사람들이다. 그이들은 술자리에서조차 조금은 서글픈 표정을 짓는다. 하필이면 이 각다분한 한국에 태어나 그것도 작가가 되어 살아간다는 일에 이미 지쳐버린 표정 말이다. 바로 그런 이들이 소리 없이 독재에 맞서 싸웠고 매문에 저항했고 이 세상에 외롭고 쓸쓸하고 억울한 사람이 단 한 명이라도 있다면 그 사람 곁에서 글을 쓰겠다는 각오로 살아왔으며 더불어 세계문학에서 가장 독보적인 단편소설의 형태를 고안했다. 그럴 수 있었던 건 그이들이 창작의 공간을 무한히 확대했기 때문이다. 그이들은 자신만의 작업실이 아닌 거리에서 음식점에서 일터에서 감옥에서 글을 썼고 그마저 여의치 않다면 허공에 대고 글을 썼으며 그마저도 어려워지면 사람의 가슴에 글을 썼다. 문학은 사람이 사람에게 건네는 말임을 그이들은 지난 40년 동안 확인해왔다. 그러므로 한국의 문학에 세계문학과 견주어 진정으로 독보적인 무언가가 있다면 바로 그이들이 만들어낸 것이라 해도 좋으리라.

미적 거리

소설가의 가장 사적이고 은밀한 체험이 소설에 드러나는 양상은 다양하다. 소설가가 완벽하게 지워진 소설도 있는 반면 소설가의 실제 모습이 생생하게 만져지는 소설도 있다. 후자의 경우에는 자전적인 소설에서 흔히 볼 수 있으며 어디까지가 작가의 체험이고 어디부터가 허구인지 구분하기가 어렵지 않지만 작가의 흔적이 전혀 없는 소설이라면 그런 구별이 쉽지 않다. 1925년에 발표된 채만식의 단편 「불효자식」에는 마약 중독자로 인생을 망친 인물이 등장한다. 마약에 중독된 인물의 몰락 과정이 얼마나 사실적으로 묘사되었던지 이 소설을 발표한 뒤 채만식은 주위 사람들에게 정말 마약에 중독된 적이 있는 게 아니냐는 의심까지 받았다. 물론 채만식과 소설의 인물 사이에는 아무런 공통점이 없다. 그렇다고 해서 이 소설이 채만식의 개인적 체험과 완벽하게 무관하다고 장담할 수도 없다. 비약하자면 채만식은 스스로를 파멸로 이끌 게 분명해 보이는 소설가의 길을 걷는 심정을 몰락하게 될 것이 분명한데도 불구하고 마약에 빠져드는 인물에 투영했는지도 모른다. 이처럼 모호한 상황을 설명해줄 수 있는 적절한 용어가 미적 거리다. 이를테면 누군가가 세월호 참사를 소설로 쓰려고 한다면 그이는 우선 세월호 참사와 심리적 거리를 유지할 수 있어야 한다. 너무 깊이 빠져들거나 멀어지면 안 된다. 작가라면 익숙하고 밀접하기 때문에 잘 안다고 믿는 것들을 오히려 의심할 줄 알아야 하며 한 걸음 떨어져서 객관적인 시선으로 볼 줄도 알아야 한다. 그래야 사적이고 은밀한 체험을 소설로 쓸 수 있게 된다. 그러나 나는 바로 이러한 생각들이 미적 거리에 대한 오래된 오해라고 여긴다.

알랭 로브그리예의 『질투』는 카메라의 눈이라 일컫는 기법으로 서술되었다. 이 소설의 매력은 언뜻 보기에 세밀화에 가까운 정교하고 객관적인 묘사에 있는 것 같다. 감정을 철저히 배제하고 대상에 대해 최대한의 거리를 유지하면서 객관적인 태도를 잃지 않는다. 하지만 많은 이들이 이미 언급했듯이 『질투』의 진정한 매력은 다른 곳에 있다. 감정이 제거된 객관화된 장면에서 아이러니하게도 아내를 바라보는 남편의 질투를 느낄 수 있다. 감정을 제거하여 감정을 재현해낸 셈인데 그럴 수 있었던 건 소설의 내부에 존재하면서도 소설의 바깥에 있는 듯한 서술 태도가 불러일으키는 기묘한 긴장감 때문이라고 할 수 있다. 분명히 이 소설의 화자는 남편인 것처럼 보인다. 그건 곧 화자가 소설의 인물이라는 뜻이며 소설의 내부에서 독자에게 이야기를 들려준다는 뜻이다. 하지만 『질투』의 화자는 마치 소설 바깥에 존재하는 것처럼 무심하게 이야기를 들려주며 자신의 감정을 드러내지 않는다. 바로 이 불가능해 보이는 위치, 내부에 존재하는 동시에 외부에 존재하는 화자, 동시에 존재하면서 어디에도 존재하지 않는 것 같은 화자가 『질투』의 요체라고 할 수 있다. 이 소설에는 일반적인 의미에서의 미적 거리라는 게 없다. 만약 있다면 동요하고 갈팡질팡하는 화자가 있을 뿐이다. 전혀 객관적이지도 않고 일정한 거리를 유지하지도 못하는 화자가 있을 뿐이다. 질투에 사로잡혀 집요하게 아내를 바라보는 남편이 있을 뿐이다. 다시 돌아가보자. 만약 누군가가 세월호 참사를 소설로 쓰려고 한다면 그이는 우선 세월호 참사 앞에서 한없이 흔들려야 한다. 세월호 참사로 가까이 다가가야 하고 거기에서 길을 잃어야 한다. 그 내부에서 기꺼이 흔들릴 수 있을 때 비로소 미적 거리가 태어나게 될 것이다. 일정한 거리를 유지함으로써 미적 거리를 실현하려는 시도가 대체로 실패하는 것은 한 걸음 멀어져서가 아니라 한 걸음 가까이 다가감으로써 미적 거리를 실현할 가능성이 크기 때문이다. 질투에 사로잡힌 남편의 집요한 시선이 그러했듯이 세월호 내부에서 더 흔들리고 아파하고 분노해야 한다.

불가능한 아름다움

소설은 본질적으로 산문에 속하기에 소설의 문장들은 산문정신과 밀접한 관련을 맺는다. 산문정신이란 대상에 대한 철저하고 구체적이며 사실적인 접근 태도를 뜻하는데 굳이 비교하자면 한 편의 시는 사랑을 가리켜 '그것은 하나의 사태였다'라고 간결하게 보여줄 수 있으나 한 편의 소설은 두 사람이 어떻게 만나 서로에게 이끌렸고 어떤 방식으로 감정을 드러내거나 감추면서 서로를 밀어내는 동시에 끌어당겼는지와 같은 감정과 행동의 사소하고 세부적인 결들을 섬세하게 포착해 보여주지 않으면 안 되는 것이라고 할 수 있다. 아마도 이런 차이 때문에 소설의 문장들에 대한 오해가 생기는 것 같다. 좋은 소설 문장이란 산문정신에 얼마나 근접했는가로 판단할 수 있다는, 불필요한 수사와 어리석은 말장난에서 얼마나 멀리 떨어져 있느

냐로 판단할 수 있다는 오해 말이다. 이 오해가 오해인 이유는 앞서 설명한 산문정신을 문자 그대로의 의미로만 받아들여서다. 대상에 대한 철저하고 구체적이며 사실적인 접근 태도와 그런 태도가 바탕이 되어 태어난 문장이 반드시 표면적으로 일치할 필요가 없다는 사실을 고려하지 않기 때문이다. 정직함을 표현하기 위해 정직한 단어만을 고를 필요가 없듯이 말이다. 그러나 만약 누군가가 정직함을 표현하기 위해 정직한 언어만을 구사하려 한다면 아모스 오즈의 소설에서 만날 수 있는 다음과 같은 문장, "너무 못생겨서 아름답기까지 하다"와 같은 삶의 언어를 구사할 수도 이해할 수도 없게 되어버릴 것이다. 다시 말해 때로는 슬픔에 눈이 부실 수도 있고 기쁨에 절망할 수도 있으며 행복 때문에 불행할 수도 있는, 삶의 도처에 존재하는 아이러니를 똑바로 볼 수 없게 되는 것이다. 물론 이런 오해가 풀렸다고 해서 소설 문장의 정수에 다가갈 수 있는 건 아니다. 반드시 해결해야 할 오해 혹은 용납해야 할 모순이 하나 더 있다. 기이하게도 아름다운 한 편의 시는 예외 없이 자신의 내부에 수많은 사연들을 품고 있어서 독자는 결국 아름다운 한 편의 시를 읽었을 뿐인데도 아름다운 한 편의 소설을 읽은 것과 비슷한 상태에 이르게 된다. 반대로 아름다운 한 편의 소설은 아무리 길고 긴 장편소설이라 해도 예외 없이 시와 같은 한 줄의 문장으로 요약될 수 있으며 길고 긴 독서 끝에 남는 건 거대한 하나의 이미지다. 그러므로 문장의 정수는 어느 한 기법이나 기교에 있지 않다. 문장의 정수는 시이거나 소설이거나 상관없이, 시적인 정신을 드러내려는 시도이거나 산문적인 정신을 드러내려는 시도이거나 무관하게 시가 소설이 되고 소설이 시가 된다는 이 불가능해 보이는 일을 가능하다고 믿는 데에서 시작되고 완성된다. 셰익스피어의 「로미오와 줄리엣」에도 "미움 때문에 다툴 일도 많지만, 사랑 때문에 다툴 일은 더 많지"라는 식의 무수한 말장난이 있다. 그러나 셰익스피어 문장의 아름다움을 인정한다면 결국 문장의 정수가 말장난이냐 아니냐를 구별하는 기준에 있지 않다는 것도 인정할 수 있을 것이다. 말장난이어도 괜찮다. 말장난이어서 문제인 것은 아니다. 얼마나 진지하게 말장난을 했느냐가 문제일 뿐이다. 말장난의 최대치에 이르기 위해 얼마나 용기를 냈느냐가 문제일 뿐이다. 장 주네의 소설 『도둑일기』의 한 문장인 "스페인 그리고 그곳에서의 나의 비렁뱅이 생활은 호화로운 비천함이 어떤 것인지 확실하게 보여주는 것이다"에서 '호화로운 비천함'은 초보적인 말장난 같은 형용모순에 불과하지만 '호화롭다'에도 속하지 않고 '비천하다'에도 속하지 않는 낯선 이미지를 느낄 수 있다. 비천함이 비천함으로만 머물지 않고 어떤 호화로움보다 호화로울 수도 있다는, 가난하고 억압받고 소외당한 이들이 매 순간 느껴야 하는 비천함이 그들을 가난하게 만들고 억압하고 소외시킨

이들이 누리는 호화로움보다 정의롭고 순수하고 아름답다는, 이 불가능해 보이던 의미의 비약이 이루어진 순간에 언뜻 드러나는 것이 바로 문장의 정수다.

아름다운 테러

팔레스타인 출신의 소설가 가싼 카나파니는 「불볕 속의 사람들」에서 이른바 쿠웨이트 드림을 찾아 국경을 넘다가 죽어간 사람들을 그렸다. 저마다의 사연을 지닌 채 전 재산을 털어 밀입국을 시도하던 노인과 소년 그리고 청년은 쿠웨이트 국경 검문소에서 그들이 타고 있던 트럭이 지체하는 바람에 트럭의 빈 물탱크 안에서 질식해 죽고 만다. 역시나 팔레스타인 출신인 트럭 운전사는 왜 살려달라고 물탱크 벽을 두드리지 않았냐며 공허하게 읊조리고는 시체들을 사막에 버리고 간다. 작가의 시선은 놀라울 만큼 냉정해서 시체들 품에서 돈이 될 만한 건 모두 챙겨 떠나는 트럭 운전사를 보여주며 이야기를 마친다. 소설 전체를 지배하는 이미지는 뜨거운 태양에 달구어져 이글이글 타오르는 황폐한 사막이다. 그 사막을 헛된 열망을 품은 채 건너가는 비루한 인간들의 운명처럼 말이다. 숨이 막힐 만큼 건조하면서 등골이 오싹할 만큼 냉기가 흐르는 소설이었다. 이 소설을 읽고 난 뒤 나는 또래의 팔레스타인 출신 소설가를 만날 기회가 있었다. 나는 그이에게 가싼 카나파니를 어떻게 생각하는지 묻지 않을 수 없었다. 그이는 어린 시절에는 가싼 카나파니의 소설을 읽을 수가 없었다고 했다. 이유를 묻자 어른들이 읽지 못하게 했다는 거다. 왜 읽지 못하게 했냐고 다시 물었더니 그이는 어깨를 으쓱하더니 한마디로 너무 슬퍼서라고 답했다. 사실 「불볕 속의 사람들」이 발표되었을 때 팔레스타인 사람들은 이 소설을 읽고 분노했다고 한다. 그들이 분노한 가장 큰 이유는 동족이 죽었는데 사막에 그냥 버리고 간 트럭 운전사의 몰인정한 행태에 있었다고 한다. 세월이 흐른 뒤 이 소설은 팔레스타인 사람들이 가장 사랑하는 작품이 되었고 아랍 문학사뿐만 아니라 세계문학사에 우뚝 솟은 작품으로 자리매김했다. 한 명의 팔레스타인인으로서 동족의 고통을 함께 느끼고 나누기를 주저하지 않았던 가싼 카나파니였으나 한 명의 소설가로서 그는 누구보다 냉철한 관찰자였다. 결국 그는 젊은 나이에 이스라엘 정보부의 테러에 의해 목숨을 잃었다. 그가 탄 자동차에 폭탄을 설치했던 이스라엘은 그를 폭사시키는 데 성공했을지는 몰라도 그의 소설은 털끝조차 건드릴 수 없었으며 앞으로도 영원히 그러할 것이다. 테러는 그 순간 경악과 공포를 불러일으킬 수 있을지는 몰라도 진정으로 의미심장한 변화는 불러일으키지 못한다. 그런 테러야말로 비열하다.

박성우 시인의 「삼학년」이라는 시에도 가히 테러라 할 만한 사건이 묘사된다. "부엌 찬장에서 미숫가루통 훔쳐다가/ 동네 우물에 부었다/ 사카린이랑 슈거도 몽땅 털어넣었다/ 두레박을 들었다 놓았다 하며 미숫가루 저었다". 결국 이 시의 화자는 "빰따귀를 첨으로 맞았다". 시인은 독자들과 만난 자리에서 어린 시절의 경험을 그린 것이라 고백했는데 왜 그랬냐는 질문을 받자 천진난만하게도 그러면 모든 사람들이 행복해질 것 같아서였다고 답했다. 동네 우물을 망가뜨려 한동안 쓸 수 없게 만든 아이의 장난 같은 놀이는 의도가 무엇이었든 실패하고 말았다. 그 아이조차 세상에서 가장 넉넉한 미숫가루 탄 물을 마셔보지 못했을 테니 말이다. 하지만 그뒤로 마을 사람들은 우물에서 두레박으로 물을 길어올릴 때마다 행여나 미숫가루 탄 물이 아닐까 눈여겨보다 웃음을 터트렸을 테고 이제 세월이 흘러 우물은 사라져 터만 남았다 해도 그곳을 지나칠 때마다 마을 사람 모두가 행복해지기를 바랐던 한 아이의 진심을 헤아리는 스스로를 발견할 것이다. 사람들의 가슴에 부드럽게 스며드는 테러를 막을 수 있는 방법은 없으니까.

그레고르 잠자들

카프카의 소설 「변신」에는 당시 사람들의 일상을 엿볼 수 있는 흥미로운 묘사가 있다. 주인공인 그레고르 잠자는 외판사원인데 이 소설에서는 그 시절 외판사원의 일상을 어느 정도 짐작할 수 있는 정보들이 있다. 소설에 드문드문 언급되는 단편적인 내용들을 요약해보자면 그레고르 잠자의 자명종 시계는 새벽 네시에 맞춰져 있다. 다섯시 기차를 타야 하기 때문이다. 하지만 그가 눈을 떴을 때는 이미 여섯시 반을 지나는 중이었고 다섯시 기차를 놓친 데 대해 사장에게 어떻게 변명할 것인가를 생각하는 동안 시간은 계속 흘러 순식간에 여섯시 사십오분이 되었다. 다음 기차는 일곱시에 있으니 지금쯤은 일어나야 했으나 몸을 움직일 수 없었고 그러는 동안 어느새 일곱시가 되었다. 그가 일단 출근해야 하는 매장은 일곱시 전에 개장을 하므로 그가 왜 출근하지 않았는지를 알아보러 매장에서 누군가 찾아올 거라는 생각을 하는 동안 일곱시 십분쯤이 되었고 아니나 다를까 바로 그때 현관문 초인종 소리가 났다. 그는 방문객의 목소리만 듣고도 누구인지 알아챘는데 방문객은 바로 지배인이었다. 아침 일곱시 십분에 왜 외판사원이 출근하지 않았는지를 알아보러 지배인이 직접 찾아온 것이다. 드디어 방문이 열리고 기이한 벌레로 변해버린 그가 가족과 지배인 앞에 모습을 드러냈다. 그는 여전히 사태의 심각성을 깨닫지 못한 채 지배인에게 다음 여덟시 기차를 꼭 탈 것이니 자신이 얼마나 충실한 사원인지를 사장에게 변호해달라는 장광설을 늘어놓는다. 하지만 그 말을 하는 동안 지배인은 이미 몸을 돌려 도망갈 준비를 했고 그가 지배인에게 다가가려 하다 넘어졌을 때 지배인은 모자, 외투, 단장마저 놓아둔 채 계단을 한 번에 훌쩍 뛰어내려 사라져버렸다. 지난 오 년 동안 결근은커녕 몸조차 아플 수 없었던 그였다. 물론 그는 아프지 않았던 게 아니라 아플 수가 없었던 것인데 만약 그가 아프다는 이유로 결근이라도 한다면 사장이 의료보험회사 전속의사를 데려와(그 의사는 이 세상에는 건강하지만 일하기 싫어하는 인간들만 있다고 생각하는 사람이다) 그를 해고할 것이기 때문이었다. 아무튼 원했거나 원하지 않았거나 그에게 처음으로 무위의 하루가 찾아왔고 그는 처음으로 '육신의 편안함'을 느꼈으나 이 하루가 바로 그의 죽음의 시작임을 우리는 모두 안다.

「변신」을 읽는 방법은 여러 가지이겠으나 외판사원의 일상이라는 한 측면에서 보자면 그레고르 잠자가 매번 영위해야 하는 하루가 그리 수월하지 않다는 것만은 알 수 있다. 또한 그의 하루가 낯설지만은 않은 것은 지금 이 순간에도 도처에서 그레고르 잠자를 만날 수 있기 때문이다. 새벽 네시면 이미 우유배달 신문배달 오토바이가 거리를 질주하고 쓰레기 수거 차량이 경보음을 울리며 느릿느릿 골목을 지난다. 등교하는 학생들과 출근하는 직장인들의 행렬이 아침 내내 이어지고 새벽부터 오전까지 아파트 엘리베이터에는 샴푸와 화장품 냄새가 고인 채 가시질 않는다. 출근하는 얼굴과 퇴근하는 얼굴이 똑같이 피곤에 절어 있고 내일은 좀더 나아지리라는 희망을 품은 채 더 나아질 것 없는 하루하루를 견디며 산다. 그레고르 잠자가 견뎌야 했던 하루가 지금 이 순간에도 끈질기게 되풀이된다.

소설에 묘사된 외판사원의 일상에 과장이 있을 수도 있겠으나 카프카 소설의 현대성이란 인간이 만들어낸 체제에 인간이 사로잡힐 수밖에 없는 상황의 아이러니임을 인정한다면 설령 과장이 있다 해도 그 의미가 달라지지는 않을 듯하다. 그레고르 잠자가 두어 달 동안 식구들의 짐으로 살다가 결국 죽었을 때 남은 세 식구, 즉 그의 부모와 누이동생이 '특히 앞으로는 상당히 희망적'이며 '그들의 새로운 꿈과 좋은 계획의 확증'

을 스스로 발견해내듯이 우리는 살아간다. 그들 역시 언젠가는 그레고르 잠자가 될 테지만. 미셸 푸코는 이런 말을 한 적이 있다. 우리를 혹사하는 체제를 전복하자.

기꺼이 헤매다

글을 쓰는 시간보다 아직은 글을 읽는 시간이 많은 것 같다. 내가 글을 읽는 이유는 영감을 받기 위해서고 영감이 필요한 이유는 글을 쓰지 못해서다. 글을 쓸 수 없는 시간들을 보내고 나면 삶의 일부를 낭비해버린 듯 허탈하기까지 하지만 좋은 글을 읽게 되면 외려 과분한 보상을 받은 것처럼 송구하기까지 하다. 최근 몇 년 사이에도 많은 글을 읽었다. 내가 읽은 글들은 대부분 소설이다. 한국소설이든 외국소설이든 동시대의 소설이든 오래된 소설이든 가리지 않는 편이다. 그렇다고 무작정 읽기만 하는 건 아니다. 나름대로의 원칙이 있다면 고전을 읽는 것이다. 사전은 고전을 오랫동안 많은 사람들에게 널리 읽히고 모범이 될 만한 문학작품이라 정의하지만 글쓰기를 업으로 삼은 내게 고전이란 영감을 주는 작품을 뜻한다. 그러므로 고전이 반드시 오래된 작품일 필요도 없고 많은 이들이 아는 작품일 필요도 없다. 최근에 읽은 소설 가운데 가장 인상적이었던 작품은 베트남의 소설가인 바오 닌의 단편 「물결의 비밀」이다. 단편이라 하기에는 너무 짧아서 미니픽션이라 할 수 있는 작품이다. 좋은 작품은 언제나 그렇듯이 비록 원고지 스무 매에 불과하다 해도 이천 매 못지않은 무게를 지니게 되는데 아마도 그것은 읽은 이가 언제까지나 그 작품을 되풀이하여 곱씹어서 실제보다 두텁게 기억하기 때문인 듯하다. 그처럼 이 소설은 처음 내 안에 자리잡은 뒤 수백수천 번 불려나와 나와 대면했기에 이제는 크기를 가늠할 수 없을 만큼 커다래지고 말았다. 사실을 말하자면 좀 절망적이었다. 적어도 내가 보기에 소설가라면 이런 소설 한 편쯤은 남겨야 할 것 같았고 이런 소설 한 편 쓰기가 난망하기 이를 데 없음을, 어쩌면 평생을 다해 쓰더라도 이루지 못하게 될 것임을 잘 알아서였다. 그러나 나는 이 절망이 다른 한편으로는 강렬한 유혹임을 느낀다. 한 편의 아름다운 소설이 도달한 지점에 나 역시 가보고 싶다는 열망이 나를 절망에서 일으켜세워줄 것임을 느낀다. 아니 그럴 것이라 믿고 싶다. 소설가가 바랄 수 있고 할 수 있는 일은 여느 소설가들을 능가하는 것이 아니라 지금의 나 자신을 능가하는 것임을. 오늘 내가 단어 하나에 일 분을 문장 하나에 십 분을 바쳤다면 내일의 나는 단어 하나에 십 분을 문장 하나에 한 시간을 바쳐야 한다. 바오 닌 역시 그런 방식으로 스스로를 능가했을 테고 아름다운 소설을 결코 쓰지 못하리라는 불안을 견뎠을 테다. 많은 이들이 묻는다. 글을 쓸 수 없는 상황인데도 글을 쓰려는 열망만이 가득할 때 그 사람을 죽이는 건 글을 쓰려는 열망이므로 살기 위해서는 글을 쓰지 않아야 하는 게 아니냐고. 그런 질문을 받을 때마다 나는 사무엘 베케트와 필립 로스의 말을 떠올린다. 베케트의 "실패하고 또 실패하라. 더 낫게 실패하라"는 문장에는 이어져야 할 문장이 있다. "더 나은 실패가 성공을 보장하지는 않는다." 현실적으로 보자면 실패하고 실패하여 최악에 이르러 끝장날 가능성이 더 높다. 그러므로 나는 베케트의 문장을 신입사원 연수회에서 정력적인 강사가 주장할 법한 성공하는 사람의 자세와 같은 것으로 읽고 싶지는 않다. 실패가 분명해도 다시 시도할 수 있는 용기, 그런 용기를 지닌 사람, 창의적으로 실패하여 실패조차 인간적인 사람에 대한 이야기로 읽고 싶다. 필립 로스는 〈파리 리뷰〉에서 이렇게 말했다. "거침없이 글을 쓴다는 것은 아무것도 일어나고 있지 않다는 증표입니다. 거침없이 글을 쓴다는 것은 실제로는 글쓰기를 멈춰야 한다는 증표이지요. 한 문장에서 다른 문장으로 넘어갈 때 어둠 속에서 헤매게 되면, 계속 글쓰기를 해야 한다는 확신이 생깁니다." 글을 쓰는 동안에는 글쓰기를 의심해야 하고 글을 쓰지 못하는 동안에는 진정으로 글쓰기가 이뤄지고 있음을 믿어야 한다. 그러므로 아무것도 이루지 못했다고 자책하는 순간, 사실 우리는 무언가를 이루기 직전에 있는 셈이다.

사연과 글쓰기

사연 없는 사람은 없겠지만 그 사연을 글로 풀어내 쓰는 일은 생각처럼 쉽지 않다. 그러기에 우리가 종종 듣게 되는 말, 내 인생을 소설로 쓰면 대하소설로도 부족할 거라는 말은 한 사람의 삶이 얼마나 유장하고 웅숭깊을 수 있는가를 뜻하지만 삶을 소설로 풀어내기가 좀처럼 여의치 않다는 뜻으로 새겨들을 수도 있다. 누구보다 가슴 절절한 삶을 살아왔는데 글로 풀어내지 못하는 이유도 여러 가지이겠지만 그중 하나는 자신의 사연임에도 불구하고 한 번도 온전히 소유해본 적이 없기 때문일 수도 있다.

사소설은 작가 자신이 주인공이며 작가의 개인적인 체험이 주된 내용인 소설이다. 사소설이 하나의 장르를 뜻할 때에는 일본의 특유한 소설 형식을 가리키기도 하는데 일본의 대표적인 사소설 작가 가운데 한 명이 다자이 오사무이고 그의 딸인 쓰시마 유코 역시 현대 일본 사소설을 대표하는 작가이다. 우리에게 소개된 쓰시마 유코의 작품 가운데 「욕실」이라는 단편소설에는 작가인 유코라 여겨지는 인물이 등장한다. 유코는 어느 날 방과후에 오빠가 입원한 병실에 들른다. 오랫동안 감기로 누워 있던 오빠가 입원한 거였다. 그러나 병실은 텅 비어 있었고 유코는 오빠가 죽었음을 짐작한다. 오빠가 어떻게 됐는지 이미 가슴 깊은 곳에서 알아차렸지만 인정할 수는 없었기에 집으로 돌아가서도 유코는 일부러 아무렇지도 않다는 듯 자신을 보며 반가워하는 개와 장난을 친다. 그런 유코에게 숙모가 너 아무것도 모르는구나, 네 오빠가 죽었다 하고는 울음을 터뜨린다. 유코는 죽은 오빠의 얼굴을 보게 되고 장례를 치르지만 그러는 내내 오빠가 죽었다는 사실을 잘 모르겠다는 식의 태도를 버리지 못한다. 모르는 체하기. 여기에는 두 과정이 묘사되어 있다. 하나는 유코가 오빠의 죽음을 직감했음에도 스스로 부정해버리는 과정이고 다른 하나는 유코가 어리기에 죽음이 무엇인지 알지 못할 것이라 여기는 주변 사람의 단정적인 언행 탓에 타인의 시선에 스스로를 묶어두는 과정이다. 현실을 직시하고 인정하는 것도 중요하겠지만 타인의 시선에 비친 나를 벗어나 나 자신이 되는 것 역시 중요하다.

「욕실」에서도 유코의 회한은 그 지점을 향하지만 또다른 단편 「슬픔에 관하여」에서는 그런 점이 더 분명하게 드러난다. 이 소설은 실제로 어린 아들을 잃은 유코가 아들의 죽음 이후 슬픔을 극복하는 과정을 다룬다. 그리고 유코가 슬픔을 극복하는 과정이야말로 슬픔을 온전히 자신의 것으로 소유하는 과정이라고 할 수 있다. 타인의 위로와 동정이 아무리 예의바르고 인간적이라 해도 결국 슬픔을 극복할 수 있으려면 그 슬픔을 온전히 자신의 것으로 만들어야 한다는 걸 잘 보여준다. 내가 느끼는 슬픔, 기쁨, 괴로움, 외로움 등은 나의 것이기에 누구보다 절절하다고 느낄 수밖에 없다. 그러나 타인의 시선으로부터 완벽하게 자유로운 상태에서 나의 감정에 몰두하기란 생각처럼 쉽지 않다. 위로의 말에 고맙다거나 괜찮다고 대답해줘야 하고 내 감정을 타인이 부담스러워할까봐 억눌러야 할 때도 있다. 이 모든 감정은 설령 이미 존재했다 해도 시간이 흐른 뒤에야 실감할 수도 있기 때문에 감정과 감정에 대한 반응에도 시차가 있을 수 있으므로 때로는 눈물 한 방울 흘리지 않는 독한 사람이라는 손가락질을 모르는 척해야 할 수도 있다. 우리는 감정이란 사적인 것이기에 박탈당할 수 없다고 여긴다. 어느 정도는 맞는 말이다. 그러나 그러한 감정을 순수하게 홀로 소유할 수 없다는 것도 어느 정도는 맞는 말이다. 누구에게나 사연은 있다. 그리고 그 사연들 가운데 누구의 것이 더 소중하다거나 아름답다고 말할 수는 없다. 사연이 반드시 글이 될 필요도 없고 글이 되지 않는다고 해서 사연이 아닌 것도 아니다. 그러나 사연이 있는 것과 사연을 온전히 소유하는 건 조금 다른 문제다. 내가 살아온 이 신산한 삶이 내 것이 아니라면 누구의 것이란 말인가 하고 당연하게 생각한다면 이미 그건 내 삶이 아닌 셈이다.

바람이 분다

유독 마음이 기우는 문장들이 있다. 아직 다 읽지도 않았는데 벌써부터 가슴이 저리고, 아끼고 아껴 읽어야 했는데 너무 서둘러 읽어버린 것 같아 속상하고, 다 읽은 뒤에도 다 읽었다고 말할 수 없는 문장들이 있다. 별것 아닌 듯한 이 문장을 완성하기 위해 글쓴이가 얼마나 오래 머뭇거렸는지를 느낄 수 있는 그런 문장들에 나는 유독 마음이 기울곤 한다. 아무리 오랜 세월 되풀이해서 쓴다 한들 결코 완전하게 표현할 수 없으리라는 절망으로 써온 문장들이 내게도 있다. 그 문장들은 대부분 할머니에 대한 것들이었다. 할머니는 내가 아홉 살일 때 세상을 떠났다. 할머니의 죽음이야말로 진실로 내가 겪었다고 할 법한 최초의 죽음이었다. 그보다 몇 해 전에 돌아가신 할아버지에 대한 기억은 거의 없기 때문이기도 했지만 무엇보다 인간의 죽음이라는 무시무시한 관념이 내 심중에 자리잡았던 게 바로 그때여서였다. 그렇게 된 이유도 따지고 보면 내게 있었다. 아홉 살이 되던 그해 들머리, 아직 겨울의 한가운데를 지나는 중이었다. 할머니는 지난 세밑부터 내내 윗방 아랫목에 자리보전을 한 채 시름시름 앓고 있었다. 아버지는 하루에 한 번씩 할머니의 가느다란 팔뚝에 링거 주삿바늘을 꽂았고 마당에 쌓여가던 눈보다 희디흰 머리칼 몇 오라기가 할머니의 이마에 들러붙은 채 떨어질 줄을 몰랐다. 가끔 정신을 차린 할머니는 당신이 왜 여태 죽지 않고 살아 있는지 모르겠다는 눈빛이었고 솔직히 말하자면 나는 그런 할머니가 무서웠다. 내게 가장 살가웠던 한 사람이 죽어간다는 사실이 무서웠고 그냥 이런 일이 벌어지고 있다는 것 자체가 낯설고 두려웠다. 어느 날 밤 할머니의 임종이 가까워서 그랬는지 부모님은 나를 아랫집으로 보냈다. 밤이 깊었고 아랫집 육촌 형제들이 너희 할머니 곧 돌아가실 것 같으니 집으로 올라가보라고 했다. 나는 고개를 저었다. 얼마 지나지 않아 어머니의 곡소리가 아련하게 들려왔다. 나는 아랫집 육촌 형제들의 방에서 자다 깨기를 되풀이하다 다음날 아침에야 집으로 갔다. 병풍으로 가려졌기 때문에 돌아가신 할머니를 볼 수는 없었다. 초상을 치르는 동안 나는 무슨 일이 벌어진 건지 모른다는 태도를 유지했고 출상하던 날에도 마을 입구에서 걸음을 멈춘 채 멀어져가는 상여를 눈으로만 배웅했다. 그로부터 수십 년의 세월이 흘렀다. 그동안 나는 할머니를 그리워하는 마음을 담아 무수한 문장을 썼고 아무리 쓰고 또 써도 그 마음을 문장에 온전히 담아낼 수 없다는 사실 때문에 비참한 기분에서 헤어나질 못했다. 죽음을 직시하기에는 너무 어린 나이였다며 스스로를 달래보아도 소용이 없었다. 오랜 세월 할머니를 글로 쓰면서 깨달은 것 가운데 하나는 비록 어린 소년에 불과했다 해도 내가 만약 그때 할머니 곁에서 임종을 지켰더라면, 죽어가는 할머니의 손을 어루만져보았더라면, 당신 이마에 들러붙은 머리칼을 떼어줬더라면, 무슨 일이 벌어졌는지 모르겠다며 짐짓 아무렇지도 않은 척하는 대신 눈물 콧물로 범벅이 되면서 한바탕 서럽게 울었더라면 이토록 쓸모없는 문장들을 아프도록 되풀이하여 쓰는 일에서 오래전에 놓여났을지도 모른다는 거였다.

얼마 전 세월호 미수습자 5인의 유족들이 유해 수색을 포기하고 장례를 치렀다. 아마도 그이들은 죽은 이의 낯을 한 번만이라도 쓸어보고 싶었으리라. 죽은 이의 차가운 두 손을 어루만져보고도 싶었으리라. 얼마나 외로웠냐고 얼마나 무서웠냐고 이제 그만 외로워하라고 이제 그만 무서워하라고 죽은 이의 귀에 대고 속삭여주고 싶었으리라. 이제 그이들은 허공에 손을 내밀어 허공을 쓰다듬어야 하고 허공을 어루만져야 하고 허공에 대고 속삭여야 하리라. 허공이란 무엇으로도 채울 수 없는 공간이므로 한평생 그래야 하리라. 바람만 불어도 허공에 속삭인 말은 흩어질 것이므로 바람보다 먼저 속삭이고 바람보다 오래 속삭이고 바람보다 빨리 울고, 바람보다, 언제나 바람보다.

이야기꽃

꽃을 비유로 삼은 표현들은 많으나 그중 내 마음에 가장 깊숙이 들어와 날마다 피어나는 게 바로 이야기꽃이라는 표현이다. 누군가 웃을 때 그냥 웃는 게 아니라 웃음꽃이 피어났다고 표현하면 혼자 외롭게 피어나는 꽃을 떠올리는 이는 없을 것이다. 흔한 들꽃이라 해도 무리지어 피어나면 장관을 이루듯 사람의 얼굴에 피어나는 웃음꽃은 전염성이 있어서 금세 다른 이의 얼굴에서도 꽃이 피어나기 마련이고 이처럼 함께 마주보거나 둘러앉은 이들이 더불어 웃을 때 웃음꽃이라는 낱말도 생명력을 가지게 된다. 이야기꽃도 마찬가지다. 이야기꽃은 한 송이 고독한 꽃의 이미지보다는 반딧불이 무리가 낮은 허공에서 끝없이 반짝이듯이 이 사람 저 사람의 입에서 태어난 봉오리들이 서로의 시선이 교차하는 지점에서 톡톡 터지며 피어나는 꽃무리의 이미지에 가깝다. 어린 시절, 정확히는 모르겠지만 아마 열 살 무렵의 어느 겨울 새벽에 깨어났다가 어머니가 없는 걸 알고 공포에 휩싸였던 기억이 있다. 그런 일이야 자주 있었겠지만 유독 그 무렵의 일이 선명하게 떠오르는 건 그때를 경계로 내 안에서 무언가가 달라졌기 때문일 테다. 나는 어머니가 돌아올 때까지 공포에 사로잡힌 채 이런저런 생각들, 어머니가 보따리를 싸 도망을 쳤을지도 모른다거나 전래동화처럼 시체를 파내러 갔다거나 혹은 부엌에 칼을 갈러 갔다거나, 지금까지 어머니라 알고 있던 당신이 정말 내 어머니가 맞을까 등등 끔찍한 상상들을 하며 그 시간을 보냈다. 물론 어머니는 연탄을 갈러 갔거나 볼일을 보러 간 것에 불과할 테지만 세월이 흐를수록 이상하게도 이 불쾌한 상상들, 최악을 가정하는 상상들이 사실은 나를 구원해준 게 아닐까 싶어졌다. 이해할 수 없는 일을 이해해보려고 시도하기. 불가능해 보이는 일에 정당성과 인과관계를 부여해 안심하려는 성향은 어쩌면 본능에 속하는 것일지도 모르겠지만 어쨌든 이야기란 본질적으로 그런 속성을 지니는 것 같다는 생각이 들었다. 그럼에도 불구하고 내 상상이 불안이라는 범주를 벗어나지 못했던 이유는 오래도록 불분명했다. 이즈음 들어 깨닫는 건 이야기가 이야기에 머물지 않고 이야기꽃이 될 수 있으려면 그 이야기가 어느 한 사람의 것이 아니라 다른 사람과 공유할 수 있는 것이어야 하는 게 아닐까, 라는 점이다. 만약 어머니가 잠시 부재했던 겨울 새벽의 짧은 순간을 나 혼자 이야기로 만들어 간직하는 대신 어머니와 나누었더라면, 수십 년이 지난 어느 날 어머니는 내게 그날을 상기시키면서, 저놈이 어렸을 때 얼마나 겁이 많았는지 몰라, 연탄불 갈려고 새벽에 잠깐 나갔다 왔는데 내 차디찬 발목을 붙잡고 닭똥 같은 눈물을 흘리지 않았겠어 하며 웃었을지도 모른다. 어쩌면 당신은 그때 정말 보따리를 싸서 도망가려고 작심했는데 어린 아들의 눈물바람을 보고 마음을 돌려세웠노라 고백했을지도 모른다. 이야기가 꽃을 피우려면 이야기가 진행되는 내내 맞장구를 치고 잘못된 점을 지적해주고 빠뜨린 부분을 일러줄 사람이 있어야 하며, 그럴 수 있으려면 이야기를 하는 사람과 듣는 사람이 모두 사연의 당사자여야 하고, 사람과 사람 사이에 사연이 생기려면 늘 보던 얼굴도 날마다 새롭게 볼 수 있어야 하며 매 순간 최선과 진심을 다하며 함께 살아가야 한다.

이야기는 실제 삶을 불안에서 건져주지는 못하겠지만 그 불안을 무사히 건너갈 수 있게 도와주기는 한다. 만약 이게 최소의 원칙이라면 좋은 문학은 이 최소를 넘어서는 것이어야 하며 불가능해 보이는 일을 해내는 것이어야 한다. 어떤 존재든 그 존재의 의미는 그의 내부에 있지 않다. 의미는 그에게 허락된 것을 넘어서는 순간 태어난다. 우리가 서로 만나 이야기꽃을 피우지 못한다면 우리가 지난 세월 서로에게 무심했음을, 우리에게 사연이 없다면 우리가 헛되이 함께 살아오기만 했음을 말해준다. 이야기꽃은 남루한 삶 한가운데서 피어나 우리의 사연이 어떤 의미인지를 보여주는 꽃이다.

퇴고

최인훈이 소설 『광장』을 증쇄할 때마다 원고를 고쳤다는 것은 잘 알려진 일화다. 이미 가치를 인정받은 소설인데도 그이는 거듭해서 퇴고했다. 퇴고란 한 편의 작품을 완성하기 위한 수많은 과정 가운데 최종적인 과정이다. 그 때문에 퇴고 이후를 상상하기가 힘들다. 퇴고를 마치면 작품을 끝낸 것이기에 또다시 퇴고를 한다는 건 스스로 작품의 완결성을 부인하는 셈이므로 작가에게는 특히 쉽지 않은 일이다. 그래서 퇴고에는 용기가 필요하다. 이를테면 한 편의 글에 과연 내가 썼는가 싶을 만큼 아름다운 문장이 있다면 그 문장은 그 글에서 가장 좋지 않은 문장일 가능성이 크다. 좋은 문장이란 그 글이 추구하는 미학적 시도를 담는 동시에 그 무엇과의 연계도 허용하지 않는 독립성을 지녀야 한다. 대체로 눈에 띌 만큼 아름다운 문장은 독립성은 지녔으되 그 글이 추구하는 미학적 시도와는 동떨어져 있다. 이 아름다운 문장을 포기하기란 쉽지 않다. 그러나 퇴고는 그런 과정을 통해 이루어져야 한다. 이처럼 한 편의 글을 완성하기 위해 퇴고하는 과정에서도 용기가 필요하지만 이미 완성된 글을 다시 만지는 일도 특별한 용기를 필요로 한다. 넓은 의미로 볼 때 한 생을 두고 스스로를 수정하는 것 역시 퇴고라고 할 수 있다. 아마도 최인훈의 퇴고는 이러한 의미에 가까웠을 듯하다. 그이가 거듭해서 단어 하나, 문장 하나를 고쳤을 때에는 단순히 소설의 완결성만을 의도했다고는 볼 수 없기 때문이다. 다시 말해 그이는 세계관의 변화를 퇴고를 통해 드러내려 했던 것이다. 물론 변화된 세계관을 드러내기 위해서는 새로운 작품을 창작하면 된다. 과거의 작품을 딛고 일어서서 새로운 작품으로 새로운 세계를 표현하면 된다. 그러나 만약 당신이 오직 단 하나의 작품에 자신의 모든 걸 내던져야 하는 사람이라면, 비유컨대 우리가 우리의 삶을 단 한 번밖에 살 수 없듯이 그 한 편의 소설 안에서 평생을 살아야 하는 운명이라면 어떻겠는가? 『광장』은 충분히 그렇다고 평가해도 좋을 작품이다.

나는 때때로 과거에 썼던 글에 머물러 살기도 하고 과거의 글을 딛고 써나간 새로운 글 속에 거처를 마련하기도 한다. 예전에 나는 '꽃과 사람'이라는 글에서 분분히 떨어지는 꽃잎들이 불러일으킨 상념을 이렇게 표현한 적이 있다. "분분히 떨어지는 꽃잎들, 저 아름다운 것들이 사람 말고 다른 무엇으로 환생할 수 있으랴 싶어서, 꼭 저만큼의 숫자로 어디에선가 아름다운 사람들이 태어날 것만 같아서 꽃 지는 일을 서글퍼할 것만은 아니라고 해도 좋을 듯싶다." 나는 오래도록 이 문장 안에서 살았다. 이 글을 쓴 뒤로도 지는 꽃잎을 보면 그것이 어디에선가 사람으로 환생하는 광경을 머릿속으로 그려보았고 사람은 이처럼 아름다운 존재의 변신임을 확신했다. 그러나 이제 나는 이 글을 퇴고해야 한다. 아름다운 것들이 지고 사람들이 태어났다는 관념은 힘을 잃었다. 아니 사실을 왜곡하고 진실을 은폐하는 불길한 힘을 지녔다. 사실을 말하자면 아름다운 사람들이 지고 꽃이 피었다. 꽃은 피어서 다시 졌다. 진실을 말하자면 꽃이 지는 건 사람들이 그처럼 졌다는 사실을 잊지 말라는 것이다. 꽃 진 자리에 다시 꽃이 피는 건 사람들이 그처럼 지고 피는 걸 잊지 말라는 것이다. 아무리 짓밟아도 다시 아름답게 피어나리라는 약속인 것이다. 차갑고 어두운 바다에서도 더러운 대지에서도 쓸쓸한 산중에서도 꽃이 피는 이유는 사람이 그처럼 천대받아 죽어갔음을 잊지 말라는 것이다. 분분히 죽어간 사람들, 저 아름다운 이들이 다른 무엇으로 환생한들, 꼭 저만큼의 숫자로 어디에선가 아름다운 꽃으로 피어난다 한들 그 이들을 알아보지 못한다면 꽃 지는 일보다 더 서글픈 일이 어디 있으랴. 나는 이제 지는 꽃들을 이렇게밖에는 볼 수 없게 되었다. 한 생을 바친 문장도 글도 아니었는데 한 생을 두고 후회해야 할 문장과 글이 되어버린 것이다. 아마도 훗날 내가 다시 이 문장을 퇴고하게 된다면, 사람들이 진 자리에 사람들이 태어났다고 쓰게 될 것이다. 반드시 그렇게 쓰게 될 것이다.

미니픽션

헛것들

그 사내가 죽고 난 뒤 남은 가족들은 누구에게도 소식을 알리지 않은 채 조용하고 신속하게 장례를 치렀다. 수사관은 그들의 이런 발 빠른 대응에 무척 놀랐다. 가족들이 염려하는 것과 같은 종류의 추문이 퍼져나갈 가능성은 희박했다. 사내의 주검을 최초로 발견했던 열일곱 살 주희는 실어증을 앓기라도 하듯 한사코 입을 열지 않았고, 간간이 내뱉는 말 역시 해독이 불가능한 중얼거림에 지나지 않았다. 사내는 주희의 배 위에서 복상사를 한 것도 아니었으며 주희와 관계를 가지지도 않았다. 오히려 소파에 단정히 앉은 자세로 발견되었을 때 사내는 죽은 사람이 아니라 잠시 쉬기 위해 조용히 눈을 감고 있는 사람과 같아 신고를 받고 출동했던 관계자들에게 특별한 인상을 심어주었다. 헐렁한 실내복 차림이 아니었고 단정한 옷차림이었으며 사내의 얼굴에 깊이 새겨진—아마도 죽는 순간 지었을 어떤 표정이 영원히 굳어버린 것일 테지만—표정은 고뇌하는 자의 그것에 가까웠으므로 사내의 이력을 모르는 사람들은 그가 한평생 학문에 매진한 어느 고매한 학자였으리라 추측했을 정도였다. 사내가 죽고 난 뒤 정체를 알 수 없는 사람들이 몇 명 다녀가기는 했다. 사내의 옛 동료인 그들은 침울한 표정으로 넓은 저택을 거닐었는데, 마치 오래전 와본 적이 있는 곳을 찾아와 추억에 잠겨 있는 듯한 눈빛으로 저택의 구석구석을 살펴보았다. 그들은 '보안을 생명으로 알고 직무상 기밀은 끝까지 엄수한다'는 사람들답게 별말이 없었지만 사내의 죽음과 마찬가지로 이 도시 사람들의 호기심을 끌었고 깊은 인상을 남겼다. 그들은 발소리도 없이 걸을 줄 알았고 결코 그 어떤 목격자에게도—심지어 호기심으로 무장한 일단의 구경꾼들조차 훗날 그들 가운데 단 한 사람의 얼굴도 제대로 본 적이 없음을 시인했다—진실로 목격되지 않는 특별한 능력을 지녔다. 그들은 저마다의 그림자를 전면에 내세우는 위장술에 능했고 타인의 열렬한 관심을 이끌어낼 줄 알면서도 또한 금세 타인의 기억에서 소멸할 줄 아는 사람들이었다. 사내도 그랬다. 사내는 푸른빛이 감도는 통유리가 완만한 곡선을 그리며 부드럽게 전면을 감싸고 있는 발코니에 선 채 자신의 정원을, 아니 도시 전체를 혹은 세계를 오랫동안 바라보곤 했다. 그런 사내의 모습을 목격한 사람들은 이따금 그를 식물로 착각하기도 했다. 사람들은 사내가 오랫동안 정보를 다루는 국가기관에서 근무했다는 사실을 풍문으로 알고 있었다. 그럼에도 불구하고 그다지 경계하지 않은 것은 사내의 얼굴에서 사악한 과거를 읽을 수 없었기 때문이다. 오히려 사내는 퇴직한 교장 선생처럼 온화한 표정으로 마을 사람들과 인사를 나누었고 스스럼없이 슈퍼 앞 평상에 앉아 맥주를 마셨다. 누군가가 지나가면 그 사람을 잘 아는 듯 다정하게 굴며 손을 잡아끌어 맥주를 따라주기도 했다. 이 작은 도시에 어울리지 않는 커다란 저택이 지어지던 몇 년 전의 불평불만은 봄날 햇살에 눈 녹듯 사라졌다. 이제 사람들은 낙마한 거물급 인사의 안식처란 과연 저러해야 한다며 동경과 감탄의 눈길로 저택을 바라보았다.

저택이 자리잡은 곳은 약간 언덕진 곳이었고 저택 너머로는 사시사철 짙은 소나무 향이 바람을 타고 실려오는 오래된 숲이 있었다. 사내가 원래 야산 자락이었던 이곳에 저택을 짓기로 마음먹었을 때 누군가 왜 하필이면 이곳이냐고 물은 적이 있다. 그러자 언젠가 이곳에서 잠복을 했던 적이 있노라고 대답했다고도 하고 혹은 첫사랑과 밀회를 나누었던 곳이었노라고 대답했다고도 한다. 사람들은 어쩌면 주희가 사내의 첫사랑을 떠올리게 했는지도 모른다고 생각했다. 장례가 끝난 뒤 주희는 창 넓은 조사실에서 의례적인 몇 가지 심문을 받았다. 수사관은 주희에게 아무런 대답도 기대하지 않았고, 오히려 주희의 입에서 그때까지 밝혀지지 않았던 이야기가 튀어나올까봐 약간 긴장했으므로 주희의 침묵을 다행으로 여겼다. 어차피 모든 게 마무리되었다. 사내는 오래전부터 고혈압으로 고생했고 다른 날보다 조금 오랫동안 산책을 했던 그날 심근경색으로 쓰러졌을 뿐이다. 주기적으로 저택을 방문하는 주희가 소파에 앉아 있는 사내를 발견했을 때 그는 이미 이 세상 사람이 아니었다. 죽음을 그처럼 가까이에서 대면해본 적 없는 열일곱 살 주희가 사내가 죽었음을 깨닫기까지는 조금 시간이 필요했다. 사망 시간보다 한 시간 늦게 신고한 이유도 그것일 테다. 그게 아니라면 주희가 저택을 방문하기 훨씬 전, 어떤 알 수 없는 이유로 평소보다 이른 시간에 산책을 나갔기 때문에 우연히 시간이 오래 지난 것처럼 여겨졌을 뿐이리라.

사내를 처음 보았을 때 주희는 열네 살이었다. 지금의 저택이 있는 터를 건축업자와 함께 둘러보고 내려오던 사내와 스쳐 지나갔던 날로 거슬러가면 그렇다. 주희는 평범하기 이를 데 없는 노인을 기억할 이유가 하나도 없었다. 하지만 완성된 저택에 사내가 똬리를 틀고 앉았을 무렵, 열여섯 살이었던 주희는 열네 살 때 사내를 스쳐지나갔던 적이 있음을 떠올렸다. 기억이란 불가사의하다. 만약 사내가 저택을 포기했거나, 그래서 다시는 사내를 만날 일이 없었다면 그 기억은 영원히 되살려지지 않는,

되살릴 필요조차 없는 무수한 단편적 기억 가운데 하나에 불과했을 테니까.

조사실 내부에 황금빛 정적이 감돌았다. 수사관이 블라인드를 내리려 할 때 주희가 잠깐만요!, 라고 말했다. 수사관은 물끄러미 주희를 보았다. 이 방에 들어온 뒤 주희가 내뱉은 가장 명확한 단어였다. 아저씨, 오늘이 며칠이죠? 수사관은 어깨를 으쓱하더니 벽에 걸린 달력을 가리켰다. 이십일이구나. 음력으로요.…… 팔일이다. 주희는 창가로 다가가 밖을 내다보았다. 아저씨, 달이 보이세요? 수사관은 주희 옆으로 다가가 하늘을 올려다보았다. 글쎄, 내 눈에는 보이지 않는구나. 맞아요. 저도 안 보여요. 하지만 저기 저쯤에 분명 달이 떠 있을 거예요. 어두워지기 시작하면 또렷해질 거예요. 수사관은 고개를 끄덕였다. 달이라니……. 수사관의 그런 속내를 알기라도 하듯 주희가 살풋 웃었다. 돌아가신 그 아저씨 말예요, 그분이라면 지금 달이 어디에 떠 있는지 가르쳐줬을 거예요. 주희는 다시 의자에 앉았다. 갓 변성기를 지난 주희의 가느다란 입술 사이로 낮고 부드러운 목소리가 흘러나왔다. 수사관은 주희 맞은편에 앉아 깍지 낀 손에 턱을 댔다.

그 저택은 우리 마을 사람들의 오래된 화제였어요. 저 역시 저택이 탄생하는 과정을 지켜보며 살았죠. 어른들은 저택의 깊숙한 곳에 비밀의 방이 있을 거라고들 했어요. 하지만 그런 건 없었어요. 그냥 커다랗고 평범한 집일 뿐이에요. 별다른 점이 있다면 거실에 앉은 채로 사방을 훤히 볼 수 있다는 거죠. 이따금 아저씨는 베란다에 나가 우두커니 밖을 내다보기도 했어요. 제가 처음으로 그 저택에 들어갔던 날에도 아저씨는 베란다에 서 있었어요. 어른들 말씀대로 한 그루 나무 같았어요. 아저씨는 뒤돌아보지 않았고 저는 누군가가 부탁한 음식을 탁자에 올려놓고 나왔어요. 곧장 나오지 않은 이유는 열린 방문 틈으로 서재 내부가 보였거든요. 정말 학자라고 해도 좋을 만큼 많은 책이 책장에 빽빽이 꽂혀 있었어요. 그 저택의 분위기는 한가한 놀이터와 비슷했어요. 함부로 어지럽히지만 않는다면 누구든 머물다 가도 상관하지 않겠노라 말하고 있는 듯했어요. 저는 한 시간쯤 서재에 있었어요. 그런데 아저씨는 제게 아무 말도 하지 않았죠. 저택은 고양이처럼 잠들어 있었고 집안 곳곳에 수면제를 뿌려놓은 듯 한없이 나른했어요. 저도 책상 앞에 앉아 깜빡 졸기까지 했어요. 두번째로 그곳을 방문했을 때 아저씨는 아래층 응접실에 있었어요. 아시다시피 그 저택은 항상 열려 있잖아요. 아저씨가 처음으로 내게 말했어요. 냉장고에 시원한 주스가 있노라고. 저는 고개를 끄덕이고 오렌지주스를 꺼내 한잔 마신 뒤 계단을 보았어요. 아저씨가 고개를 끄덕였어요. 그날 이후로 저택은 제가 가장 즐겨 찾는 곳이 되었어요. 어느 날 아저씨가 묻더군요. 나비모양 붉은 머리핀이 잘 어울리는데 왜 하지 않았냐고요. 잃어버렸다고 대답했어요. 집으로 돌아온 뒤에야 나비모양 붉은 머리핀을 꽂은 모습을 아저씨가 본 적이 없다는 걸 깨달았어요. 조금 오싹한 기분이 들었어요. 하지만 서재에 있다보면 마치 엄마 뱃속에 웅크리고 앉아 엄마가 읽어주는 소설에 귀를 기울이고 있는 듯한 기분이었어요. 물론 엄마는 한 번도 나한테 소설을 읽어준 적이 없지만요. 어느 날 서재 책상 위에 얌전히 놓여 있는 나비모양 붉은 머리핀을 발견했어요. 그건 잃어버린 게 확실해요. 학교에 늦어서 뛰어가다가 누군가와 부딪혔을 때 떨어졌거든요. 그곳을 기억해두었다가 돌아오는 길에 샅샅이 살펴보았는데 찾을 수가 없었어요. 나는 아저씨한테 어떻게 찾았냐고 물었어요. 우연히……. 아저씨는 그렇게 말했지만 우연히 발견할 수 있는 게 아니었어요. 조금 뒤 아저씨가 서재에 들어와 집에 가보라고 했어요. 어머니께서 널 찾으시는구나. 동생이 아픈 모양이야. 거짓말하지 마세요. 이렇게 말하고 싶었지만 동생이 아프다는데 혹시나 싶어서 저택을 나왔어요. 핸드폰을 꺼내보니 배터리가 없었어요. 엄마는 나를 보자마자 등짝을 때렸어요. 동생이 복통을 일으켜 병원에 가야 한다면서 세탁소를 지키라고 했어요. 엄마를 배웅하고 난 뒤 고개를 돌려 저택을 보았어요. 까마득했어요. 그런데 마치 누군가와 시선을 마주친 듯한 기분이 들었어요. 다음날이었을 거예요. 저는 저택에 가자마자 베란다에 나가 우리집을 찾았어요. 한눈에 알 수 있었죠. 하지만 비슷비슷한 단층 양옥들로 이루어진 마을이라서 아저씨 같은 사람 눈에는 다 똑같아 보였을 거예요. 저는 시험하듯 아저씨한테 물었어요. 지금은 무슨 일이 벌어지고 있죠? 아저씨가 웃었어요. 네 동생이 마당에서 개와 함께 놀고 있구나. 표정이 밝은 걸 보니 이제 다 나은 게로군.

주희는 잠시 말을 멈추고 수사관의 기색을 살폈다. 믿을 수 있냐고 묻고 있는 듯한 얼굴로. 수사관은 깍지 낀 손을 풀고 계속 말하라는 뜻으로 살짝 내저었다. 부드럽게 흘러내린 주희의 목줄기가 마른침을 삼키는 통에 가볍게 흔들렸다.

아저씨와 나는 함께 놀이를 즐겼어요. 망원경으로 학교를 보며 운동장에서 축구를 하고 있는 아이들이 몇 명인지 내가 물으면 아저씨가 답하는 식으로요. 우리는 즐거웠어요. 새로운 세상에 눈을 뜬 기분이었어요. 동물원에 갔다가 늑대 우리 앞에서 늑대도 암컷이 있다는 걸 깨달았을 때처럼, 저 맑고 푸른 하늘에도 수없이 많은 별이 떠 있다는 걸 알게 되었을 때 전율스럽기까지 했거든요. 낮달과 낮별을 볼 줄 아는 사람, 그런 사람을 독점한 나. 아저씨는 내가 그런 특별한 능력을 사랑하고 부러워한다는 걸 알고 있었어요. 저도 눈이 나쁜 편은 아녜요. 양쪽 눈 모두 일점오니까요. 아저씨에 비하면 어림도 없지만요. 나도 아저씨처럼 낮별과 낮달을 볼 수 있게 되기를 간절히 바랐어요. 그래서 아저씨처럼 돈도 많이 벌고 성공해서 그런 저택을 가지고 싶었어요. 저는 이룰 수 없다는 걸 알면서도 사랑에 빠져드는 사람처럼 눈부신 열망에 사로잡혔어요.…… 아저씨는 제게 화를 냈어요. 그리고 타이르듯 말했죠. 저멀리 서 있는 누군가를 지켜보고 있을 때 그 사람이 갑자기 고개를 돌리는 바람에 뜻하지 않게 시선을 마주쳐본 적이 있다고. 자신과 시선이 마주쳤다는 걸 그 사람은 결코 알 수 없겠지만. 저는 피식 웃었어요. 그래서요? 그러자 아저씨는 만약 그 사람이 자신이 죽여야 하는 사람이라면 어떤 기분일 것 같냐고 되물었어요. 저는 아저씨 품에 안겨 그런 무서운 말은 듣고 싶지 않다고 했어요. 아저씨는, 평생…… 무서웠대요. 보이는 것과 보이지 않는 것의 경계가 사라져버린 사람은 어떻게 살아야 하죠?

주희의 검은 눈에서 맑은 눈물이 흘러내렸다. 낡은 도시에 땅거미가 깔렸다. 수사관은 창밖을 내다보았다. 어두워지는 하늘에 유리창에 서린 입김처럼 희미한 달이 걸려 있었다. 수사관은 두 손을 비볐다. 주희가 내뱉은 말들이 우수수 떨어져 그의 발치에 쌓였다. 수사관은 기억할 만한 가치가 있는 사건들은 매번 이런 식으로 역사에 기록되지 않는 것이라고 중얼거리며 조용히 블라인드를 내렸다.

불한당의 소설사

그는 등단한 지 오십 년 가까이 된 소설가였다. 그가 문명을 얻게 된 건 젊은 시절에 발표한 장편소설이 프랑스에서 번역되어 화제를 불러일으킨 뒤부터였다. 프랑스의 여러 작가, 비평가, 이론가가 일제히 그의 소설을 두 손 들어 환영했고 제3세계의 비참한 민중의 삶을 유쾌한 비극으로 빚어낸 솜씨에 찬사를 아끼지 않았다. 독자와 언론매체의 반응은 그만큼 열광적이지는 않았으나 동양의 작은 나라에서 건너온 젊은 소설가의 작품이 프랑스 문단 한복판에 몰고 온 바람에 편승하여 어떤 소장파 비평가의 문장에서 따온 '제3세계에서 온 불한당'이라는 표현을 널리 퍼뜨리기에는 충분한 정도였다. 프랑스의 반응에 떨떠름했던 국내 문단은 주저하면서도 그에 대한 비평을 하나둘 생산했다. 절판되었던 그의 장편소설은 화려한 장정을 입고 다시 출간되었으며 여느 대중소설 못지않은 판매량을 보였고 순식간에 그는 문단의 상석에 자리를 잡게 되었다. 한번 획득한 그의 문명은 꺼지지 않았다. 평생 그는 먹고살기에 부족함이 없었다. 세 명의 전 부인들에게 위자료를 지급하고도 그가 죽은 뒤에 그의 이름을 딴 문학상을 제정하고 운영기금으로 사용하기에 충분한 자금도 보유했다. 십오 년 전 세번째이자 마지막으로 이혼한 뒤에는 독신을 고수했다. 그리고 전통시장이 내려다보이는 오피스텔에 작업실을 얻어 주로 그곳에서 시간을 보냈다. 그가 작업실에 칩거한 처음 두어 해 정도 사람들은 그가 대작을 쓸 것이라는 기대감을 품고 그의 침묵을 지켜보았다. 사오 년이 지나자 그에 대한 관심과 기대가 잦아들었고 십 년 가까이 그가 침묵을 지키자 더는 누구도 그의 근황을 궁금해하지 않게 되었다. 이따금 그를 알아보는 사람을 맞닥뜨리기도 했는데 그를 알아보는 이들은 하나같이 아직도 그가 살아 있는 줄은 몰랐다며 경악했다. 지난겨울에 그는 모처럼 외출을 했다. 같이 늙어가는 처지인 시인 친구가 대기업의 문화재단이 주관하는 문학상을 수상하는 자리에 참석하기 위해서였다. 시상식은 대기업 계열사가 운영하는 호텔에서 열렸다. 그는 VIP석을 마다하고 맨 뒷자리 원형식탁에 자리를 잡았다. 그는 앉아 있던 젊은이들과 눈인사를 나누었다. 그들 모두 오래전 골동품상으로 보내버린 박제품이 살아 돌아온 걸 보기라도 하듯 놀라는 눈빛이었다. 시인, 소설가, 평론가인 젊은이들은 그에게 잔을 권했으나 그가 혼자 조용히 마시고 싶다는 뜻을 밝히자 더는 그를 귀찮게 하지 않았다. 홀로 위스키 한 병을 다 비운 그는 돌아가려고 자리에서 일어났다. 정신이 몽롱한 가운데도 그의 이름이 섞인 목소리들을 알아들을 수는 있었다. "저 사람은 아직도 그 후미진 시장골목에서 산다지." "시장골목이 훤히 내려다보이는 오피스텔이라더군." "돈도 많은 사람이 왜 그런 곳에 있을까." "죽을 때가 되면 사람은 제 고향으로 고개를 돌린다잖아." "제3세계로 돌아간 불한당이 된 셈이군." 그는 슬며시 웃었다. 이제 곧 십오 년의 침묵을 깨고 장편소설을 상재하게 될 터였다. 그의 작품이 세상에 나오는 순간 그가 십오 년 동안 무얼 했는지 온 세상이 알게 되겠지. 그는 이 작품을 마지막으로 은퇴할 작정이었다. 등단 오십 주년을 기념하는 은퇴. 생각만 해도 홀가분했다. 그는 젊은이들의 허황한 비방을 질투에서 비롯된 것이라 생각하기로 했다. 그는 시간이 많지 않았다. 소설은 결말 부분에 이르러 엄청난 장애물을 만난 것처럼 몇 년째 진전이 없었다. 그가 작업실로 돌아갔을 때는 깊은 밤이었다. 한숨 자고 일어나보니 새벽 네시였다. 그는 창을 열고 천천히 밀려드는 차가운 공기를 깊이 들이마셨다. 차 한 대 다니지 않고 한 사람도 보도를 걷지 않는 시간이었다. 도시는 누구에게도 속하지 않은 채 홀로 존재하는 것만 같았다. 낮 동안 거리를 채웠던 사람들은 아무런 흔적도 남기지 않았다. 그들은 먼지 한 톨마저 수거해 귀가했다. 강박에 가까운 도시 사람들의 행동에서는 아무도 이 거리를 소유할 수 없다는 체념이 아니라 결코 소유하고 싶지 않다는 강렬한 부정이 엿보였다. 누구도 가지고 싶어하지 않는 이유는 누구나 공평하게 소유한 데 있는지도 몰랐다. 도시의 새벽거리는 더할 나위 없이 쌀쌀맞아 다정하기까지 했다. 그는 원고지를 펼쳐둔 책상 앞에 앉았다. 젊은 시절부터 지금까지 그는 원고지만 고수했다. 원고지에 베인 상처만도 셀 수 없이 많았지만 만년필로 원고지에 글을 쓸 때가 아니고서는 느낄 수 없는 고답적이며 황홀한 종이 냄새와 잉크 냄새에 압도되기를 기꺼워했다. 원고지 앞에 앉은 그는 협심증 환자가 가슴을 움켜쥐듯 만년필을 쥔 손에 힘을 주고 몇 년째 진전이 없는 결말 부분을 매만졌다. 날이 훤히 샐 무렵까지 거대한 세계와 대결했으나 겨우 두어 문장을 덧붙였을 뿐이었다. 꼭 필요한 가구 외에는 전혀 없는 단출한 그의 작업실로 햇살이 쏟아져 들어왔다. 그 빛만이 유일한 장식물인 것 같았다. 그의 작은 방은 빛의 은신처라도 되듯 환한 빛으로 가득했다. 지구로 쏟아지는 빛이 일거에 그의 방에 깃든 것만 같았다. 창밖을 내다보았다. 저 아래 시장골목은 차분하게 분주했다. 진전이 없는 소설 탓에 마음이 아릴 때마다 그는 이렇게 시장골목을 내려다보며 위안을 찾곤 했다. 여느 때라면 잠에 빠질 시간이었지만 간

밤에 잠시 잠들었던 덕분인지 정신이 말짱했던 그는 점심 무렵까지도 원고지 앞에 앉아 있었다. 그러다 깜빡 잠이 든 그는 오후 세시 무렵에 깼다. 냉장고에서 음식을 꺼내 데워 먹은 뒤 다시 원고지 앞에 앉았을 때는 황혼이었다. 그는 습관처럼 이전까지 썼던 부분을 다시 읽다가 고개를 갸웃 기울였다. 눈이 침침해서인가 싶어 돋보기안경을 꺼내 쓰고 찬찬히 들여다보았다. 그런다고 해서 자기가 쓴 문장이 달리 보일 리는 없었지만 오래도록 꼼꼼히 들여다보았다. 아무래도 자신이 쓴 문장이 아닌 것만 같았다. 그의 필체가 분명했으나 그는 이런 식의 문장을 쓰지 않았다. 그러나 다시 들여다보면 그가 쓴 문장일 수밖에 없었다. 그가 갈피를 잡지 못해 오래 주저했던 건 사실이지만 만약 그가 결심하고 썼다면 그럴 수밖에 없는 바로 그 문장이었다. 그런 일이 겨울이 깊다못해 해가 바뀌어 입춘이 다가올 무렵까지 되풀이되었다. 이제 그는 자신이 쓴 게 분명하지만 썼다는 사실이 기억나지 않는 문장들에 익숙해졌고 문장들이 하나둘 모여 새로이 드러나게 된 소설의 비밀에 매혹되었다. 그는 신비롭고 경이로운 이 현상 혹은 사태라고 불러도 무방할 기적을 당연시하게 되었고 등단 오십 주년을 앞두고 작품을 무사히 완결할 수 있었다. 그의 마지막 작품은 이제 그의 손을 떠났다. 그는 소설을 출간한 뒤 어떤 인터뷰에도 응하지 않았다. 그는 오피스텔을 정리하고 오래전부터 비밀 별장으로 사용하던 바닷가의 단층집에 칩거했다. 한 달이 지나고 두 달이 지났다. 세상은 그의 소설에 열광했다.

초여름의 어느 주말에 그는 구독하는 신문의 북 섹션에서 논쟁적인 한 편의 칼럼을 읽었다. 그의 소설을 다룬 기사나 비평문은 출판사 사장이 따로 챙겨서 보내주는 터라 익히 알고 있었다. 대체로 그의 소설이 대중에게 열광적인 찬사를 받을 수밖에 없는 이유를 탐색하는 우호적인 내용들이라서 나중에는 슬쩍 훑어보고 말게 되었다. 그럼에도 그가 신문에 실린 흔한 칼럼을 눈여겨본 이유는 제목이 도발적이기도 했고 글쓴이의 사진이 낯익어서이기도 했다. 기억을 더듬어보니 시인 친구의 시상식장에서 한 탁자에 앉았던 비평가인 게 분명했다. 이 젊은 비평가의 칼럼 제목은 '인공지능의 자기복제식 글쓰기'였다. 제목을 보는 순간 그는 가슴 한쪽이 면도칼로 베인 듯한 통증을 느꼈다. 칼럼 내용은 단순했다. 최근에 출간되어 서점가에 돌풍을 몰고 온 노작가의 소설은 그가 등단할 때부터 천착했던 모티프의 변주에 불과할 뿐만 아니라 얄팍하고 저급한 차원에서 스스로를 복제한 소설에 지나지 않는다는 거였다. 분량이 짧아서인지 분석적이거나 논증적인 대목은 눈에 띄지 않았다. 유명 작가의 작품에 트집을 잡아 자신의 명성을 높이려는 천박한 술책으로 보이기도 했다. 무엇보다 정작 그가 가장 관심을 기울였던 부분인 인공지능에 대한 해명이 없다는 점이 아쉬웠다. 그 비평가의 평문을 놓쳤던 게 아닌가 싶어 출판사 사장이 보내줬던 스크랩을 뒤져보았다. 일주일 전에 받았던 스크랩 중에 젊은 비평가의 글이 있었다. 그가 미처 확인하지 못한 우편물에 섞여 있었다. 영향력이 강한 문학잡지에 실린 글이었다. 시작은 이러했다. "지금 하나의 유령이 떠돌고 있다. 이틀 만에 초판이 매진되어 서너 달 사이에 십만 부가 넘었다는 한 권의 소설이 바로 그것이다. 기이하게도 내 주변에서 이 소설을 읽었다는 작가와 비평가를 찾아보기란 쉽지 않다. 아주 드물게 읽은 사람을 만나기도 했으나 그들이 이 소설에 대한 짤막한 언급조차 회피하는 이유는 무엇일까……." 그는 오래도록 젊은 비평가의 글을 읽었다. 글을 다 읽고 난 뒤 고개를 들어보니 황혼이었다. 그는 곧바로 책상 앞에 앉아 원고지를 펼치고 심혈을 기울여 한 편의 짧은 글을 썼다. 어떤 인터뷰에도 응하지 않은 채 세상이 흘겨보면 흘겨보는 대로 어루만져주면 어루만져주는 대로 내버려두려 했던 마지막 소설을, 아니 스스로를 변호하지 않을 수 없어서였다. 이 글을 출판사 사장에게 보내려다가 그는 직접 신문사 문화부에 전화를 걸어 칼럼을 실어줄 수 있는지 물었다. 신문사는 흔쾌히 응했다. 그 다음주 화요일자 신문에 그의 반론이 실렸다. 반론의 서두에는 그가 이 소설에 어떤 열정을 바쳤는지를 완곡하게 드러냈고(무려 십오 년이었으므로!) 소설가에게 한평생 몰두할 수 있는 테마가 있다는 건 행복한 일임을 강조했다. 물론 그가 정말로 하고 싶었던 말은 이 글을 쓰게 된 동기를 새삼 강조한 뒤 이어지는 마지막 부분에 담겼다. "만약 누군가가 당신의 문학에 진정성, 깊이, 섬세함이 없다고 비난하면 진정성과 깊이, 섬세함이 무엇이냐고 되물어야 한다. 당신에게 그런 비난을 퍼부은 사람이 구체적인 예를 들지 못하더라도 놀라지 마라. 진정성, 깊이, 섬세함 따위의 말은 취향의 변형일 뿐이다. 그저 그의 취향에 맞지 않는다는 말을 그럴듯하게 들리게끔 고안해낸 말일 뿐이다. 문학의 진정성과 깊이와 섬세함은 감동에서 얻어진다. 문학은 감동을 통해 평범하고 흔한 진리를 비범하고 독특한 진리로 고양시키는 것이다. 문학은 새로운 진리를 보여주는 데 목적이 있는 것이 아니라 우리가 이미 알고 있는 진리를 강렬하게 체험하게 하여 그 진리가 진정으로 내포한 질문을 감동받은 이가 자신의 것으로 체화하여 그 질문에 대답하기 위해 애쓰도록 만드는 데 있다. 우리가 진리를 몰라서 외롭고 쓸쓸한 게 아니듯이 문학은 진정성과 깊이를 몰라서 혹은 섬세하지 않아서 허튼짓을 하거나 얄팍한 짓을 하는 게 아니다. 진정성과 깊이 그리고 섬세함에 도달하는 방식, 바로 거기에 문학의 정수가 있고 이것을 이해하지 못하는 자와는 문학을 논할 수 없다." 그의 반론에 대한 즉각적인 응답이 바로 주말판에 실렸다. 묘하게도 그의 반론에 응답한 필자는 그가 에둘러 논박했던 비평가가 아니라 젊은 소설가였다. 젊은 소설가의 사진도 낯이 익었다. 아마도 그들이 지금 세대의 문인들 속에서 공공연하게 카르텔을 형성하고 있는 듯했다. 아닌 게 아니라 그 비평가와 소설가는 출신 대학이 같았다. 소설가는 서두부터 이렇게 비판했다. "나는 오래도록 이 노작가를 존경해왔으나 이제 그이에게 바친 꽃다발을 아무런 죄책감 없이 불사르려 한다. 노작가의 치졸한 변명을 읽으면서 오래된 분노를 숙고해야 했다. 진정성, 깊이, 섬세함을 선험적인 것으로 간주하거나 스스로의 이력에 기대어 항변하는……." 젊은 소설가는 그의 마지막 소설에서 되풀이되는 구절들을 그가 젊은 시절에 썼던 작품들에서 찾아내어 비교한 뒤 자기복제라는 탈가치적 용어보다는 자기표절이라는 용어가 더 잘 어울린다며 조소했다. "주지하다시피 노작가의 모든 소설은 그이가 소년 시절에 겪었던 하나의 사건—어느 날 새벽 오줌이 마려워 잠에서 깬 소년은 졸린 눈을 비비며 마당으로 나와 참죽나무 아래서 오줌을 눴다. 소년은 부르르 몸을 떨며 고개를 들었을 때 눈앞에 바투 다가온 어머니의 발바닥을 보았다. 참죽나무 가지에 목매달아 죽은 어머니 아래서 아무것도 모른 채 오줌을 눴던 소년은 한평생 그 장면에 사로잡혀 살아야 했으며 지겹고도 지루한 소설을 끝없이 써댔던 것이다—바로 이 결정적인 사건에 영원히 고착되어 있으며 한 편의 새로운 소설에 등장하는 새로운 인물에게 영원불멸의 성격으로 부여된 것이다." 그가 젊은 소설가의 글을 끝까지 읽은 이유는 칼럼의 제목이 '인공지능의 자기표절식 글쓰기'였던지라 인공지능에 대한 해명을 만날 수 있으리라 기대했기 때문이었다. 젊은 소설가는 이렇게 글을 마무리했다. "수십 년 전 무명이었던 노작가는 세번째 장편소설이 프랑스에서 번역되어 소개된 뒤 아무나 누릴 수 없는 영광을 누렸다. 명성의 기원은 바로 거기에 있었다. 제3세계에서 온 불한당이었던 그이는 이제 늙고 지쳤다. 당신의 소설처럼." 그 다음주 화요일자에 '인공지능의 글쓰기'라는 한 편의 칼럼이 실렸다. 그가 본 적이 있는 젊은 시인이었다. 그는 이제 아무런 흥미도 느끼지 못했기에 기계적으로 활자를 읽었다. 읽었으되 무슨 내용인지는 헤아리지 못했다. 낭패였다. 어쩔 수 없이 다시 한번 읽어보았다. 이번에도 읽기는 읽었으되 무슨 내용인지 알 수 없었다. 문장이 복잡해서는 아니었다. 뜻을 새길 수 없는 단어가 있는 것도 아니었다. 쉬운 글인 것 같았는데 다 읽고 난 뒤에도 손에 잡히지 않았다. 분명히 인공지능의 글쓰기에 대한 시인의 독창적인 주장이 담겼는데 그런 주장이 담겼다는 사실만 인지할 수 있을 뿐 주장의 내용은 전혀 파악할 수 없었다. 그런 이유로 인공지능의 글쓰기가 무슨 의미인지를 해독하거나 새롭게 정의 내리는 일은 노작가에게 전적으로 사적이고 은밀한 일이 되어버렸다. 그는 몇 년 동안이나 해결하지 못한 난제를 겨우 한두 달 사이에 매듭지어버렸던 지난겨울의 기적 같은 시간을 떠올려보았다. 그가 분명히 확신할 수 있는 한 가지는 환각이나 섬망과 같은 상태에서 쓴 게 아니라는 점이었다. 오래전 쓸쓸했던 작가들이 마약이나 술에 취해 혹은 꿈에 취해 자신도 모르게 일필휘지했던 자동기술과는 무관했다. 그건 분명히 원고지가 스스로 드러낸 활자들이었다. 그가 잠든 동안 원고지 칸칸마다 비밀스럽게 은신해 있던 단어들이 형태와 색채를 부여받아 태어나 이루어진 문장들이었고 소설의 사건들이 스스로 찾아낸 플롯이었으며 인물들이 살아 움직여 걸어간 흔적이었다. 그의 것이 아닌 동시에 그의 것이 아닐 수 없는 것들이었다. 다시 말해 지극히 낯설고도 익숙한 문장들이었다. 이 기적을 어떻게 설명할 수 있단 말인가. 젊은 시인의 칼럼 이후로 문단은 인공지능의 글쓰기를 화두 삼아 재빠르게 수많은 논평과 비평을 생산하기 시작했다. 그로부터 겨우 한 달이 지났을 뿐인데 이제 이 담론은 그를 비롯해 세 젊은이의 손을 떠나 스스로 증식하는 중이었다. 그렇게 무더운 여름이 지나갔다. 노작가는 여름 내내 철저하게 고독을 향유했고 그가 누린 고독은 한 편의 소설을 완성하기 위해 바쳐야 했던 지난 십오 년 동안 절감한 고독보다 부드러웠다. 여름이 저물고 가을이 되었을 때 이윽고 그는 한 편의 글을 완성했다. 물론 그가 잠든 동안에. 한 계절 내내 그는 고독 속에서 분노를 달래며 이 글을 쓰기 위해 노력했다. 그는 마음속에서 수시로 솟아 나는 분노를 억누르며 고통스럽게 썼다. 유감스럽게도 혹은 다행스럽게도 그는 스스로도 어떤 글을 쓴 건지 알지 못했다. 차라리 그의 마지막 소설보다 이 짧은 산문 한 편이 그의 전 생애를 으깨어넣어 이룩한 찬란한 문학적 업적이라고 해도 거리낌이 없을 정도였다. 마침내 그는 아무것도 쓰지 않은 채 모든 것을 써버린 것이었다. 그는 이 글을 새 원고지에 정서한 뒤 신문사에 우편으로 보냈다. 며칠 뒤 신문에 그의 글이 실렸다. 그는 완벽하게 무관한 타인의 글을 읽는 기분이었고 해독할 수 없는 문자로 쓰인 글을 읽는 기분이었으며 그 사실에 흡족해했다. 다음날 수많은 매체에 그의 글에 대한 논평이 실렸다. 논평들은 하나같이 그의 글에 압도되어 질식할 뻔했던 순간을 토로했고 우리가 지금까지 알던 그 노작가가 아닌 신적인 존재가 쓴 글이 아닐까, 라는 의심이 들 정도였다는 고백이 주를 이루었다. 주말에는 일제히 그의 부고가 실렸다. 그가 죽고 석 달이 지난 뒤 그의 마지막 글의 필자가 그가 아닐 수도 있다는 주장이 담긴 비평이 어느 문학잡지에 실렸다.

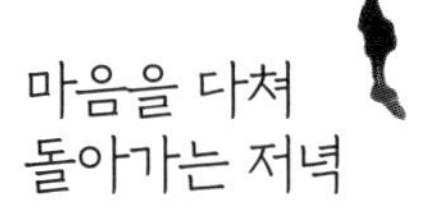

1판 1쇄 발행 2018년 12월 5일
2판 1쇄 발행 2024년 5월 20일

지은이 손홍규

편집 최연희 정소리 | 디자인 이보람 | 마케팅 김선진 김다정
브랜딩 함유지 함근아 고보미 박민재 김희숙 박다솔 조다현 정승민 배진성
저작권 박지영 형소진 최은진 서연주 오서영 | 모니터링 이희연
제작 강신은 김동욱 이순호 | 제작처 영신사

펴낸곳 ㈜교유당 | 펴낸이 신정민
출판등록 2019년 5월 24일 제406-2019-000052호

주소 10881 경기도 파주시 회동길 210
전화 031-955-8891(마케팅) | 031-955-2692(편집) | 031-955-8855(팩스)
전자우편 gyoyudang@munhak.com

인스타그램 @gyoyu_books | 트위터 @gyoyu_books | 페이스북 @gyoyubooks

ISBN 979-11-93710-37-1 03810

• 교유서가는 ㈜교유당의 인문 브랜드입니다.